La crítica ha dicho:

«*Ve y pon un centinela* es quizá la novela sobre el racismo más importante que haya salido del sur de Estados Unidos».

The New York Times

«Todo lo que nos gusta y nos resulta familiar en la escritura de Lee: ritmos ágiles y pausados, destellos de humor desenfadado y amor por la anécdota».

The Wall Street Journal

«*Matar a un ruiseñor* siempre se ha visto como una parábola de América. *Ve y pon un centinela* nos obliga ahora a mirar de cerca el racismo que se esconde detrás. [...] Nos ayuda a ir a la historia en busca de lecciones, y no del consuelo de infantiles fábulas blanqueadas».

Sarah Churchwell, *The Guardian*

«Esta segunda novela de Harper Lee ilumina el mundo con más fuerza aún que su precuela».

Time

«Una atractiva novela de aprendizaje, que nos pone ante el proceso de crecimiento de una niña que tiene dificultades para aceptar su condición femenina, o, mejor dicho, el rol al que como mujer estaba destinada en un pueblo del profundo sur. [...] Quizá en *Ve y pon un centinela* se encuentre la Harper Lee más auténtica».

Carmen R. Santos, *El Imparcial*

Ve y pon un centinela

Ve y pon un centinela

Harper Lee

VINTAGE ESPAÑOL

Título original: *Go Set a Watchman*

Primera edición: enero de 2026

Impreso en Colombia / *Printed in Colombia*

ISBN: 979-8-89098-614-6

En memoria del señor Lee y Alice

PRIMERA PARTE

1

Desde Atlanta, venía mirando por la ventanilla del vagón restaurante con un deleite casi físico. Mientras se tomaba el café del desayuno, vio cómo quedaban atrás las últimas colinas de Georgia y aparecía la tierra rojiza, y con ella las casas con tejados de chapa en medio de patios bien barridos, y en los patios las inevitables matas de verbena rodeadas de neumáticos encalados. Sonrió cuando vio la primera antena de televisión en lo alto de una casa de negros sin pintar. Conforme aparecían más y más, se redobló su alegría.

Jean Louise Finch siempre hacía el viaje por aire, pero para aquella visita anual a casa decidió ir en tren desde Nueva York hasta el Empalme de Maycomb. Por un lado, porque se había llevado un susto de muerte la última vez que viajó en avión, cuando el piloto optó por atravesar un tornado. Por otro, porque llegar a casa en avión significaba que su padre tenía que levantarse a las tres de la mañana, conducir ciento sesenta kilómetros para ir a buscarla a Mobile y trabajar después toda la jornada. Tenía ya setenta y dos años, y no era justo hacerle eso.

Se alegraba de haber decidido ir en tren. Los trenes habían cambiado desde su niñez, y la novedad de la experiencia le divertía: cuando apretaba un botón que había en la pared, se materializaba un genio orondo en forma de revisor; cuando lo pedía, un lavamanos de acero inoxidable salía de otra pared, y había un retrete sobre el que se podían poner los pies.

Resolvió no dejarse intimidar por los mensajes estampados en varios lugares de su compartimento (un «coche cama», lo llamaban) pero, al acostarse la noche anterior, se las había arreglado para quedar atrapada entre la cama y la pared por no hacer caso del letrero que recomendaba BAJAR LA PALANCA HASTA LOS SOPORTES. Para sonrojo de Jean Louise, que tenía por costumbre dormir solo con la parte de arriba del pijama, tuvo que ser el revisor quien la sacara del apuro. Por suerte, dio la casualidad de que iba haciendo su ronda por el pasillo cuando aquella trampa se cerró con ella dentro.

—¡Yo la saco, señorita! —gritó en respuesta a los golpes que llegaban desde dentro.

—No, por favor —dijo ella—, solo dígame cómo salir de aquí.

—Puedo ponerme de espaldas para sacarla —respondió, y así lo hizo.

Esa mañana, cuando despertó, el tren iba traqueteando y resoplando por los campos de Atlanta, pero, obedeciendo otro letrero que había en su compartimento, Jean Louise se quedó en la cama hasta que pasaron como una exhalación por College Park. Al vestirse se puso su ropa de Maycomb: pantalones grises, blusa negra sin mangas, calcetines blancos y mocasines. Aunque quedaban aún cuatro horas, ya podía oír el resoplido de desaprobación de su tía.

Cuando comenzaba a tomarse la cuarta taza de café, el Crescent Limited saludó a otro tren que iba hacia el norte con un graznido, cual un ganso gigantesco, y cruzando el Chattahoochee se adentró en Alabama.

El río Chattahoochee es ancho, plano y fangoso. Ese día estaba bajo; un banco de arena amarilla había reducido su caudal hasta convertirlo en un hilo de agua. «Quizá cante en invierno», pensó. «No recuerdo ni un verso de ese poema. ¿Era «Soplando mi flautín por valles agrestes»? No. ¿Se lo dedicaba a un pato o a una cascada?».

Tuvo que reprimir con firmeza un conato de alborozo cuando cayó en la cuenta de que Sidney Lanier tenía que haberse parecido un poco a Joshua Singleton St. Clair, un primo suyo muerto hacía mucho tiempo cuyo coto literario privado se extendía desde el Cinturón Negro hasta Bayou La Batre. Su tía solía ponerle a Joshua como un ejemplo familiar que no había que tomarse a la ligera: era hombre de espléndida figura, un poeta desaparecido en la flor de la vida, y ella haría bien en recordar que constituía un orgullo para la familia. Sus retratos les dejaban en buen lugar: el primo Joshua tenía la apariencia de un Algernon Swinburne un tanto andrajoso.

Jean Louise sonrió al recordar el resto de la historia, que le había contado su padre. El primo Joshua había desaparecido, sí, pero no por obra de Dios, sino de los servidores del César. Cuando estaba en la universidad, estudiaba demasiado y pensaba en exceso. De hecho, se consideraba a sí mismo salido directamente del siglo XIX. Vestía capa de estilo Inverness y calzaba botas militares de caña alta que le fabricó un herrero según un diseño propio. Las autoridades frustraron su intento de matar a tiros al rector de la universidad, quien a su modo de ver era poco más que un experto en limpiar cloacas, lo cual sin duda era cierto pero no justificaba una agresión a mano armada. Después de mucho trasiego de dinero, el primo Joshua fue retirado de la circulación e ingresado en una institución pública para desequilibrados, donde permaneció el resto de sus días. Decían que era un individuo cabal en todos los sentidos hasta que alguien mencionaba el nombre del rector. Entonces se le crispaba el rostro, adoptaba la postura de una grulla trompetera y así se quedaba ocho horas o más, sin que nada ni nadie pudiera hacerle bajar la pierna hasta que se olvidaba del rector. Cuando tenía un día lúcido leía griego, y dejó un pequeño volumen de versos que mandó imprimir a título privado a una empresa de Tuscaloosa. Era una poesía tan adelantada a su época que nadie la ha descifrado aún, pero la tía de Jean Louise la tenía expuesta como quien no quiere la cosa, en lugar bien visible, en una mesa del salón.

Jean Louise se rio en voz alta, y después miró alrededor para ver si alguien la había oído. Su padre sabía cómo socavar los sermones de su hermana sobre la superioridad intrínseca de los Finch: siempre le contaba a su hija lo que su tía se callaba, adoptando un aire calmoso y solemne, aunque Jean Louise a veces creía distinguir un inequívoco destello de irreverencia en los ojos de Atticus Finch. ¿O era solo la luz que se reflejaba en los cristales de sus gafas? Nunca lo supo.

El paisaje campestre y el tren se habían ido difuminando hasta convertirse en un suave balanceo, y no veía más que pastos y vacas negras desde la ventanilla hasta el horizonte. Se preguntaba por qué su tierra nunca le había parecido hermosa.

La estación en Montgomery estaba enclavada en un recodo del río Alabama y, al bajarse del tren para estirar las piernas y asaltarla su grisura, sus luces y sus curiosos aromas, sintió la familiaridad del reencuentro. «Pero falta algo», pensó. «Los cojinetes recalentados, eso es». Un hombre se tumba junto a los bajos del tren con una palanca. Se oye un ruido metálico y luego un *s-sss-sss*, sube un humo blanco y uno tiene la impresión de estar dentro de una vaporera. «Ahora estos cacharros funcionan con petróleo».

Sin motivo aparente, la inquietaba un antiguo temor. Hacía veinte años que no pisaba aquella estación, pero cuando de niña iba a la capital con Atticus le aterrorizaba que el tren, en su zarandeo, se precipitara por la ribera del río y acabaran todos ahogados. Sin embargo, cuando volvió a subir a bordo camino a casa, se olvidó de aquello.

El tren traqueteaba atravesando pinares, y tocó la bocina con aire guasón al pasar junto a una locomotora varada en un claro, con su chimenea campanuda y sus alegres colores, como una pieza de museo. Llevaba el cartel de una empresa maderera, y el Crescent Limited podría habérsela tragado entera y aún le habría quedado sitio. Greenville, Evergreen, Empalme de Maycomb.

Le había dicho al maquinista que no se olvidara de detener el tren para que se apeara y, como era un hombre mayor, adivinó la broma que iba a gastarle: pasaría por el Empalme de Maycomb a toda pastilla, detendría el tren seiscientos metros más allá de la pequeña estación y luego, al despedirse de ella, le diría que lo sentía, que casi se le había olvidado. Los trenes cambiaban; los maquinistas, no. Gastar bromas a las jovencitas en las estaciones donde el tren se detenía a petición del viajero era una marca de la casa, y Atticus, que era capaz de predecir lo que haría cada maquinista desde Nueva Orleans hasta Cincinnati, la estaría esperando, por tanto, ni a seis pasos de distancia del lugar donde tendría que apearse.

Su casa estaba en el condado de Maycomb, una circunscripción de unos ciento doce kilómetros de longitud y casi cincuenta en su punto más ancho, un desierto salpicado de diminutos asentamientos, el mayor de los cuales era Maycomb, la sede del gobierno local. Hasta una época relativamente reciente en su historia, el condado había estado tan apartado del resto del país que algunos de sus vecinos, ignorantes de las inclinaciones políticas del Sur en los últimos noventa años, seguían votando a los republicanos. Hasta allí no llegaba ningún tren: en realidad, el Empalme de Maycomb (al que se daba ese nombre por simple cortesía) estaba ubicado en el condado de Abbott, a treinta kilómetros de distancia. El servicio de autobuses era impredecible y no parecía llevar a ninguna parte, pero el Gobierno Federal había impuesto la construcción de una o dos carreteras que atravesaban los pantanos, dando así a los vecinos una oportunidad de salir y entrar a su antojo. Eran muy pocos, sin embargo, los que se servían de ellas, porque ¿para qué? Total, si uno se conformaba con poco, allí en Maycomb tenía de todo.

El condado y la ciudad llevaban el nombre de un tal coronel Mason Maycomb, un individuo cuya errónea confianza en sí mismo y cuya arrogante tozudez hicieron cundir el pasmo y la confusión entre quienes cabalgaron a su lado en las guerras contra los indios creek. El territorio donde operaba era vagamente montañoso por el norte y plano por el sur, en los márgenes de la llanura costera. El coronel Maycomb, convencido de que los indios aborrecían luchar en terreno llano, peinó en su busca el extremo norte del territorio. Cuando su general descubrió que Maycomb estaba vagando por las colinas mientras los creek acechaban en el sur, detrás de cada soto de pinos, le mandó a un emisario indio amigo con el mensaje: «Váyase al sur, maldita sea». Maycomb, persuadido de que aquello era un ardid de los creek para atraparlo (¿acaso su cabecilla no era un diablo pelirrojo y de ojos azules?), hizo prisionero al emisario indio y siguió avanzando hacia el norte hasta que sus tropas se perdieron sin remedio en el bosque virgen, quedándose sin participar en las guerras para desconcierto de todos.

Cuando hubieron pasado suficientes años para que el coronel Maycomb se convenciera por fin de que el mensaje podía ser, después de todo, auténtico, emprendió la marcha hacia el sur, y por el camino sus tropas se encontraron con colonos que avanzaban tierra adentro y que les informaron de que las guerras indias prácticamente habían terminado. Las tropas y los colonos entablaron tal amistad que con el tiempo llegaron a ser los antepasados de Jean Louise Finch. El coronel Maycomb, por su parte, siguió avanzando hasta lo que ahora es Mobile para asegurarse de que sus hazañas recibieran el reconocimiento debido. La versión oficial de la historia no coincide con la verdad, pero estos son los hechos tal y como pasaron de boca en boca con el paso de los años y como sabe todo vecino de Maycomb.

—... sus maletas, señorita —dijo el revisor.

Jean Louise lo siguió desde el vagón restaurante hasta su compartimento. Sacó dos dólares de la cartera: uno por rutina y otro por haberla sacado de apuros la noche anterior. El tren, como era de esperar, pasó como un rayo por la estación y se detuvo cuatrocientos metros después. Apareció el maquinista sonriendo y dijo que lo lamentaba, que casi se le va el santo al cielo. Jean Louise le devolvió la sonrisa y esperó con impaciencia a que el revisor colocara el escalón amarillo. La ayudó a bajar y ella le dio los dos billetes de dólar.

Su padre no la estaba esperando.

Miró vía arriba, hacia la estación, y vio a un hombre alto parado en el minúsculo andén. Se bajó del andén de un salto y corrió hacia ella.

Le dio un abrazo de oso, la apartó, la besó con fuerza en la boca y acto seguido la besó con delicadeza.

—Aquí no, Hank —murmuró ella, muy contenta.

—Calla, niña —dijo él sujetando su cara—. Te besaré en las escaleras del juzgado si quieres.

Quien ostentaba el derecho a besarla en las escaleras del juzgado era Henry Clinton, su amigo de toda la vida, el camarada de su hermano y, si seguía besándola de ese modo, su esposo. «Ama a quien quieras pero cásate con los de tu clase» era una sentencia que, en el caso de Jean Louise, equivalía a un instinto. Henry Clinton era de su clase, y a Jean Louise aquella sentencia ya no se le hacía particularmente dura.

Caminaron por la vía agarrados del brazo para recoger su maleta.

—¿Cómo está Atticus? —preguntó ella.

—Hoy tiene calambres en las manos y los hombros.

—No puede conducir cuando está así, ¿verdad?

Henry cerró a medias los dedos de la mano derecha y dijo:

—Solo puede cerrarlos hasta aquí. Cuando está así, la señorita Alexandra tiene que atarle los zapatos y abrocharle los botones de la camisa. Ni siquiera puede sostener la cuchilla de afeitar.

Jean Louise negó con la cabeza. Era demasiado adulta para quejarse de lo injusto que era aquello y demasiado joven para aceptar sin un conato de resistencia la enfermedad que estaba dejando inválido a su padre.

—¿No se puede hacer nada?

—Ya sabes que no —contestó Henry—. Se toma cuatro gramos de aspirina al día, eso es todo.

Levantó la pesada maleta y fueron caminando hacia el coche. Jean Louise se preguntó cómo se comportaría ella cuando le llegara la hora de tener dolores día tras día. No como Atticus: si le preguntabas cómo se encontraba, te lo decía, pero nunca se quejaba. Su talante se mantenía inalterable, de modo que, para descubrir cómo estaba, había que preguntárselo.

Henry descubrió su enfermedad por accidente. Un día que estaban en la sala de archivos del juzgado buscando la escritura de unas tierras, Atticus se puso de pronto totalmente blanco y soltó el pesado libro de hipotecas que llevaba entre las manos.

—¿Qué sucede? —preguntó Henry.

—Artritis reumatoide. ¿Puedes hacerme el favor de recogerlo? —dijo Atticus.

Henry le preguntó desde cuándo sufría aquella enfermedad y Atticus le respondió que desde hacía seis meses. ¿Lo sabía Jean Louise? No. Entonces, más valía que se lo dijera.

—Si se lo dices, vendrá enseguida y se empeñará en cuidarme. El único remedio para esto es no permitir que pueda contigo.

Y así quedó zanjado el tema.

—¿Quieres conducir?

—No seas tonto —le contestó ella.

Aunque conducía bastante bien, detestaba manejar cualquier cosa mecánica que fuera más complicada que un imperdible. Plegar una tumbona era para ella fuente de profunda irritación; nunca había aprendido a montar en bicicleta, ni a escribir a máquina, y pescaba con un palo. Su deporte favorito era el golf porque sus principios esenciales consistían en un palo, una pelotita y cierta disposición mental.

Verde de envidia, observó la maestría con que Henry manejaba el automóvil, sin el menor esfuerzo. «Los coches están a su servicio», pensó.

—¿Dirección asistida? ¿Transmisión automática? —preguntó.

—Faltaría más —respondió él.

—Ya, pero ¿y si todo se apaga y no tienes marchas que cambiar? Entonces tendrías problemas, ¿a que sí?

—Pero no va a apagarse.

—¿Cómo lo sabes?

—Para eso está la fe. Ven aquí.

Fe en la General Motors. Jean Louise reposó la cabeza sobre su hombro.

—Hank —le dijo al cabo de un rato—, ¿qué fue lo que pasó de verdad?

Era una vieja broma entre ellos. Debajo del ojo derecho de Hank comenzaba una cicatriz rosada que tocaba el borde de su nariz y corría en diagonal cruzando su labio superior. Detrás del labio tenía seis dientes postizos que no se quitaba ni siquiera por Jean Louise, por más que ella insistía en que se los mostrara. Había vuelto de la guerra con ellos. Un alemán le había golpeado en la cara con la culata de un fusil, más por expresar su desagrado por el fin de la guerra que por otra cosa. Jean Louise había decidido conceder credibilidad a su historia aunque, entre los cañones que disparaban más allá del horizonte, los B-17, las bombas V y otras cosas parecidas, era probable que Henry no hubiera visto a los alemanes ni de lejos.

—Está bien, cariño —dijo él—. Estábamos en un sótano, en Berlín. Todos habíamos bebido demasiado y comenzó una pelea... Porque quieres que te cuente algo creíble, ¿verdad? ¿Vas a casarte conmigo ya?

—Todavía no.

—¿Por qué?

—Quiero ser como el doctor Schweitzer y seguir con la música hasta cumplir los treinta.

—Él tocaba bien —repuso Henry con un punto de amargura.

Jean Louise se revolvió bajo su brazo.

—Ya sabes lo que quiero decir —dijo.

—Sí.

No había un chico mejor que Henry Clinton, afirmaba la gente de Maycomb, y Jean Louise estaba de acuerdo. Henry era del extremo sur del condado. Su padre había abandonado a su madre poco después de su nacimiento, y ella había trabajado día y noche en su tiendecita del cruce para que Henry pudiera estudiar en la escuela pública de Maycomb. Henry vivía desde los doce años en una pensión, enfrente de la casa de los Finch, y eso por sí solo lo situaba en un plano superior: era dueño de sí mismo, libre de la autoridad de cocineras, jardineros y padres. También era cuatro años mayor que ella, lo cual suponía una gran diferencia en aquel entonces.

Henry se burlaba de ella; ella lo adoraba. Su madre murió cuando él tenía catorce años y no le dejó casi nada. Atticus Finch se ocupó del poco dinero que se obtuvo de la venta de la tienda (la mayor parte se fue en los gastos del funeral), añadió algo de su bolsillo sin que nadie se enterara y le consiguió un empleo a Henry como dependiente en Jitney Jungle después de clase. Henry se graduó y se alistó en el ejército, y después de la guerra fue a la universidad y estudió derecho.

Más o menos en aquella época, un buen día, el hermano de Jean Louise murió de repente y, tras la pesadilla que supuso todo aquello, Atticus, que siempre había pensado en dejarle el bufete a su hijo, miró a su alrededor en busca de otro joven. Le pareció natural que ese joven fuera Henry y, a su debido tiempo, este se convirtió en su chico para todo, en sus ojos y sus manos. Henry siempre había respetado a Atticus Finch. Al poco tiempo el respeto se transformó en afecto, y desde entonces Henry le consideraba un padre.

A Jean Louise, en cambio, no la consideraba una hermana. En los años en que estuvo fuera, primero en la guerra y luego en la universidad, Jean Louise había pasado de ser una criatura malhumorada que vestía pantalones de peto y estiraba la goma de mascar, a convertirse en un razonable facsímil de un ser humano. Comenzó a salir con ella durante las visitas de dos semanas que ella hacía todos los años a casa, y aunque seguía moviéndose como un muchacho de trece años y renegaba de la mayor parte de los adornos femeninos, Henry veía algo tan intensamente femenino en ella que se enamoró. Era fácil encontrarla atractiva y fácil estar con ella, casi siempre, aunque no fuera, en ningún sentido de la palabra, una persona fácil. La afligía una inquietud de espíritu que Henry no alcanzaba a entender, y sin embargo estaba convencido de que eran el uno para el otro. La protegería, se casaría con ella.

—¿Cansada de Nueva York? —le preguntó.

—No.

—Dame carta blanca estas dos semanas y haré que te canses de esa ciudad.

—¿Eso es una proposición indecente?

—Sí.

—Entonces, vete al infierno.

Henry detuvo el coche. Giró la llave de contacto y se volvió para mirarla. Jean Louise siempre sabía cuándo hablaba en serio porque el cabello cortado casi al cero se le erizaba como un cepillo, le cambiaba el color de la cara y la cicatriz se le enrojecía.

—Cariño, ¿quieres que lo diga como un caballero? Señorita Jean Louise, he llegado a una situación económica que permite el sostén de dos personas. Yo, como el Israel del Antiguo Testamento, he trabajado siete años por ti en los viñedos de la universidad y en los pastos de la oficina de tu padre...

—Le diré a Atticus que sean otros siete.

—Qué mala eres.

—Además —añadió ella—, ese fue Jacob. No, Israel y Jacob eran el mismo. Siempre cambiaban de nombre cada tres versículos. ¿Cómo está la tía?

—Sabes perfectamente que lleva treinta años como una rosa. No cambies de tema.

Jean Louise movió las cejas.

—Henry —le dijo remilgadamente—, tendré una aventura contigo pero sin casarme.

Acertó de lleno.

—¡Por Dios, Jean Louise, no seas cría! —balbució Henry y, olvidando los últimos adelantos de la General Motors, agarró la palanca de cambio y pisó el embrague. Como no respondieron, giró violentamente la llave de arranque, pulsó varios botones y el gran automóvil se deslizó lenta y suavemente por la carretera.

—Es lenta esta camioneta, ¿no? —observó ella—. No sirve para moverse por la ciudad.

Henry la fulminó con la mirada.

—¿A qué te refieres?

Un minuto más y aquello se convertiría en pelea. Henry hablaba en serio. Más valía ponerlo furioso y que se callara. Así ella tendría tiempo para pensárselo.

—¿De dónde has sacado esa corbata tan fea? —le preguntó.

Y ahí se quedó.

Estaba casi enamorada de él. «No, eso es imposible», pensó. «O estás enamorada o no lo estás. El amor es lo único de este mundo que es inequívoco. Hay distintas clases de amor, pero todas se sienten o no se sienten».

Era del tipo de persona que, al toparse con una salida fácil, toma siempre el camino más difícil. En este caso, la salida fácil sería casarse con Hank y dejar que trabajara para mantenerla. Pasados unos años, cuando los niños le llegaran a la cintura, aparecería el hombre con quien debería haberse casado desde un principio. Habría examen de conciencia por ambas partes, fiebres y preocupaciones, largas miradas cruzadas en la escalera de la oficina de Correos y desdicha por doquier. Y cuando dejaran atrás los gritos y los elevados principios morales, solo quedaría otra fea aventurilla más, estilo club de campo de Birmingham, y un infierno privado de creación propia, pertrechado, eso sí, con los últimos electrodomésticos marca Westinghouse. Hank no se merecía eso.

No. Por el momento, ella seguiría avanzando por el sendero empedrado de la soltería. Se dispuso a restablecer la paz con honor:

—Cariño, lo siento, de verdad que lo siento —afirmó, y así era.

—No pasa nada —dijo Henry, y le dio una palmadita en la rodilla—. Es que a veces me dan ganas de matarte.

—Sé que soy odiosa.

Henry se quedó mirándola.

—Eres rara, amor. No puedes disimularlo.

Jean Louise le miró.

—¿De qué estás hablando?

—Bueno, por regla general la mayoría de mujeres, antes de casarse, se muestran risueñas y complacientes delante de sus novios. Ocultan sus pensamientos. Tú, en cambio, cariño, si te sientes mal, eres mala.

—¿Y no es más justo para el hombre saber a qué atenerse?

—Sí, pero ¿no te das cuentas de que así nunca vas a pescar a un hombre?

Ella se mordió la lengua ante lo obvio y preguntó:

—¿Y cómo lo hago para convertirme en una seductora?

Henry se aplacó. A sus treinta años, era todo un consejero. Quizá por ser abogado.

—Primero —dijo desapasionadamente—, muérdete la lengua. No discutas con un hombre, sobre todo si sabes que puedes vencerle. Sonríe mucho. Haz que se sienta grande. Dile lo maravilloso que es y sírvele en todo.

Ella mostró una sonrisa radiante y contestó:

—Hank, estoy de acuerdo con todo lo que has dicho. Eres el individuo más perspicaz que he conocido en años, mides uno noventa y cuatro y ¿puedo darte fuego? ¿Qué tal así?

—Fatal.

Volvían a ser amigos.

2

Atticus Finch se subió el puño izquierdo de la camisa y volvió a bajárselo con cuidado. Las dos menos veinte. Algunos días, como aquel, llevaba dos relojes: uno antiguo con leontina, de cuando a sus hijos empezaban a salirles los dientes, y uno de pulsera. El primero lo llevaba por costumbre; el segundo lo utilizaba para mirar la hora cuando la rigidez de sus dedos le impedía sacar el otro del bolsillo.

Había sido un hombre muy alto hasta que la edad y la artritis le habían reducido a una estatura media. El mes anterior había cumplido los setenta y dos, pero Jean Louise siempre pensaba que andaba por los cincuenta y cinco. Ella no lo recordaba más joven, y él parecía no envejecer.

Delante del sillón en el que estaba sentado había un atril de metal para partituras, y en él reposaba *El extraño caso de Alger Hiss*. Atticus se inclinó un poco hacia delante, señal de que desaprobaba lo que estaba leyendo. Un extraño no habría advertido malestar alguno en su semblante, dado que raras veces expresaba ese sentimiento. Un amigo, en cambio, habría anticipado de manera inminente un seco «Humm»: Atticus tenía las cejas levantadas y su boca dibujaba una agradable y fina línea.

—Humm —dijo.

—¿Qué pasa, querido? —preguntó su hermana.

—No entiendo cómo un hombre como este puede tener el atrevimiento de dar su opinión sobre el caso Hiss. Es como si Fenimore Cooper se pusiera a escribir las *Novelas de Waverley*.

—¿Por qué, querido?

—Tiene una fe pueril en la integridad de los funcionarios civiles y parece pensar que el Congreso está en connivencia con esa aristocracia. No entiende en absoluto la política americana.

Su hermana miró la tapa polvorienta del libro.

—No conozco al autor —afirmó, condenando así el libro para siempre—. Bueno, no te preocupes, querido. ¿No deberían haber llegado ya?

—No me preocupo, Zandra. —Atticus miró a su hermana con expresión alegre.

Zandra tenía un carácter imposible, pero prefería verla a ella que tener a Jean Louise siempre en casa sintiéndose desgraciada. Cuando su hija se sentía infeliz, andaba sin parar de un lado para otro, y a Atticus le gustaba que las mujeres de su casa estuvieran relajadas, en vez de dedicarse a vaciar ceniceros constantemente.

Escuchó que un automóvil entraba en el sendero, oyó cerrarse dos de sus puertas y, un instante después, oyó cerrarse también la puerta de la calle. Con cuidado, apartó el atril con el pie, hizo un vano intento de levantarse del hondo sillón sin servirse de las manos, lo logró a la segunda y acababa de recuperar el equilibrio cuando Jean Louise se abalanzó sobre él. Aguantó su abrazo y lo devolvió lo mejor que pudo.

—Atticus... —dijo ella.

—Lleva su maleta al dormitorio, por favor, Hank —indicó Atticus por encima del hombro de su hija—. Gracias por ir a buscarla.

Jean Louise besó a su tía sin llegar a tocarla con los labios, sacó un paquete de cigarrillos de su bolso y lo lanzó al sofá.

—¿Qué tal el reuma, tía?

—Mejor, cariño.

—¿Y tú, Atticus?

—Mejor, cariño. ¿Has tenido un buen viaje?

—Sí, señor.

Se desplomó en el sofá. Hank regresó de sus tareas, le pidió que le hiciera sitio y se sentó a su lado. Jean Louise bostezó y se estiró.

—¿Qué noticias hay? —preguntó—. Últimamente solo me entero de lo que consigo leer entre líneas en el *Maycomb Tribune*. Vosotros nunca me escribís.

—Ya te habrás enterado de la muerte del chico del primo Edgar —dijo la tía Alexandra—. Fue una cosa tristísima.

Jean Louise vio que Henry y su padre intercambiaban una mirada. Atticus dijo:

—Un día regresó tarde del entrenamiento, muy acalorado, y saqueó el congelador Kappa Alpha. Se comió además una docena de plátanos y los regó con casi medio litro de whisky. Una hora después estaba muerto. No tuvo nada de triste.

—Vaya —dijo Jean Louise.

—¡Atticus! —le espetó Alexandra—. Era el pequeño de Edgar.

—Sí que fue horrible, señorita Alexandra —dijo Henry.

—¿Te sigue cortejando el primo Edgar, tía? —preguntó Jean Louise—. Me parece que después de once años ya debería haberte pedido que te cases con él.

Atticus levantó las cejas a modo de aviso. Vio cómo el demonio que su hija llevaba dentro se agitaba y la dominaba: tenía las cejas levantadas, como él, los ojos se le redondearon bajo los párpados pesados y una de las comisuras de su boca se curvó de manera peligrosa. Cuando tenía esa expresión, solo Dios y Robert Browning sabían lo que podía salir de su boca. Su tía protestó:

—Por favor, Jean Louise, Edgar es primo hermano de tu padre y mío.

—A estas alturas del partido, eso no debería importar gran cosa, tía.

—¿Cómo está la gran ciudad? —preguntó Atticus rápidamente.

—Ahora mismo prefiero saber cosas de esta gran ciudad. Vosotros dos nunca me escribís para contarme los cotilleos. Tía, confío en ti para que me resumas las noticias de un año en quince minutos.

Dio unas palmaditas en el brazo a Henry, más que nada para evitar que se pusiera a hablar de trabajo con Atticus. Henry lo interpretó como un gesto de afecto y se lo devolvió.

—Bueno... —dijo Alexandra—. Bien, supongo que ya te habrás enterado de lo de los Merriweather. Eso sí que fue tristísimo.

—¿Qué ha pasado?

—Se han dejado.

—¿Qué? —dijo Jean Louise con sincero asombro—. ¿Quieres decir que se han separado?

—Sí —afirmó su tía con la cabeza.

Jean Louise se volvió a su padre.

—¿Los Merriweather? ¿Cuánto tiempo llevaban casados?

Atticus miró al techo, recordando. Era un hombre minucioso.

—Cuarenta y dos años —dijo—. Yo estuve en su boda.

—Notamos que algo andaba mal cuando iban a la iglesia y se sentaban cada uno en una punta de la sala —observó Alexandra.

—Se miraban con mala cara un domingo tras otro... —dijo Henry.

—Y lo siguiente fue que fueron a mi oficina a pedirme que les arreglara los papeles del divorcio —afirmó Atticus.

—¿Y se los arreglaste? —Jean Louise miró a su padre.

—Sí, se los arreglé.

—¿Con qué base?

—Adulterio.

Jean Louise meneó la cabeza, asombrada. «Señor», pensó, «debe de ser cosa del agua...».

La voz de Alexandra interrumpió sus cavilaciones.

—Jean Louise, ¿has venido en el tren así?

Jean Louise, que estaba distraída, tardó un momento en comprender lo que quería decir su tía con «así».

—Pues... sí —dijo—, pero espera un momento, tía. Salí de Nueva York con medias, guantes y zapatos. Me puse esta ropa después de pasar Atlanta.

Su tía soltó un soplido.

—Me gustaría que esta vez intentaras vestirte mejor mientras estés en casa. La gente se lleva una mala impresión de ti. Piensan que eres... eh... de barrio pobre.

Jean Louise sintió cierto desasosiego. La guerra de los Cien Años había cumplido más o menos su vigésimo sexto aniversario y, más allá de periodos de inquieta tregua, seguía sin tener visos de acabar.

—Tía —le dijo—, he venido para pasar dos semanas sin hacer nada, simple y llanamente. Dudo que vaya a salir de casa el tiempo que esté aquí. Ya me paso todo el año estrujándome el cerebro. —Se levantó y fue hacia la chimenea, miró furiosa la repisa y se dio la vuelta—. Si la gente de Maycomb no se lleva una impresión, que se lleve otra. Desde luego, no está acostumbrada a verme elegante. —Su tono se volvió más paciente—. Mira, si de repente me presentara ante ellos vestida de punta en blanco, dirían que me he convertido en una neoyorquina. Y ahora vienes tú a decirme que van a creer que no me importa lo que piensen si voy por ahí en pantalones. Dios mío, tía, en Maycomb todo el mundo sabe que hasta que tuve la regla solo me ponía pantalones de peto.

Atticus se olvidó de su dolor de manos. Se inclinó para atarse perfectamente los cordones de los zapatos y se incorporó con la cara enrojecida, pero seria.

—Ya basta, Scout —dijo—. Discúlpate con tu tía. No empieces a discutir nada más llegar a casa.

Jean Louise sonrió a su padre. Cuando tenía algo que reprocharle, Atticus siempre recurría al apodo de su niñez. Ella suspiró.

—Lo siento, tía. Lo siento, Hank. Me siento oprimida, Atticus.

—Entonces, vuélvete a Nueva York a desinhibirte.

Alexandra se puso de pie y alisó las ballenas de su vestido, cuyas protuberancias recorrían su cuerpo de arriba abajo.

—¿Has comido algo en el tren?

—Sí —mintió ella.

—Entonces ¿qué te parece un café?

—Sí, por favor.

—¿Hank?

—Sí, señora, gracias.

Alexandra salió de la habitación sin preguntar a su hermano.

—¿Aún no has aprendido a beber café? —preguntó Jean Louise.

—No —dijo su padre.

—¿Whisky tampoco?

—No.

—¿Tabaco y mujeres?

—No.

—¿Te diviertes últimamente?

—Voy tirando.

Jean Louise juntó las manos como si agarrara un palo de golf.

—¿Qué tal va? —preguntó.

—No es asunto tuyo.

—¿Todavía sabes manejar el palo?

—Sí.

—No lo hacías del todo mal para estar ciego.

—No les pasa nada a mis... —afirmó Atticus.

—Nada, excepto que no ves.

—¿Te importaría demostrar esa afirmación?

—No, señor. Mañana a las tres, ¿de acuerdo?

—Sí... no. Tengo una reunión. ¿Qué tal el lunes? Hank, ¿tenemos algo el lunes por la tarde?

Hank se removió en su asiento.

—Nada, salvo esa hipoteca a la una. No creo que nos lleve más de una hora.

—Entonces soy todo tuyo —dijo Atticus a su hija—. Aunque por la pinta que tienes, doña Remilgada, va a ser como si un ciego guiara a otro ciego.

Jean Louise había sacado de la chimenea un viejo palo de golf ennegrecido, con la varilla de madera, que durante años había hecho las veces de atizador. Vació el contenido de una gran escupidera antigua llena de pelotas de golf, la puso de lado, lanzó a puntapiés las pelotas de golf al centro del salón y estaba volviendo a meterlas en la escupidera cuando su tía entró de nuevo llevando una bandeja con café, tazas, platos y pastel.

—Entre tu padre, tu hermano y tú —dijo Alexandra—, esta alfombra es una vergüenza. Hank, cuando me vine a vivir aquí para ocuparme de la casa, lo primero que hice fue mandar que la tiñeran del color más oscuro posible. ¿Te acuerdas del aspecto que tenía? Madre mía, había un caminito negro que llegaba desde aquí a la chimenea y que no salía con nada.

—Sí que me acuerdo, señora —afirmó Hank—. Me temo que yo también contribuí.

Jean Louise devolvió el palo de golf a su sitio, al lado de las tenazas de la chimenea, recogió las pelotas de golf y las lanzó a la escupidera. Se sentó en el sofá y observó cómo Hank recogía las pelotas que aún quedaban por ahí. «Nunca me canso de verlo moverse», pensó ella.

Él volvió a sentarse, se bebió una taza de café negro hirviendo a velocidad alarmante y dijo:

—Señor Finch, será mejor que me vaya.

—Espera un poco y me voy contigo —dijo Atticus.

—¿Le apetece, señor?

—Claro que sí. Jean Louise —dijo de repente—, ¿cuánto de lo que pasa por aquí llega a los periódicos?

—¿Te refieres a la política? Bueno, cada vez que el gobernador comete una indiscreción aparece en los tabloides, pero, aparte de eso, nada.

—Me refiero a lo que está haciendo la Corte Suprema para pasar a la posteridad.

—Ah, eso. Bueno, según lo cuenta el *Post*, da la impresión de que nos desayunamos cada día con un linchamiento. Al *Journal* le trae sin cuidado, y el *Times* está tan obsesionado con su compromiso para con la historia que te mata de aburrimiento. No he prestado atención a nada de eso, aparte del boicot a los autobuses y de ese asunto de Mississippi. Atticus, el que el estado no consiguiera una resolución favorable en ese caso ha sido nuestra peor metedura de pata desde la Carga de Pickett.

—Así es. Supongo que los periódicos le sacaron tajada, ¿no?

—Se volvieron locos.

—¿Y la NAACP?

—No sé nada de ese grupo, salvo que el año pasado algún empleado mal informado me envió unos sellos de Navidad de la Asociación y los pegué en las tarjetas que mandé a casa. ¿Recibió la suya el tío Edgar?

—Sí, y también me hizo algunas sugerencias respecto a lo que debería hacer contigo. —Su padre dibujó una ancha sonrisa.

—¿Qué, por ejemplo?

—Ir a Nueva York, agarrarte por el pelo y darte unos azotes. A Edgar nunca le ha gustado tu comportamiento, dice que eres demasiado independiente...

—Nunca ha tenido sentido del humor, ese viejo pomposo, cara de barbo. Así es, exactamente: todo patillas y una boca como la de un barbo. Imagino que piensa que vivir sola en Nueva York equivale, *ipso facto*, a vivir en pecado.

—Más o menos, sí —dijo Atticus. Se levantó trabajosamente del sillón e indicó a Henry que fuera saliendo. Henry se volvió a Jean Louise.

—¿A las siete y media, cariño?

Ella asintió y miró a su tía por el rabillo del ojo.

—¿Te molesta si me pongo pantalones?

—Sí, señorita.

—Bien dicho, Hank —afirmó Alexandra.

3

No había duda al respecto: se mirase como se mirase, Alexandra Finch Hancock era una mujer imponente, tan rotunda por delante como por detrás. Jean Louise se había preguntado a menudo dónde compraba los corsés, aunque nunca había indagado al respecto.

Le elevaban el pecho hasta alturas vertiginosas, le estrechaban la cintura, le realzaban el trasero y daban, en general, la impresión de que la tía Alexandra había tenido en tiempos la silueta de un reloj de arena.

De todos sus parientes, la hermana de su padre era la que más sacaba de quicio a Jean Louise. Alexandra nunca se había portado mal con ella adrede (no se portaba mal con ningún bicho viviente, excepto con los conejos, a los que envenenaba por comerse sus azaleas), pero en ciertos momentos, a su ritmo y a su manera, había convertido su vida en un infierno. Ahora que Jean Louise era adulta, no podían mantener una conversación de quince minutos sin adoptar puntos de vista irreconciliables, lo cual habría resultado estimulante de ser ellas amigas pero, como estaban unidas por estrechos lazos de parentesco, solo producía una cordialidad incómoda. Había muchas cosas de su tía que a Jean Louise le encantaban, en el fondo, cuando las separaba medio continente y que sin embargo encontraba intolerables cuando estaban juntas. Jean Louise, no obstante, no se las tenía en cuenta cuando se paraba a examinar los motivos de su tía. Alexandra era una de esas personas que pasaban por la vida sin coste alguno para sí mismas. Si la hubieran obligado a pagar alguna factura sentimental durante su vida en la Tierra, Jean Louise se la imaginaba parándose en el mostrador de recepción del Cielo para exigir un reembolso.

Había estado casada treinta y tres años. Si ello la había marcado en un sentido o en otro, nunca lo demostraba. Había engendrado un hijo, Francis, quien, en opinión de Jean Louise, se parecía a un caballo y se comportaba como tal. Hacía mucho tiempo que el primo Francis había abandonado Maycomb para irse a Birmingham en busca de la gloria, y allí se dedicaba a vender seguros. Tanto mejor así.

Alexandra había estado y seguía estando oficialmente casada con un hombre apacible y grandullón llamado James Hancock, que dirigía con enorme exactitud un almacén algodonero seis días por semana, y el séptimo pescaba. Un domingo, hacía quince años, envió un mensaje a su esposa por medio de un muchacho negro de su campamento de pesca en el río Tensas avisándola de que se quedaba allí y no pensaba volver. Después de cerciorarse de que no había otra mujer de por medio, a Alexandra no pudo importarle menos. Francis, por su parte, decidió que esa era la cruz que tenía que llevar a cuestas. No entendía por qué el tío Atticus mantenía una excelente relación, aunque fuera remota, con su padre (pensaba que Atticus debía «hacer algo»), y tampoco entendía que su madre no estuviera postrada a causa de la conducta excéntrica, y por lo tanto imperdonable, de su padre. El tío Jimmy, al enterarse de la actitud de Francis, envió otro mensaje desde el bosque diciendo que estaba dispuesto a dar la cara si su hijo quería ir a pegarle un tiro, pero Francis nunca lo hizo. Finalmente, recibió un tercer comunicado de su padre que decía: «Si no quieres venir como un hombre, cállate».

La deserción del tío Jimmy no causó la más mínima alteración en el insulso horizonte de Alexandra: sus meriendas para la Sociedad Misionera siguieron siendo las mejores de la ciudad, aumentaron sus actividades en los tres clubes culturales de Maycomb y mejoró su colección de cristal esmerilado cuando Atticus consiguió sacarle algún dinero al tío Jimmy. En resumidas cuentas, Alexandra despreciaba a los hombres y se crecía sin su presencia. Que su hijo hubiera desarrollado todas las características propias de un hipócrita era algo que escapaba a su atención. Solo sabía que se alegraba de que viviera en Birmingham, porque la adoraba de una manera asfixiante, y ella se sentía obligada a hacer el esfuerzo de corresponderle, cosa que era incapaz de hacer con cierto grado de espontaneidad.

Para todos aquellos que participaban de la vida del condado, Alexandra era, sin embargo, la última de su especie: tenía modales de internado de señoritas, de barco de recreo. Si de defender la moralidad se trataba, era siempre la primera. Era una criticona, una chismosa incurable.

En los tiempos en que iba a la escuela, el concepto de autocrítica no aparecía en ningún libro de texto, de ahí que Alexandra desconociera su significado. Nunca se aburría y, a la más mínima ocasión, ejercía su prerrogativa real: disponía, aconsejaba, advertía y prevenía.

Ignoraba por completo que, con solo mover la lengua, podía hundir a Jean Louise en un torbellino moral y lograr que su sobrina dudara de sus propios motivos y sus buenas intenciones, tañendo las cuerdas de la conciencia protestante y farisaica de Jean Louise hasta hacerlas vibrar como una cítara espectral. Si Alexandra hubiera pulsado alguna vez los puntos flacos de Jean

Louise intencionadamente, podría haberse colgado otra cabellera del cinturón, pero, después de años de estudio táctico, Jean Louise conocía al enemigo. Y aunque podía ponerla en fuga, aún no había aprendido a reparar los estragos de sus ataques.

La última vez que tuvo una escaramuza con Alexandra fue cuando murió su hermano. Después del funeral de Jem, estaban las dos en la cocina recogiendo los restos del banquete tribal que acompañaba siempre a la muerte en Maycomb. (Calpurnia, la vieja cocinera de los Finch, se había marchado para no volver al enterarse de la muerte de Jem). Alexandra atacó como Aníbal:

—Creo, Jean Louise, que es hora de que regreses a casa de una vez por todas. Tu padre te necesita muchísimo.

Debido a su larga experiencia, Jean Louise se crispó inmediatamente. Pensó: «Mientes. Si Atticus me necesitara, yo lo sabría. No puedo hacerte entender cómo lo sabría porque no consigo que me escuches».

—¿Me necesita? —preguntó.

—Sí, querida. Seguro que lo entiendes. No debería tener que decírtelo.

«Dímelo. Ponme en mi sitio. Hala, métete con tus zapatones en nuestro terreno privado. Pues, mira, mi padre y yo ni siquiera hablamos de eso».

—Tía, si Atticus me necesita, tú sabes que me quedaré. Pero ahora mismo le hago tanta falta como un tiro en la cabeza. Los dos juntos aquí, en esta casa, seríamos muy desgraciados. Él lo sabe, yo lo sé. ¿No ves que, a no ser que retomemos lo que hacíamos antes de que pasara esto, nuestra recuperación será mucho más lenta? Tía, no puedo hacértelo entender, pero la única manera en que de verdad puedo cumplir con mi obligación para con Atticus es haciendo lo que estoy haciendo: ganarme el sustento y vivir mi vida. Atticus solo me necesitará cuando falle su salud, y no hace falta que te diga qué haré entonces. ¿Es que no lo ves?

No, no lo veía. Alexandra veía solo lo que veía Maycomb, y Maycomb esperaba que toda hija cumpliera con su obligación. La obligación de una hija para con su padre viudo después de la muerte de su único hijo varón estaba clara: Jean Louise debía regresar y vivir con Atticus. Era lo que hacía una hija, y la que no lo hacía no era una hija.

—Puedes conseguir un empleo en el banco e ir a la costa los fines de semana. Ahora hay mucha animación en Maycomb. Un montón de gente joven nueva. A ti te gusta pintar, ¿no?

«Te gusta pintar». ¿Cómo demonios pensaba Alexandra que pasaba las veladas en Nueva York? Igual que el primo Edgar, seguramente: reunión de la Liga de Alumnos de Pintura todas las noches de la semana, a las ocho. Las señoritas hacían bocetos, pintaban acuarelas, escribían breves párrafos de prosa imaginativa. Para Alexandra, había una diferencia clarísima (y enojosa) entre alguien que pinta y un pintor, alguien que escribe y un escritor.

—... en la costa hay muchas vistas bonitas, y tendrás libres los fines de semana.

«Dios mío. Me agarra cuando estoy a punto de enloquecer y me organiza la vida para siempre. ¿Cómo puede ser su hermana y no tener ni la más remota idea de lo que se le pasa por la cabeza a Atticus, a mí, a cualquiera? Ay, Señor, ¿por qué no nos diste labia suficiente para que nos entienda la tía Alexandra?».

—Tía, es fácil decirle a alguien lo que tiene que hacer...

—Pero muy difícil conseguir que lo haga. Esa es la causa de la mayoría de los problemas de este mundo, las personas que no hacen lo que se les dice.

Estaba decidido, definitivamente. Jean Louise se quedaría en casa. Alexandra se lo diría a Atticus, y le haría el hombre más feliz del mundo.

—Tía, no me voy a quedar en casa y, si lo hiciera, Atticus sería el hombre más infeliz del mundo. Pero no te preocupes, él lo entiende perfectamente y estoy segura de que, si te lo propones, tú se lo harás entender también a Maycomb.

De repente, su tía hundió el cuchillo hasta el fondo:

—¡Jean Louise, a tu hermano le preocupó hasta el día de su muerte que fueras tan desconsiderada!

Estaba lloviendo, hacía una noche calurosa y la lluvia estaría cayendo suavemente sobre su tumba. «Nunca lo dijiste, ni siquiera lo pensaste; si lo hubieras pensado, lo habrías dicho. Tú eras así. Descansa en paz, Jem».

Sin embargo, echó sal en la herida: «Soy una desconsiderada, sí. Egoísta, terca, como demasiado y parezco un devocionario: Señor, perdóname por no hacer lo que debería haber hecho y por hacer lo que no debería haber hecho... Ay, demonios».

Regresó a Nueva York con un peso en la conciencia que ni siquiera Atticus fue capaz de aliviar.

De eso hacía ya dos años, y desde entonces ella había dejado de preocuparse por lo desconsiderada que era y Alexandra la había descargado de ese peso emprendiendo el único acto generoso de su existencia: cuando a Atticus se le declaró la artritis, se fue a vivir con él. Jean Louise sentía una humilde gratitud. De haber sabido Atticus el acuerdo tácito al que habían llegado su hermana y su hija, jamás las habría perdonado. Él no necesitaba a nadie, pero era una idea excelente que hubiera alguien cerca para echarle un ojo, abrocharle la camisa cuando no le obedecían los dedos y llevar la casa. Calpurnia lo había hecho hasta hacía seis meses, pero era tan vieja ya que Atticus hacía más tareas que ella, y había regresado a los Quarters con una honrosa jubilación.

—Ya lo friego yo, tía —dijo Jean Louise cuando Alexandra se puso a recoger las tazas del café. Se levantó y se estiró—. ¡Qué sueño te entra cuando el día está así!

—Solo estas pocas tazas —contestó Alexandra—. Las friego en un minuto. Tú quédate donde estás.

Jean Louise se quedó donde estaba y recorrió el cuarto de estar con la mirada. Los viejos muebles quedaban bien en la casa nueva. Miró hacia el comedor y vio en el aparador la pesada jarra de plata de su madre, las copas y la bandeja, que brillaban en contraste con el verde suave de la pared.

«Es un hombre increíble», pensó. «Un capítulo de su vida llega a su fin, derriba la casa vieja y construye una nueva en otra parte de la ciudad. Yo no podría hacerlo. Han construido una heladería donde estaba la otra casa. Me pregunto quién la dirigirá».

Fue a la cocina.

—Bueno, ¿qué tal Nueva York? —preguntó Alexandra—. ¿Quieres otra taza antes de que tire esto?

—Sí, por favor.

—Ah, por cierto, voy a organizar un café para ti el lunes por la mañana.

—¡Tía! —se quejó Jean Louise.

Los cafés eran algo típico de Maycomb. Se organizaban en honor de las jóvenes que volvían a casa. Se exhibía a las muchachas a las 10.30 de la mañana con el único objeto de que las mujeres de su misma edad que se habían quedado aisladas en Maycomb las examinaran. En tales circunstancias, rara vez se renovaban las amistades de la niñez.

Jean Louise había perdido el contacto con casi todas las personas con las que había crecido, y no tenía especial interés en redescubrir a los compañeros de su adolescencia. Su época escolar había sido la más desgraciada de su vida. Sentía un desapego casi cruel respecto a la universidad femenina en la que había estudiado, y nada le desagradaba más que verse en medio de un grupo de gente que jugaba al «¿Te acuerdas de Fulano y de Mengano?».

—La perspectiva de asistir a uno de esos cafés me horroriza infinitamente —dijo—, pero me encantaría.

—Eso me parecía, querida.

Se sintió atravesada por una punzada de ternura. Nunca le agradecería lo suficiente a Alexandra que se hubiera ido a vivir con Atticus. Se consideraba a sí misma una sinvergüenza por haberse puesto sarcástica con su tía, quien, a pesar de sus corsés, mostraba cierta indefensión, además de un refinamiento que ella nunca tendría. «Es de verdad la última en su especie», pensó. Ninguna guerra había llegado a tocarla nunca, y había vivido tres. Nada había perturbado su mundo, un mundo en el que los caballeros fumaban en el porche o en hamacas y las señoras se abanicaban despacio y bebían agua fresca.

—¿Cómo le va a Hank?

—Estupendamente, querida. Ya sabes que el Club Kiwanis le nombró Hombre del Año. Le dieron un pergamino precioso.

—No, no lo sabía.

Que el Club Kiwanis (una novedad de posguerra en Maycomb) lo nombrara a uno Hombre del Año quería decir, por lo general, que el joven en cuestión llegaría muy lejos.

—Atticus estaba muy orgulloso de él. Dice que aún no entiende nada de contratos, pero que con los impuestos se las arregla muy bien.

Jean Louise sonrió. Su padre solía decir que hacían falta al menos cinco años para aprender leyes después de salir de la facultad de Derecho: dos años para desenvolverse en cuestiones de economía, otros dos para aprenderse los distintos tipos de alegato del ordenamiento jurídico de Alabama y el quinto para releer la Biblia y a Shakespeare. Entonces se estaba totalmente pertrechado para aguantar el tipo en cualquier circunstancia.

—¿Qué dirías si Hank se convirtiera en tu sobrino?

Alexandra dejó de secarse las manos con el paño de cocina. Se dio la vuelta y miró seriamente a Jean Louise.

—¿Lo dices en serio?

—Podría ser.

—No tengas prisa, cariño.

—¿Prisa? Tengo veintiséis años, tía, y conozco a Hank de toda la vida.

—Sí, pero...

—¿Qué pasa, no tiene tu aprobación?

—No es eso, es que... Jean Louise, salir con un chico es una cosa, y casarte con él, otra. Debes tenerlo todo en cuenta. Y el origen de Henry...

—... es literalmente el mismo que el mío. Nos hemos criado juntos.

—Hay tendencia a la bebida en esa familia...

—Tía, en todas las familias hay tendencia a la bebida.

Alexandra irguió la espalda.

—En la familia Finch, no.

—Tienes razón. Nosotros simplemente estamos locos.

—Eso es falso y tú lo sabes —dijo Alexandra.

—El primo Joshua estaba como una cabra, no lo olvides.

—Ya sabes que eso lo sacó de la otra parte de la familia. Jean Louise, en todo el condado no hay muchacho más bueno que Henry Clinton. Sería un marido estupendo para cualquier chica, pero...

—Pero un Clinton no es lo bastante bueno para una Finch, eso es lo que quieres decir. Tía querida, ese tipo de cosas terminó con la Revolución francesa, o comenzó con ella, no recuerdo bien.

—No es eso lo que digo, en absoluto. Es solo que deberías tener cuidado con estas cosas.

Jean Louise sonrió, con las defensas preparadas y en perfecto estado de revista. Ya estaban otra vez. «Señor, ¿por qué lo menciono siquiera?». Le dieron ganas de abofetearse. Si se le presentaba la ocasión, la tía Alexandra escogería para Henry a alguna chica de Wild Fork, limpia y rolliza como una vaca, y les daría su bendición. Ese era el lugar que ocupaba Henry en la vida.

—Bueno, no sé cuánto cuidado hay que tener, tía. A Atticus le encantaría tener a Hank oficialmente entre nosotros. Tú sabes que le haría una ilusión loca.

Sin duda. Atticus Finch había observado con benigna objetividad la tenaz persecución a la que Henry había sometido a su hija, le había dado consejos cuando se los pedía, pero se había negado en redondo a tomar partido.

—Atticus es un hombre. No sabe mucho de estas cosas.

A Jean Louise comenzaban a dolerle los dientes de tenerlos tan apretados.

—¿Qué cosas, tía?

—Mira, Jean Louise, si tuvieras una hija, ¿qué querrías para ella? Nada más que lo mejor, naturalmente. No pareces entenderlo, y la mayoría de la gente de tu edad no parece... ¿Qué pensarías si tu hija fuera a casarse con un hombre cuyo padre los abandonó a él y a su madre y murió alcoholizado en las vías del tren en Mobile? Cara Clinton era una buena mujer y tuvo una vida muy triste, fue todo muy triste, pero hay que pensarse mucho lo de casarse con el fruto de esa unión. Es algo muy serio.

Algo muy serio, en efecto. Jean Louise vio el destello de unas gafas con montura dorada sobre una cara agria que miraba desde debajo de una peluca torcida, y el meneo de un dedo huesudo. Dijo:

La cuestión, caballeros, es de licores.
Ya que consejo me piden, he aquí mi respuesta:
Dice que, estando borracho, apalearía a su esposa.
¡Pues que se emborrache, señores! ¡Se admiten apuestas!

A Alexandra no le pareció divertido. Estaba muy molesta. No entendía las actitudes de los jóvenes modernos. No es que necesitaran comprensión (los jóvenes eran iguales en todas las generaciones), era ese engreimiento, esa negativa suya a tomarse en serio las cuestiones más trascendentales de la vida lo que la exasperaba y la sacaba de sus casillas. Jean Louise estaba a punto de cometer el peor error de su vida, y le citaba como si nada a esos personajes de opereta, se burlaba de ella. Le hacía falta una madre. Atticus la había dejado a su aire desde que tenía dos años, y mira lo que había cosechado. Ahora necesitaba que la metieran en vereda, y con firmeza, antes de que fuera demasiado tarde.

—Jean Louise —le dijo—, me gustaría recordarte algunas realidades de la vida. No... —Alexandra extendió la mano para indicar silencio—. Estoy segura de que ya las conoces, pero hay algunas cosas que tú, a pesar de ser tan ingeniosa, no sabes, y por Dios bendito que voy a explicártelas. Aunque vivas en la ciudad, eres tan inocente como un huevo recién puesto. Henry no te conviene, ni te convendrá nunca. Nosotros los Finch no nos casamos con los hijos de gentuza pueblerina, que es exactamente lo que eran los padres de Henry cuando nacieron y lo que fueron toda su vida. No se les puede llamar nada mejor. Si Henry es como es, se debe únicamente a que tu padre lo tomó de la mano cuando era un crío, y a que llegó la guerra y pagó su educación. A pesar de lo buen muchacho que es, siempre será gentuza, eso no se quita por más que uno se lave. ¿Has notado alguna vez cómo se chupa los dedos cuando come pastel? Gentuza. ¿Le has visto alguna vez toser tapándose la boca? Gentuza. ¿Sabías que metió a una chica en un lío cuando estaba en la universidad? Gentuza. ¿No lo has visto hurgarse en la nariz cuando cree que nadie lo ve? Gentuza...

—No es que sea gentuza, tía, es que es un hombre —dijo Jean Louise en tono suave.

Por dentro, bullía de indignación. Unos minutos más y podría recuperar el buen humor. «Ella no puede ser vulgar, como estoy a punto de serlo yo. No puede ser común y corriente, como Hank y yo. No sé lo que es, pero será mejor que no siga fastidiando o le voy a decir cuatro cosas...».

—... y para colmo, piensa que puede labrarse una carrera en esta ciudad aprovechándose de los éxitos de tu padre. Imagínate, trata de ocupar el lugar de tu padre en la iglesia metodista y quedarse con su bufete, y encima se pasea por todas partes con su coche. Se comporta como si esta casa ya fuera suya, y ¿qué hace Atticus? Lo acepta, eso es lo que hace. Lo acepta y le encanta. Pero si todo Maycomb habla de que Henry Clinton se está apoderando de todo lo que tiene Atticus...

Jean Louise dejó de recorrer con el dedo el borde de una taza mojada que había en el fregadero. Se sacudió el dedo, dejó caer al suelo una gota de agua y la frotó sobre el linóleo con el pie.

—Tía —dijo con tono cordial—, ¿por qué no te vas a la mierda?

El ritual que Jean Louise y su padre ponían en escena las noches de los sábados era demasiado antiguo para saltárselo. Jean Louise entraba en el salón y se quedaba de pie delante del sillón de Atticus. Luego se aclaraba la garganta.

Su padre dejaba a un lado el *Mobile Press* y la miraba. Ella se giraba lentamente.

—¿Llevo bien subida la cremallera? ¿Están rectas las costuras de las medias? ¿Tengo el flequillo aplastado?

—Estás hecha un pincel —respondió Atticus—. Le has dicho a tu tía una grosería.

—No.

—Me lo ha dicho ella.

—Me puse un poco ordinaria, pero no le dije ningún juramento.

Cuando Jean Louise y su hermano eran pequeños, Atticus les marcaba a veces, con líneas precisas, la diferencia entre la simple escatología y la blasfemia. Lo primero podía soportarlo. Detestaba, en cambio, meter a Dios de por medio. De ahí que Jean Louise y su hermano nunca juraran en su presencia.

—Me sacó de quicio, Atticus.

—No deberías habérselo permitido. ¿Qué le dijiste?

Jean Louise se lo contó. Atticus hizo una mueca.

—Bueno, pues más vale que hagas las paces con ella. A veces se le va la mano, cariño, pero es una buena mujer...

—Se trataba de Hank, y me puso furiosa.

Atticus era un hombre prudente, de modo que dejaron el tema.

El timbre de la puerta de los Finch era un instrumento místico: se podía adivinar el estado de ánimo de quien lo tocaba. Cuando hizo ¡ding-dooong! Jean Louise supo que era Henry y que estaba contento. Se apresuró a abrir la puerta.

Pudo distinguir su agradable olor, remotamente masculino, cuando entró en el vestíbulo, pero aquel aroma a crema de afeitar, a tabaco, a coche nuevo y a libros polvorientos se disipó ante el recuerdo de la conversación en la cocina. De repente lo rodeó con los brazos por la cintura y frotó la cara contra su pecho.

—¿Y esto? —preguntó Henry con deleite.

—Por nada en especial. Vámonos.

Henry se asomó por la puerta y miró a Atticus, que seguía en el salón.

—La traeré a casa temprano, señor Finch.

Atticus hizo un gesto meneando el periódico.

Cuando salieron, ya de noche, Jean Louise se preguntó qué haría Alexandra si supiera que su sobrina estaba más cerca que nunca de casarse con alguien que era gentuza.

SEGUNDA PARTE

4

La localidad de Maycomb, Alabama, debía su ubicación a la entereza de un tal Sinkfield, quien, en los albores del condado, dirigía una posada en la confluencia de dos veredas de cerdos, la única taberna del territorio. El gobernador William Wyatt Bibb, con la intención de fomentar la paz en el condado recién creado, envió a un equipo de supervisores para localizar su centro exacto y establecer allí su sede de gobierno. Si Sinkfield no hubiera recurrido a una audaz estratagema para conservar sus tierras, Maycomb se habría levantado en medio del pantano de Winston, un lugar totalmente carente de interés.

En cambio, Maycomb creció y se extendió desde su cogollo, la taberna de Sinkfield, porque el tabernero se ocupó de emborrachar una noche a los supervisores y los convenció para que sacaran sus mapas y planos y para que trazaran una curvita aquí, añadieran otra poco más allá y delinearan el centro del condado a su conveniencia. Al día siguiente los despachó con sus planos y cinco litros de licor en las alforjas: dos para cada uno y otro para el gobernador.

Jean Louise nunca había conseguido despejar sus dudas respecto a si la maniobra de Sinkfield había sido prudente: había colocado la flamante localidad a treinta kilómetros del único transporte público que había entonces: los barcos fluviales, y los que vivían al sur del condado tardaban dos días en llegar a Maycomb para comprar provisiones. Como resultado de ello, el pueblo siguió teniendo el mismo tamaño durante más de siglo y medio. Su principal razón de ser era la administración. Lo que lo salvó de convertirse en otro sucio pueblucho de Alabama fue su elevada proporción de profesionales de toda índole: uno iba a Maycomb a que le sacaran una muela, a que le arreglaran la carreta, a que le auscultaran el corazón, a ingresar su dinero en el banco, a que el veterinario viera sus mulas, a salvar su alma o a que le ampliaran la hipoteca.

Rara vez llegaba gente nueva para establecerse allí. Las mismas familias se casaban entre sí continuamente, de tal modo que las relaciones de parentesco se enmarañaban sin remedio y toda la gente de la ciudad guardaba entre sí un monótono parecido. Hasta la Segunda Guerra Mundial, prácticamente todos sus habitantes eran parientes políticos o consanguíneos de Jean Louise, pero eso no era nada comparado con lo que sucedía en la mitad norte del condado de Maycomb, donde había un pueblo llamado Old Sarum habitado por dos familias que al principio estuvieron separadas, pero que por desgracia tenían el mismo apellido. Los Cunningham se casaron con los Coningham hasta que la correcta ortografía de los nombres se volvió irrelevante. Irrelevante, a no ser que un Cunningham quisiera birlarle a un Coningham la titularidad de unas tierras y la cosa acabara en los tribunales. La única vez que Jean Louise vio al juez Taylor sin saber qué hacer en un juicio fue durante una disputa de este tipo. Jeems Cunningham declaró que su madre deletreaba su apellido «Cunningham» de cuando en cuando, en escrituras de propiedad y otros papeles, pero que ella realmente era una Coningham, que apenas sabía escribir y que a veces se sentaba en el porche por la tarde y no hacía otra cosa que mirar a lo lejos. Después de nueve horas escuchando las excentricidades de los habitantes de Old Sarum, el juez Taylor desestimó el caso por considerarlo una patochada y declaró que confiaba de todo corazón en que los litigantes se dieran por satisfechos con haber tenido cada uno el uso de la palabra. Así fue. Era lo único que querían desde un principio.

Maycomb no tuvo una calle pavimentada hasta 1935, por cortesía de F. D. Roosevelt, y tampoco era del todo una calle pavimentada. Por la razón que fuese, el presidente decidió que un descampado que iba desde la puerta frontal de la Escuela Elemental de Maycomb hasta el camino de doble rodera que había al lado de la finca del colegio necesitaba mejoras. Se hicieron las mejoras y el resultado fue un sinfín de niños con raspones en las rodillas y brechas en el cráneo, y un bando del alcalde prohibiendo que se jugara al látigo en el pavimento. Así se sembraron las semillas de los derechos del Estado en los corazones de la generación de Jean Louise.

La Segunda Guerra Mundial transformó Maycomb: los muchachos que regresaban a casa volvían pertrechados con estrafalarias ideas acerca de ganar dinero y urgencia por recuperar el tiempo perdido. Pintaron las casas de sus padres con colores atroces, encalaron las tiendas de Maycomb, pusieron letreros de neón, construyeron casas de ladrillo rojo en lo que antes eran campos de maíz y pinares, y echaron a perder el aspecto de la ciudad. No solo se pavimentaron las calles, sino que se les puso nombre (avenida Adeline, en honor a la señorita Adeline Clay), pero los vecinos más ancianos se resistieron a utilizarlos: para orientarse, bastaba con decir «el camino que pasa por donde los Tompkin». Después de la guerra, llegaron en tropel jóvenes procedentes de granjas arrendadas de todo el condado que levantaron endebles casitas de madera y allí se casaron y tuvieron hijos.

Nadie sabía muy bien cómo se ganaban la vida, pero sobrevivían, y habrían formado un nuevo estrato social si el resto de los vecinos de la ciudad se hubiera dado por enterado de su existencia.

Aunque el aspecto de Maycomb había cambiado, eran los mismos corazones los que latían en casas nuevas, con sus televisores y sus batidoras Mixmaster. Se podía pintar de blanco cuanto se quisiera, y poner cómicos letreros de neón, que los maderos envejecidos se mantendrían bien firmes bajo aquel nuevo peso.

—No te gusta, ¿verdad? —preguntó Henry—. He visto la cara que has puesto al cruzar la puerta.

—Una resistencia conservadora al cambio, eso es todo —respondió Jean Louise mientras masticaba un bocado de gambas fritas.

Estaban en el comedor del Hotel Maycomb, sentados en sillas cromadas en una mesa para dos. El aparato de aire acondicionado delataba su presencia con un ruido bajo y constante.

—Lo único que me gusta es que ya no huele como antes.

Una mesa larga con muchos platos, el olor a humedad de la sala desvencijada y a grasa caliente de la cocina.

—Hank, ¿qué es «grasa en la cocina»?

—¿Qué?

—Era un juego o algo así.

—Querrás decir «guisantes calientes», cariño. Es saltar a la comba, cuando dan muy deprisa para que te tropieces.

—No, era algo parecido al pilla-pilla.

No se acordaba. Seguramente se acordaría cuando se estuviera muriendo, pero de momento solo veía, prendido como un jirón en su memoria, el leve destello de una manga de tela vaquera, y un grito atropellado: «¡Grasaenlacocina!». Se preguntó quién sería el dueño de aquella manga y qué habría sido de él. Quizás estuviera criando a su familia en una de aquellas casitas nuevas. Tenía la extraña sensación de que el tiempo había pasado de largo ante ella.

—Hank, vamos al río —dijo.

—No creerías que no íbamos a ir, ¿verdad?

Henry le sonrió. Nunca sabía por qué, pero, cuando iban a Finch's Landing, Jean Louise volvía a ser la de siempre: como, si al respirar, extrajera algo del aire.

—Eres como Jekyll y Hyde —comentó Henry.

—Ves demasiada televisión.

—A veces creo que te tengo así. —Henry cerró el puño—. Y justo cuando creo que te tengo agarrada bien fuerte te me escapas.

Jean Louise enarcó las cejas.

—Señor Clinton, si me permite una observación propia de una mujer de mundo, se le ve el plumero.

—¿Y eso?

Ella sonrió.

—¿No sabes cómo pescar a una mujer, cariño? —Se pasó la mano por la cabeza como si la tuviera rapada, frunció el ceño y añadió—: A una mujer le gusta que su hombre sea dominante y a la vez distante, si es que eso es posible. Que la haga sentirse indefensa, sobre todo si sabe que puede levantar un montón de peso sin ningún problema. Nunca dudes delante de una mujer y jamás le digas que no la entiendes.

—*Touché*, cariño —afirmó Henry—. Pero pondría una pequeña pega a eso último que has dicho. Yo creía que a las mujeres les gustaba que las consideraran extrañas y misteriosas.

—No, solo nos gusta parecer extrañas y misteriosas. Por debajo de la boa de plumas, todas las mujeres quieren un hombre fuerte que las conozca como a la palma de su mano, y que no solo sea su amante, sino Dios Todopoderoso. Qué tontería, ¿verdad?

—Entonces quieren un padre en lugar de un marido.

—En resumidas cuentas, sí —repuso ella—. En ese aspecto, los libros tienen razón.

—Te veo muy sabia esta noche —observó Henry—. ¿Dónde has aprendido todo eso?

—En Nueva York, viviendo en pecado —contestó ella. Encendió un cigarrillo e inhaló profundamente—. Observando a matrimonios jóvenes y elegantes en Madison Avenue. ¿Conoces ese dialecto, cielo? Es muy divertido, pero hay que tener el oído acostumbrado: ejecutan una especie de fandango tribal, pero de aplicación universal. Comienza cuando las mujeres se aburren como ostras porque sus maridos están tan cansados de salir a ganar dinero que no les prestan atención. Y cuando ellas se ponen a gritar, en vez de intentar entender el motivo, ellos se limitan a buscar un hombro compasivo en el que llorar. Luego, cuando se cansan de hablar de sí mismos, regresan con sus esposas. Todo es de color de rosa durante un tiempo, pero al final los hombres se cansan y las mujeres se ponen a gritar otra vez, y vuelta a empezar. Los hombres de hoy en día han convertido a «la otra» en un diván de psiquiatra, y a precio mucho menor.

Henry se quedó mirándola fijamente.

—Nunca te había visto tan desencantada —dijo—. ¿Qué te ocurre?

Jean Louise parpadeó.

—Lo siento, cariño. —Apagó su cigarrillo—. Es solo que me da mucho miedo fastidiarlo todo por casarme con quien no debo. Con un hombre con el que no congenie, quiero decir. Soy como todas las demás mujeres, y si me caso con quien no debo me convertiré en una arpía gritona en tiempo récord.

—¿Por qué estás tan segura de que vas a equivocarte? ¿Es que no sabías desde siempre que soy un maltratador?

Una mano negra les tendió la cuenta en una bandeja. Aquella mano le resultaba familiar, y Jean Louise levantó la vista.

—Hola, Albert —dijo—. Te han puesto chaquetilla blanca.

—Sí, señora, señorita Scout —repuso Albert—. ¿Qué tal Nueva York?

—Bien —respondió ella, y se preguntó si alguien más en Maycomb se acordaba de Scout Finch, bandolera juvenil y sinvergüenza redomada.

Nadie salvo quizás el tío Jack, que a veces la avergonzaba despiadadamente delante de otras personas recitando con voz cantarina sus fechorías infantiles. Le vería en la iglesia al día siguiente, y por la tarde tendría que hacerle una visita sin prisas. El tío Jack era uno de los placeres de Maycomb que aún resistían.

—¿Por qué será —preguntó Henry enfáticamente— que nunca te bebes más de la mitad de tu segunda taza de café después de la cena?

Jean Louise miró su taza, sorprendida. Cualquier referencia a sus excentricidades personales, incluso por parte de Henry, le producía un sentimiento de timidez. Era muy astuto por su parte haberse fijado en eso. ¿Por qué había esperado quince años para decírselo?

5

Cuando iba a subirse al coche, Jean Louise se golpeó la cabeza contra el techo.

—¡Maldita sea! ¿Por qué no hacen estas cosas más altas para poder subirse? —Se frotó la frente hasta que dejó de ver borroso.

—¿Estás bien, cariño?

—Sí, estoy bien.

Henry cerró la puerta, rodeó el coche y se sentó a su lado.

—Llevas demasiado tiempo viviendo en la ciudad —afirmó—. Allí nunca vas en coche, ¿verdad?

—No. ¿Cuánto van a tardar en hacerlos de medio metro de alto? Dentro de nada tendremos que ir tumbados.

—Como si nos fueran a disparar desde un cañón —comentó Henry—. De Maycomb a Mobile en tres minutos.

—Yo me conformaría con un Buick de los antiguos, esos tan cuadrados. ¿Te acuerdas? Ibas sentada como mínimo a metro y medio del suelo.

—¿Te acuerdas de cuando Jem se cayó del coche? —preguntó Henry.

Ella se rio.

—Se lo estuve restregando semanas enteras... Si no podías llegar hasta el remolino de Barker sin caerte del coche, eras un patoso.

En un pasado ya borroso, Atticus había tenido un viejo turismo con techo de lona y una vez, cuando les llevaba a bañarse a Jem, a Henry y a ella, el coche pasó por encima de un bache muy pronunciado y Jem acabó en el suelo. Atticus siguió conduciendo plácidamente hasta que llegaron al remolino de Barker, porque Jean Louise no tenía la más mínima intención de avisarle de que habían perdido a Jem, y se aseguró de que Henry tampoco lo hiciera agarrándolo del dedo y torciéndoselo hacia atrás. Cuando llegaron al riachuelo, Atticus se dio la vuelta y exclamó alegremente: «¡Todo el mundo abajo!», y entonces se le congeló la sonrisa:

—¿Dónde está Jem?

Jean Louise dijo que tenía que estar a punto de llegar. Cuando Jem apareció resoplando, sudoroso y sucio por la carrera forzosa, pasó por su lado corriendo y se zambulló en el río con la ropa puesta. Segundos después surgió del agua una cara con expresión asesina, y dijo:

—¡Ven aquí, Scout! ¡A que no te atreves, Hank!

Aceptaron el reto, y en cierto momento Jean Louise pensó que Jem iba a estrangularla, pero al final la soltó (estaba allí Atticus).

—Han puesto un aserradero en el río —comentó Henry—. Ya no se puede nadar allí.

Condujo hasta la tienda E-Lite y tocó el claxon.

—Danos dos vasos, Bill, por favor —le dijo al joven que salió a atenderles.

En Maycomb, o bebías o no bebías. Si bebías, te ibas detrás de la cochera, abrías una cerveza y te la tomabas. Si eras de lo que no bebían, pedías un vaso de soda en E-Lite al amparo de la oscuridad. Que un hombre se tomara un par de copas antes o después de la cena en su casa o con el vecino era lo nunca visto.

Eso era «beber en sociedad». Quienes tenían esa costumbre no eran gente de categoría, y como en Maycomb todo el mundo se consideraba de categoría, no se bebía en sociedad.

—El mío que esté flojito, cielo —dijo Jean Louise—. Que solo le dé un poco de color al agua.

—¿Aún no has aprendido a aguantarlo? —le preguntó Henry. Metió la mano debajo del asiento y sacó una botella marrón de Seagram's Seven.

—El fuerte, no —contestó ella.

Henry tintó el agua de su vaso de papel. Se sirvió un buen trago, lo removió con el dedo y, sosteniendo la botella entre las rodillas, le puso el tapón. La metió debajo del asiento y arrancó.

—Allá vamos —dijo.

El zumbido de los neumáticos sobre el asfalto adormiló a Jean Louise. Lo que más le gustaba de Henry Clinton era que la dejaba estar en silencio cuando ella quería. No tenía que entretenerlo.

Henry nunca intentaba darle la lata cuando estaba así. Tenía un talante liberal y sabía que Jean Louise le agradecía su paciencia. Ella ignoraba que era una virtud que estaba aprendiendo de su padre.

—Tómatelo con calma, hijo —le había dicho Atticus en uno de sus raros comentarios acerca de Jean Louise—. No la presiones. Déjala a su aire. Si la presionas, te sería más fácil vivir con cualquier mula del condado que con ella.

La clase de Henry Clinton en la facultad de Derecho estaba compuesta por jóvenes veteranos de guerra, inteligentes pero sin sentido del humor. La competencia era terrible, pero Henry estaba acostumbrado a trabajar con ahínco. Aunque había podido seguir el ritmo y desenvolverse a la perfección, había aprendido poca cosa que sirviera en la práctica. Atticus Finch tenía razón al decir que el único bien que le había hecho la universidad había sido permitirle trabar amistad con futuros políticos, demagogos y estadistas de Alabama. Uno empezaba a hacerse una idea de lo que era de verdad el derecho cuando le llegaba el momento de ejercer. El Derecho de Alegato en el ordenamiento jurídico de Alabama y el Derecho Común era, por ejemplo, una asignatura de naturaleza tan etérea que solo consiguió aprobarla aprendiéndose de memoria el libro. El hombrecillo amargado que impartía la asignatura era el único profesor de toda la facultad con agallas suficientes para intentar enseñar aquello, y hasta él daba muestras de la rigidez propia de quien no entiende del todo una cosa.

—Señor Clinton —le dijo en una ocasión en que Henry se aventuró a pedir explicaciones sobre un examen particularmente ambiguo—, por lo que a mí respecta puede usted escribir hasta el día del juicio, pero si sus respuestas no coinciden con las mías, es que están equivocadas. Sí, señor, equivocadas.

No es de extrañar, por tanto, que, en los primeros tiempos de su relación laboral, Atticus hubiera dejado pasmado a Henry al afirmar:

—Un alegato consiste poco más o menos en poner sobre papel lo que uno quiere decir.

Con paciencia y discreción, Atticus le había enseñado todo lo que sabía acerca de su oficio, pero Henry se preguntaba a veces si sería tan viejo como Atticus cuando consiguiera reducir el derecho a un objeto de su posesión. *Tom, Tom, el hijo del deshollinador.* ¿Era el típico caso de cesión de un bien en depósito? No, era el primero de los casos de hallazgo accidental de un tesoro: el derecho de posesión prevalece frente a cualquier persona sobrevenida, excepto el verdadero dueño. El niño que encontraba una joya...

Henry miró a Jean Louise. Estaba dormitando.

Él era su verdadero dueño, eso lo tenía claro. Desde la época en que ella le tiraba piedras, cuando estuvo a punto de volarle la cabeza jugando con pólvora; cuando saltaba sobre él desde atrás, le agarraba, le hacía una llave y le obligaba a gritar «¡Me rindo!»; cuando un verano estuvo enferma y deliraba, y les llamaba a gritos a él, a Jem y a Dill...

Henry se preguntó dónde estaría Dill. Jean Louise lo sabría: seguían en contacto.

—Cariño, ¿dónde está Dill?

Ella abrió los ojos.

—En Italia, la última vez que tuve noticias suyas.

Se rebulló en el asiento. Charles Baker Harris. Dill, su amigo del alma. Bostezó y observó cómo el automóvil iba tragándose la línea blanca de la carretera.

—¿Dónde estamos?

—Quedan quince kilómetros para llegar.

—Ya se siente el río —dijo ella.

—Debes de ser mitad caimán —afirmó Henry—. Yo no siento nada.

—¿Sigue por ahí Tom Dosdedos?

Tom Dosdedos vivía dondequiera que hubiera un río. Era un genio: hacía túneles por debajo de Maycomb y de noche se comía los pollos de la gente. En una ocasión lo siguieron desde Demopolis hasta Tensas. Era tan antiguo como el condado de Maycomb.

—Puede que lo veamos esta noche.

—¿Qué te ha hecho pensar en Dill? —preguntó ella.

—No sé. Solamente me he acordado de él.

—Nunca te gustó, ¿verdad?

Henry sonrió.

—Estaba celoso de él. Os tenía a ti y a Jem para él solo todo el verano, mientras que yo tenía que irme a casa en cuanto terminaban las clases. Y en casa no había nadie con quien hacer el indio.

Jean Louise se quedó callada. El tiempo se detuvo, cambió de marcha y retrocedió perezosamente. En aquel entonces, sin saber por qué, era siempre verano. Hank estaba en casa con su madre y no podía salir, y Jem tenía que conformarse con pasar el rato con su hermana pequeña. Los días eran largos, Jem tenía once años y la pauta era siempre la misma.

Estaban en el porche donde dormían, la parte más fresca de la casa. Dormían allí cada noche desde principios de mayo hasta finales de septiembre. Jem, que había estado tumbado en su catre leyendo desde el amanecer, le puso una revista de fútbol delante de la cara, señaló una fotografía y dijo:

—¿Quién es este, Scout?

—Johnny Mack Brown. Vamos a inventarnos una historia.

Jem sacudió la página delante de su cara.

—¿Quién es este, entonces?

—Tú —dijo ella.

—Vale. Llama a Dill.

No hizo falta llamarlo. Temblaron los repollos en el huerto de la señorita Rachel, la valla trasera crujió y Dill ya estaba con ellos. Dill era una rareza porque venía de Meridian, Mississippi, y tenía mucho mundo. Pasaba todos los veranos en Maycomb con su tía abuela, que vivía en la casa contigua a la de los Finch. Era un individuo bajito, robusto, con la cabeza llena de pájaros, la cara de un ángel y la astucia de un armiño. Era un año mayor que ella, pero Jean Louise le sacaba una cabeza.

—Hola —saludó—. Hoy vamos a jugar a Tarzán. Yo soy Tarzán.

—No puedes ser Tarzán —repuso Jem.

—Yo soy Jane —afirmó ella.

—Pues yo no pienso ser la mona otra vez —protestó Dill—. Siempre me toca ser la mona.

—¿Quieres ser Jane, entonces? —preguntó Jem. Se estiró, se subió los pantalones y dijo—: Vamos a jugar a Tom Swift. Yo soy Tom.

—¡Me pido Ned! —dijeron Dill y ella a la vez.

—No, tú no —le dijo Scout a Dill.

A Dill se le puso la cara roja.

—Scout, tú siempre tienes que ser el mejor personaje después del protagonista. A mí nunca me toca ser el segundo mejor.

—¿Y qué piensas hacer? —le preguntó ella educadamente al tiempo que cerraba los puños.

—Tú puedes ser el señor Damon, Dill —dijo Jem—. Es muy divertido y salva a todo el mundo al final. Ya sabes, siempre lo bendice todo.

—Pues que bendiga mi póliza de seguros —contestó Dill al tiempo que enganchaba los pulgares en unos tirantes invisibles—. Bueno, está bien.

—¿A qué jugamos? —preguntó Jem—. ¿A Aeropuerto Océano o a Máquina Voladora?

—Estoy cansada de jugar a eso —dijo ella—. Vamos a inventarnos una nueva.

—Muy bien. Scout, tú eres Ned Newton. Dill, tú eres el señor Damon. Un día, Tom está en su laboratorio trabajando en una máquina que puede ver a través de las paredes de ladrillo cuando entra un hombre y dice: «¿El señor Swift?». Yo soy Tom, así que digo: «¿Sí, señor...?».

—No hay nada que pueda ver a través de una pared de ladrillo —afirmó Dill.

—Esta cosa podía. El caso es que entra ese hombre y dice: «¿El señor Swift?».

—Jem —dijo ella—, si va a aparecer ese hombre, necesitamos a alguien más. ¿Quieres que vaya corriendo a buscar a Bennett?

—No, ese hombre no sale mucho, así que su parte la digo yo. Tienes que comenzar una historia, Scout.

El papel de ese hombre consistía en explicar al joven inventor que un afamado profesor llevaba treinta años perdido en el Congo Belga y que ya era hora de que alguien intentara sacarlo de allí. Como era lógico, había decidido recurrir a los servicios de Tom Swift y sus amigos, y Tom no perdió la ocasión de embarcarse en una nueva aventura.

Montaron los tres en la máquina voladora, consistente en unos tablones anchos que tiempo atrás habían clavado en las ramas más robustas del cinamomo.

—Hace un calor horrible aquí arriba —comentó Dill—. Ja, ja, ja.

—¿Qué? —preguntó Jem.

—Digo que hace mucho calor aquí, tan cerca del sol. Benditos sean mis calzoncillos largos.

—No puedes decir eso, Dill. Cuanto más alto se sube, más frío hace.

—Yo creo que hace más calor.

—Pues no. Cuanto más alto se sube, más frío hace, porque el aire se vuelve más fino. Ahora, Scout, tú dices: «Tom, ¿adónde vamos?».

—Creía que íbamos a Bélgica —dijo Dill.

—Tienes que preguntar adónde vamos porque el hombre me lo dijo a mí, no a vosotros, y yo no os lo he contado aún, ¿entendéis?

Todos lo entendieron.

Cuando Jem les explicó su misión, Dill dijo:

—Si lleva tanto tiempo perdido, ¿cómo saben que está vivo?

—Ese hombre dijo que habían recibido un mensaje de la Costa de Oro diciendo que el profesor Wiggins estaba... —contestó Jem.

—Si acababan de tener noticias suyas, ¿cómo es que está perdido? —preguntó ella.

—... estaba con una tribu perdida de jíbaros —continuó Jem sin hacerle caso—. Ned, ¿tienes el rifle con mira de rayos equis? Ahora tú dices que sí.

—Sí, Tom —dijo ella.

—Señor Damon, ¿ha cargado suficientes provisiones en la máquina voladora? ¡Señor Damon!

Dill dio un respingo y se puso en guardia.

—Bendita sea mi estampa, Tom. ¡Sí, señoooor! ¡Ja, ja, ja!

Hicieron un aterrizaje en tres tiempos en las afueras de Ciudad del Cabo, y ella le dijo a Jem que hacía diez minutos que no le pedía que dijera nada y que así no pensaba seguir jugando.

—Está bien. Scout, tú dices: «Tom, no hay tiempo que perder. Vamos a la jungla».

Ella lo dijo.

Marcharon por el patio trasero abriéndose paso entre la maleza y deteniéndose de vez en cuando para derribar a un elefante perdido o luchar contra una tribu de caníbales. Jem iba en cabeza. A veces gritaba: «¡Atrás!», y ellos se tumbaban boca abajo sobre la tierra caliente. Una vez rescató al señor Damon de las cataratas Victoria mientras Scout se quedaba por allí, enfurruñada porque lo único que tenía que hacer era sujetar la cuerda que amarraba a Jem.

Pasado un rato Jem gritó:

—¡Ya casi hemos llegado, así que adelante!

Avanzaron rápidamente hasta la cochera (una aldea de jíbaros). Jem cayó de rodillas y comenzó a comportarse como un encantador de serpientes.

—¿Qué estás haciendo? —preguntó ella.

—¡Shh! Estoy haciendo un sacrificio.

—Pareces muy desgraciado —dijo Dill—. ¿Qué es un sacrificio?

—Se hace para alejar a los jíbaros. ¡Mirad, ahí están!

Jem emitió un zumbido bajo, dijo algo parecido a «Buya-buya-buya», y la cochera se llenó de salvajes.

Dill puso los ojos en blanco de un modo asqueroso, se puso rígido y cayó al suelo.

—¡Tienen al señor Damon! —gritó Jem.

Sacaron al sol a Dill, tieso como una farola. Juntaron hojas de higuera y las colocaron en fila encima de él, de la cabeza a los pies.

—¿Crees que funcionará, Tom? —dijo ella.

—Podría ser. Aún no lo sé. ¿Señor Damon? ¡Señor Damon, despierte! —Jem le dio un golpe en la cabeza.

Dill se incorporó desparramando las hojas de higuera.

—Ya vale, Jem Finch —dijo él, y volvió a ponerse con los brazos en cruz—. No voy a quedarme aquí mucho más rato. Está empezando a hacer calor.

Jem hizo misteriosos movimientos rituales por encima de su cabeza y dijo:

—Mira, Ned, ya vuelve en sí.

Los párpados de Dill temblaron y se abrieron. Se levantó y se puso a dar vueltas por el jardín farfullando:

—¿Dónde estoy?

—Aquí, Dill —contestó ella un poco alarmada.

Jem frunció el ceño.

—Eso no vale. Tienes que decir: «Señor Damon, está usted perdido en el Congo Belga. Ha estado hechizado. Yo soy Ned y este es Tom».

—¿Nosotros también nos hemos perdido? —preguntó Dill.

—Hemos estado perdidos mientras tú estabas embrujado, pero ya no —dijo Jem—. Al profesor Wiggins lo tienen prisionero en una cabaña, allí, y tenemos que rescatarlo...

Que ella supiera, el profesor Wiggins seguía estando prisionero. Calpurnia rompió el hechizo cuando asomó la cabeza por la puerta trasera y gritó:

—¿Queréis limonada? Son las diez y media. ¡Más vale que vengáis a tomar una o vais a asaros vivos con este sol!

Calpurnia había puesto tres vasos y una jarra grande llena de limonada al otro lado de la puerta del porche trasero, para asegurarse de que estuvieran a la sombra cinco minutos por lo menos. En verano siempre tomaban todos los días limonada a media mañana. Se bebieron tres vasos cada uno y de pronto descubrieron que el resto de la mañana se extendía, vacío, ante ellos.

—¿Queréis ir al prado de Dobbs? —preguntó Dill.

No.

—¿Y si hacemos una cometa? —sugirió ella—. Podemos pedirle algo de harina a Calpurnia...

—No se puede volar una cometa en el verano —afirmó Jem—. No corre ni un soplo de aire.

El termómetro del porche trasero no se movía de los treinta y tres grados, el garaje resplandecía un poco a lo lejos y los dos cinamomos gigantes estaban mortalmente quietos.

—Ya sé —dijo Dill—. Hagamos un *revival.*

Se miraron los tres. Aquello tenía su mérito.

En Maycomb, en plena canícula, había siempre, como mínimo, un *revival*, y esa semana había uno en marcha. Era costumbre que las tres iglesias de la ciudad (metodista, baptista y presbiteriana) se juntaran para escuchar a un pastor invitado, pero a veces, cuando no conseguían ponerse de acuerdo sobre el predicador o su estipendio, cada congregación celebraba su propio *revival* e invitaba a unirse a él a todo el que quisiera. En ocasiones, por tanto, los vecinos tenían aseguradas tres semanas de exaltación espiritual. Este periodo de prédica era también un periodo de guerra: guerra contra el pecado, contra la Coca-Cola, contra las exposiciones de pintura, contra la caza en domingo; guerra contra la tendencia cada vez mayor de las jóvenes a pintarse y a fumar en público; guerra al whisky (a este respecto, cada verano pasaban por el altar al menos cincuenta niños para jurar que no beberían, que no fumarían ni maldecirían hasta que cumplieran los veintiuno), guerra contra una cosa tan nebulosa que Jean Louise nunca pudo entender qué era, aunque estaba segura de que no había que jurar nada al respecto; y guerra entre las señoras de la ciudad por ver quién ponía la mejor mesa en honor del predicador. Los pastores habituales de Maycomb también comían gratis una semana, y entre los sectores más irreverentes se murmuraba que el clero local instaba premeditadamente a sus iglesias a celebrar los servicios por separado porque de ese modo cobraban dos semanas más de sueldo. Esto, sin embargo, era un infundio.

Esa semana, tres noches seguidas, Jem, Dill y ella se habían sentado en la zona reservada a los niños de la iglesia baptista (esta vez les tocaba a ellos hacer de anfitriones) y habían escuchado los sermones del reverendo James Edward Moorehead, un conocido orador del norte de Georgia. Al menos eso fue lo que les contaron; ellos entendieron poco de lo que dijo, si se exceptúan sus comentarios sobre el infierno. El infierno era y sería siempre, en opinión de Scout, un lago de fuego exactamente del tamaño de Maycomb, Alabama, rodeado por un muro de ladrillo de sesenta metros de altura. Satanás lanzaba con un tridente a los pecadores por encima del muro, y allí se cocían para toda la eternidad en una especie de caldo de sulfuro líquido.

El reverendo Moorehead era un hombre alto y tristón, con joroba y tendencia a poner títulos sorprendentes a sus sermones («¿Hablarías con Jesús si te lo encontraras por la calle»? El reverendo Moorehead dudaba de que pudieras aunque quisieras, dado que Jesús probablemente hablaría en arameo). La segunda noche que predicó, el tema elegido fue «La paga del pecado». En aquel momento se estaba proyectando en el cine local una película con el mismo título (prohibida la entrada a menores de dieciséis años), la gente pensó que el reverendo Moorehead iba a hablar de la película y Maycomb en pleno acudió a escucharlo. El reverendo Moorehead, sin embargo, no hizo nada parecido: estuvo tres cuartos de hora disertando sobre las sutilezas gramaticales de su sermón (¿qué era más correcto, decir «La paga del pecado es la muerte» o «El pecado se paga con la muerte»? No era lo mismo, y las diferencias que expuso el reverendo Moorehead eran de tal calado que ni siquiera Atticus Finch alcanzó a entender adónde quería ir a parar).

Jem, Dill y ella se habrían muerto de aburrimiento de no ser porque el reverendo Moorehead poseía un talento singular para fascinar a los niños: se le escapaba el aire entre los dientes. Tenía un hueco entre los dos paletos (Dill juraba que eran postizos y que se los habían puesto así para que parecieran naturales) que producía un sonido desastrosamente hilarante cuando decía una palabra que contenía una o más eses. «Satanás», «Jesús», «Cristo», «penas», «Evangelios» o «salvación» eran las palabras clave que ansiaban escuchar cada noche, y su atención se veía recompensada por partida doble: primero, porque en aquella época no había ministro capaz de dar un sermón sin utilizarlas todas, y los niños tenían asegurado un paroxismo de risa contenida al menos siete veces por noche y, en segundo lugar porque, como prestaban una atención tan escrupulosa al reverendo Moorehead, se les consideraba los niños más formales de toda la congregación.

La tercera noche de *revival*, cuando se acercaron al altar junto con otros niños para aceptar a Cristo como su Salvador personal, clavaron los tres la vista en el suelo durante la ceremonia porque el reverendo Moorehead apoyó las manos sobre sus cabezas y dijo entre otras cosas: «Bienaventurado aquel que no se ha sentado en la silla de los escarnecedores». A Dill le dio un fuerte ataque de tos, y el reverendo Moorehead le susurró a Jem «Llévate al niño fuera para que le dé el aire. Está muy emocionado».

—Ya sé lo que podemos hacer —dijo Jem—, podemos hacerlo en tu jardín, al lado del estanque de los peces.

Dill dijo que estaría bien.

—Sí, Jem. Podemos usar unas cajas como púlpito.

Un sendero de gravilla separaba el jardín de los Finch del de la señorita Rachel. El estanque de los peces estaba en el jardín lateral de la señorita Rachel, rodeado por arbustos de azalea, de rosas, de camelias y jazmines. En el estanque vivían, a la sombra de la hiedra y los anchos nenúfares, varias carpas doradas, viejas y gordas, y unas cuantas ranas y lagartos acuáticos. La gran higuera que extendía sus hojas ponzoñosas por los alrededores hacía que aquel rincón fuera el más fresco del vecindario. La señorita Rachel había puesto algunas sillas de jardín alrededor del estanque, y bajo la higuera había una mesa sostenida por caballetes.

Encontraron dos cajones vacíos en el ahumadero de la señorita Rachel y prepararon un altar delante del estanque. Dill se situó tras él.

—Yo hago del señor Moorehead —dijo.

—El Moorehead soy yo —protestó Jem—. Soy el mayor.

—Bueno, está bien —dijo Dill.

—Scout y tú podéis ser la congregación.

—Entonces no tendremos nada que hacer —repuso ella—, y voy a aburrirme como una ostra si me quedo aquí sentada escuchándote una hora, Jem Finch.

—Dill y tú podéis hacer la colecta —afirmó Jem—, y también podéis ser el coro.

La congregación acercó dos sillas de jardín y se sentó mirando al altar.

Jem dijo:

—Ahora cantad algo.

Dill y ella cantaron:

Sublime gracia del Señor
que a un infeliz salvó;
fui ciego mas hoy veo,
estaba perdido y Él me halló.
Amén.

Jem se agarró al púlpito con las dos manos, se inclinó hacia delante y dijo con tono de confidencia:

—Vaya, vaya, cuánto me alegro de verlos a todos esta mañana. Porque esta es en verdad una mañana muy hermosa.

—Amén —contestó Dill.

—¿Hay alguien esta mañana que tenga ganas de abrirse por completo y cantar con todo su corazón? —preguntó Jem.

—Sssí, señor —dijo Dill.

Y, como estaba condenado para toda la eternidad a hacer aquel personaje debido a su figura cuadrada y su escasa estatura, se puso en pie y, ante los ojos de Jem y Scout, se convirtió en un coro de un solo hombre:

Cuando cese el tiempo y resuene la trompeta del Señor,
su esplendor y eterna claridad veré yo.
Cuando los bienaventurados comparezcan ante el magno Redentor,
y en el cielo pasen lista, allí estaré yo.

El ministro y los fieles se sumaron al coro. Mientras cantaban, Scout oyó vagamente a Calpurnia llamando a lo lejos, pero espantó aquel sonido como quien espanta un mosquito del oído.

Dill, con la cara enrojecida por el esfuerzo, se sentó a un lado, en el rincón que en la iglesia solían ocupar los encargados de entonar el amén.

Jem se puso en la nariz unos anteojos invisibles, se aclaró la voz y dijo:

—El texto de hoy, hermanos míos, es del Libro de los Salmos: «Chirriad alegres al Señor, oh, puertas». —Se quitó los anteojos y mientras los limpiaba repitió con voz profunda—: Chirriad alegres al Señor.

—Es la hora de la colecta —dijo Dill, y le dio un codazo a Scout para que sacara las dos monedas de cinco centavos que tenía en el bolsillo.

—Me las devuelves después del servicio, Dill —le indicó ella.

—Silencio todos —interrumpió Jem—. Es la hora del sermón.

Jem pronunció el sermón más largo y más tedioso que Scout había escuchado jamás. Dijo que el pecado era la cosa más pecaminosa imaginable, y que nadie que pecara podía ser algo en la vida, y que bienaventurado aquel que se sentaba en silla de escarnecedores. Repitió a su modo, en resumen, todo lo que había oído las tres noches anteriores. Bajaba la voz hasta su registro más grave y luego la levantaba dando un chillido y se agarraba al aire como si la tierra se estuviera abriendo bajo sus pies. Una vez preguntó: «¿Dónde está el diablo?» y señaló directamente a la congregación.

—Justo aquí, en Maycomb, Alabama.

Empezó a hablar del infierno, pero Scout dijo:

—Eso sáltatelo, Jem.

Ya había tenido más que suficiente con la descripción que había hecho el reverendo Moorehead: se acordaría de ella toda la vida. Jem cambió las tornas y se puso a hablar del cielo: el cielo estaba hecho de plátanos (Dill tenía pasión por ellos) y de pastel de patatas (la comida favorita de Scout), y cuando murieran irían allí y comerían cosas ricas hasta el día del Juicio Final. Pero el día del Juicio Final, Dios, que tenía escrito en un libro todo lo que habían hecho desde su nacimiento, les echaría al infierno.

Jem concluyó el servicio pidiendo a todos los que quisieran unirse con Cristo que pasaran adelante. Scout se acercó.

Jem le puso las manos encima de la cabeza y dijo:

—Jovencita, ¿te arrepientes?

—Sí, señor —respondió ella.

—¿Estás bautizada?

—No, señor —contestó.

—Bueno, pues... —Jem metió la mano en el agua negra del estanque y le roció un poco por la cabeza—.Yo te bautizo.

—Oye, ¡un momento! —gritó Dill—. ¡Eso no es así!

—Creo que sí —dijo Jem—. Scout y yo somos metodistas.

—Sí, pero estamos haciendo un *revival* baptista. Tienes que meterle la cabeza debajo del agua. Creo que yo también voy a bautizarme.

Dill, que estaba comenzando a entender las repercusiones de la ceremonia, puso todo su empeño en conseguir el papel.

—Me toca a mí —insistió—. El baptista soy yo, así que creo que es a mí a quien hay que bautizar.

—Oye tú, Dill *Pepinillo* Harris —dijo ella con tono amenazador—, yo no he hecho nada en toda la santa mañana. Tú has estado en el rincón de los aleluyas, has cantado un solo y has hecho la colecta. Ahora me toca a mí.

Tenía los puños cerrados, el brazo izquierdo doblado y los dedos de los pies bien agarrados al suelo.

Dill retrocedió.

—Corta el rollo, Scout.

—Tiene razón, Dill —dijo Jem—. Tú puedes ser mi ayudante. —Miró a su hermana—. Scout, más vale que te quites la ropa. Se te va a mojar.

Ella se quitó el pantalón de peto, la única prenda que llevaba.

—No me tengas mucho rato bajo el agua —dijo ella—, y no te olvides de taparme la nariz.

Se puso de pie en el borde de cemento del estanque. Una vieja carpa dorada salió a la superficie y la miró con hostilidad, para después desaparecer bajo el agua turbia.

—¿Qué profundidad tiene esto? —preguntó ella.

—Solo medio metro, más o menos —respondió Jem, y se giró hacia Dill para que se lo confirmase.

Pero Dill les había abandonado. Lo vieron correr a toda prisa hacia la casa de la señorita Rachel.

—¿Se habrá enfadado? —preguntó ella.

—No lo sé. Vamos a esperar, a ver si vuelve.

Jem dijo que sería mejor que ahuyentaran a los peces hacia un lado del estanque para no hacerles daño, y estaban inclinados sobre el borde moviendo el agua cuando una voz tétrica dijo a sus espaldas: «Uuuu».

—Uuuu —gritó Dill desde detrás de una sábana de cama de matrimonio a la que le había recortado dos agujeros para los ojos. Levantó los brazos por encima de la cabeza y se abalanzó hacia Scout—. ¿Estás lista? —preguntó—. Apresúrate, Jem. Esto da mucho calor.

—¡Ahí va! —exclamó Jem—. Pero ¿qué haces?

—Soy el Espíritu Santo —contestó Dill modestamente.

Jem agarró a Scout de la mano y la condujo al interior del estanque. El agua estaba tibia y fangosa, y el fondo resbalaba.

—No me hundas más que una vez —le advirtió ella.

Jem se quedó de pie en el borde del estanque. La figura de debajo de la sábana se reunió con él y empezó a hacer aspavientos con los brazos. Jem inclinó a su hermana hacia atrás y la sumergió. Al meter la cabeza debajo del agua, Scout le oyó entonar:

—«Jean Louise Finch, yo te bautizo en el nombre del...».

¡Zas!

La vara de la señorita Rachel dio de lleno en el trasero de la aparición sagrada. Como no quería retroceder para encontrarse con una lluvia de palos, Dill avanzó con paso enérgico y se reunió con Scout en medio del estanque. La señorita Rachel fustigó implacablemente una confusa maraña de nenúfares, sábanas, piernas, brazos y una hiedra trepadora.

—¡Sal de ahí! —gritó la señorita Rachel—. ¡Ya te daré yo Espíritu Santo, Charles Baker Harris! Te llevas la sábana de mi mejor cama, le haces agujeros, pronuncias el nombre del Señor en vano... ¡Vamos, sal de ahí!

—¡Vale, vale, tía Rachel! —balbuceó Dill—. ¡Déjame explicártelo!

Los esfuerzos de Dill por salir del aprieto con dignidad tuvieron solo un éxito moderado: salió del estanque como un pequeño y fantástico monstruo marino cubierto de cieno verdoso y con la sábana chorreando. Tenía enredado en la cabeza y el cuello un zarcillo de hiedra. Sacudió la cabeza violentamente para quitárselo y la señorita Rachel retrocedió para que no la salpicara.

Jean Louise salió del agua detrás de él. Sentía un terrible hormigueo en la nariz por el agua que se le había metido dentro, y cuando aspiraba le dolía.

La señorita Rachel no quiso tocar a Dill, pero le hizo indicaciones con la vara diciendo:

—¡En marcha!

Jem y ella observaron a los dos hasta que desaparecieron dentro de la casa de la señorita Rachel. Scout no pudo evitar sentir lástima por Dill.

—Vámonos a casa —dijo Jem—. Ya debe de ser la hora de comer.

Se volvieron en dirección a su casa y se encontraron de sopetón con los ojos de su padre. Estaba parado en el sendero de entrada.

Detrás de él estaban una señora a la que no conocían y el reverendo James Edward Moorehead. Parecía que llevaban allí un rato.

Atticus se acercó a ellos al tiempo que se quitaba la chaqueta. Scout sintió que se le cerraba la garganta y que le temblaban las rodillas. Cuando Atticus dejó caer la chaqueta sobre sus hombros, se dio cuenta de que estaba desnuda en presencia de un predicador. Intentó salir corriendo, pero su padre la agarró por el cogote y dijo:

—Ve con Calpurnia. Entra por la puerta de atrás.

Calpurnia la frotó sin piedad en la bañera mascullando:

—El señor Finch llamó por teléfono esta mañana y dijo que iba a traer a comer al predicador y su esposa. Os estuve dando voces hasta ponerme morada. ¿Por qué no me contestabais?

—No te oímos —mintió ella.

—Pues, o metía el pastel en el horno, o iba a buscaros. Las dos cosas no podían ser. Vergüenza debería daros, ¡abochornar así a vuestro padre!

Pensó que el huesudo dedo de Calpurnia iba a atravesarle la oreja.

—Para ya —dijo.

—Si él no os da una buena zurra, lo haré yo —prometió Calpurnia—. Ahora, sal de la bañera.

Casi le arrancó la piel con la toalla áspera. Le mandó que levantase los brazos por encima de la cabeza, le puso un vestido rosa muy almidonado, le sujetó la barbilla con firmeza entre el pulgar y el índice y la peinó con un peine de púas afiladas. Luego dejó caer a sus pies un par de zapatos de charol.

—Póntelos.

—No puedo abrochármelos —repuso Scout.

Calpurnia bajó de golpe la tapa del retrete y la sentó encima. Scout observó cómo aquellos grandes dedos de espantapájaros llevaban a cabo la complicada tarea de hacer pasar los botones de perla por unos agujeritos demasiado pequeños, y se maravilló por la fuerza que tenían sus manos.

—Ahora ve con tu padre.

—¿Dónde está Jem? —preguntó ella.

—Se está lavando en el baño del señor Finch. De él sí puedo fiarme.

En el salón, Jem y ella se sentaron calladitos en el sofá. Atticus y el reverendo Moorehead conversaban de temas poco interesantes, y la señora Moorehead miraba fijamente a los niños.

Jem la miró y sonrió. Ella no correspondió a su sonrisa, y Jem se dio por vencido.

Para alivio de todos, Calpurnia tocó la campana de la comida. Al sentarse a la mesa se hizo un instante de incómodo silencio y Atticus pidió al reverendo Moorehead que bendijera los alimentos. El reverendo, en lugar de bendecir la mesa mecánicamente, aprovechó la oportunidad para contarle al Señor las travesuras de Jem y Scout. Cuando llegó a la parte en que explicaba que eran huérfanos de madre, Scout tenía la impresión de no levantar ni un palmo del suelo. Miró a Jem: su hermano tenía la nariz casi metida en el plato y las orejas coloradas. Dudó de que Atticus pudiera volver a levantar cabeza, y su sospecha se vio confirmada cuando el reverendo Moorehead dijo por fin amén y Atticus alzó la vista. Dos lagrimones se habían deslizado por detrás de sus gafas, hasta los lados de sus mejillas. Esta vez le habían hecho mucho daño. De repente dijo: «Perdonen», se levantó bruscamente y desapareció en la cocina.

Calpurnia entró con cautela llevando una bandeja muy cargada. Cuando había invitados, adoptaba una actitud estirada y circunspecta: aunque hablaba tan bien como el que más el inglés de Jeff Davis, en presencia de los invitados relajaba la pronunciación, pasaba los platos de verduras con aire altivo y parecía respirar parsimoniosamente. Cuando se puso a su lado, Jean Louise le dijo:

—Discúlpenme, por favor. —Alargó el brazo, acercó la cabeza de Calpurnia a la suya y susurró—: Cal, ¿está muy disgustado Atticus?

Calpurnia se enderezó, la miró y dijo dirigiéndose a la mesa en general:

—¿El señor Finch? Qué va, Scout. ¡Está en el porche trasero partiéndose de risa!

«¿El señor Finch? Partiéndose de risa»... El ruido de las ruedas de un coche al pasar de la tierra al asfalto la hizo volver al presente. Se pasó los dedos por el pelo. Abrió la guantera, encontró un paquete de cigarrillos, sacó uno y lo encendió.

—Casi hemos llegado —dijo Henry—. ¿Dónde estabas? ¿De vuelta en Nueva York con tu novio?

—Solo estaba distraída, pensando —contestó ella—. Pensaba en esa vez que hicimos un *revival.* Esa te la perdiste.

—Gracias a Dios. Esa es una de las favoritas del doctor Finch.

Jean Louise se rio.

—El tío Jack lleva casi veinte años contando esa aventura y todavía me avergüenza. ¿Sabes?, cuando murió Jem, Dill fue la única persona a la que se nos olvidó avisar. Alguien le envió un recorte de periódico. Así se enteró.

—Siempre pasa lo mismo —dijo Henry—. Uno se olvida de la gente del pasado. ¿Crees que regresará algún día?

Jean Louise negó con la cabeza. Cuando el ejército lo envió a Europa, Dill se quedó allí. Era un trotamundos nato. Cuando pasaba algún tiempo confinado con las mismas personas en un mismo entorno, era como una pequeña pantera. Jean Louise se preguntaba dónde terminaría sus días. En una acera de Maycomb no, eso seguro.

El aire fresco del río hendió la cálida noche.

—Finch's Landing, señorita —dijo Henry.

Finch's Landing consistía en trescientos sesenta y seis escalones que descendían por un despeñadero muy alto y terminaban en un ancho pantalán que se adentraba en el río. Se llegaba a él atravesando un gran claro de casi trescientos metros de anchura que se extendía desde el borde del barranco hasta el bosque. Un camino de doble rodera partía del extremo del claro y se desvanecía entre los oscuros árboles. Al final del camino había una casa blanca de dos plantas con galerías que la rodeaban por los cuatro costados, tanto arriba como abajo.

Lejos de encontrarse en avanzado estado de deterioro, la antigua casa de los Finch se hallaba en excelente estado de conservación: era un club de caza. Varios hombres de negocios de Mobile habían arrendado los terrenos que la rodeaban, comprado la casa y fundado en ella lo que en Maycomb se consideraba un antro de juego. No lo era: en las noches de invierno, las risas de los hombres resonaban en las habitaciones de la vieja casona y, si de vez en cuando sonaba algún disparo, no se debía a la ira sino al exceso de alcohol. Que jugaran al póquer y celebraran todas las juergas que quisieran; lo único que quería Jean Louise era que la vieja casa estuviera bien cuidada.

La casa tenía una historia muy común en el Sur: el abuelo de Atticus Finch se la compró al tío de un afamado donjuán que operaba a ambos lados del Atlántico pero que procedía de una antigua y refinada familia de Alabama. El padre de Atticus nació en la casa, y también Atticus, Alexandra, Caroline (que se casó con un hombre de Mobile) y John Hale Finch. El claro se usaba para reuniones familiares hasta que estas dejaron de estar de moda, cosa que sucedió cuando Jean Louise ya tenía uso de razón.

El tatarabuelo de Atticus Finch, un metodista inglés, se estableció al lado del río, cerca de Claiborne, y tuvo siete hijas y un hijo. Se casaron con los hijos de los soldados del coronel Maycomb, tuvieron una prole numerosa y fundaron lo que en el condado se denominaba «las Ocho Familias». Con el paso del tiempo, en la época en que la familia se reunía una vez al año, los parientes que residían en Finch's Landing tuvieron que talar más y más bosque para dejar terreno donde comer al aire libre, lo que explicaba que el claro hubiera alcanzado ese tamaño. Tenía además otros usos, aparte de las reuniones familiares: los negros jugaban allí al baloncesto, el Ku Klux Klan se reunía allí en sus tiempos de mayor esplendor, y cuando Atticus era joven se celebraba un gran torneo en el que los caballeros del condado competían por el honor de llevar a sus damas a un gran banquete en Maycomb (Alexandra contaba que ver al tío Jimmy acertar a meter un palo por una anilla a pleno galope fue lo que la llevó a casarse con él).

También fue en tiempos de Atticus cuando los Finch se mudaron a la ciudad: Atticus estudió derecho en Montgomery y regresó para ejercer en Maycomb; Alexandra, rendida ante la destreza del tío Jimmy, se fue con él a Maycomb; John Hale Finch se marchó a Mobile a estudiar medicina, y Caroline se fugó con su novio a los diecisiete años. Cuando murió su padre arrendaron las tierras, pero su madre no quiso moverse de la casa. Siguió viviendo allí, observando cómo se arrendaban y vendían las tierras pedazo a pedazo. Cuando murió solo quedaban la casa, el claro y el embarcadero. La casa permaneció vacía hasta que la compraron aquellos señores de Mobile.

Jean Louise creía recordar a su abuela, pero no estaba segura. Cuando vio su primer Rembrandt, una mujer con capa y gorguera, dijo: «Ahí está la abuela». Atticus dijo que no, que ni siquiera se parecían. Pero Jean Louise tenía la impresión de que en algún lugar de la vieja casa la habían llevado a una habitación en penumbra y que en medio de la habitación estaba sentada una señora viejísima, vestida de negro y con un cuello de encaje blanco.

A los trescientos sesenta y seis peldaños que bajaban al embarcadero se los conocía (no podía ser de otra manera) como los Escalones Bisiestos, y cuando Jean Louise era niña y asistía a las reuniones anuales junto a un sinfín de primos, los padres se acercaban al borde del barranco preocupados por que los niños estuvieran jugando en los escalones, hasta que conseguían reunirlos y dividirlos en dos categorías: los que sabían nadar y los que no. Quienes no sabían nadar quedaban relegados al lado del claro que daba al bosque, donde tenían que jugar a juegos insulsos; los que sí sabían nadar tenían libertad para subir y bajar a su aire por los escalones, bajo la relajada supervisión de dos jóvenes negros.

El club de caza había conservado los escalones en buen estado y usaba el embarcadero como muelle para sus barcas. Eran hombres perezosos: resultaba más fácil dejarse llevar corriente abajo y remar hasta el pantano de Winston que atravesar la maleza y las trochas abiertas entre los pinos. Río abajo, más allá del barranco, quedaban vestigios del antiguo embarcadero de algodón donde los negros de los Finch cargaban balas y productos del campo y descargaban bloques de hielo, harina y azúcar, herramientas para la granja y cosas para las mujeres. El atracadero de la familia solo lo usaban los viajeros: los escalones brindaban a las damas la excusa perfecta para desmayarse, y el equipaje se dejaba en el embarcadero de algodón: desembarcar allí, delante de los negros, era impensable.

—¿Crees que son seguros?

—Claro —respondió Henry—. El club los mantiene en buen estado. Estamos cometiendo un allanamiento, ¿sabes?

—Un allanamiento, y un cuerno. Me gustaría ver el día en que un Finch no pueda caminar por sus propias tierras. —Hizo una pausa y preguntó—: ¿A qué te refieres?

—Vendieron lo poco que quedaba hace cinco meses.

—No me dijeron ni una palabra —protestó Jean Louise.

El tono de su voz hizo que Henry se detuviera.

—No te importa, ¿verdad?

—No, en realidad no. Pero me gustaría que me lo hubieran dicho.

Henry no estaba muy convencido.

—Por el amor de Dios, Jean Louise, ¿de qué les servía al señor Finch y a los demás?

—De nada, con los impuestos y todo eso. Pero me gustaría que me lo hubieran dicho. No me gustan las sorpresas.

Henry se rio. Se agachó y recogió un puñado de arena gris.

—¿Te me estás poniendo sureña? ¿Quieres que haga igual que Gerald O'Hara?

—Déjalo, Hank —dijo con un tono agradable.

—Creo que tú eres la peor de todos —dijo Henry—. Tratándose de estas cosas, el señor Finch es un joven de setenta y dos años y tú una anciana de cien.

—Sencillamente, no me gusta que mi mundo cambie sin previo aviso. Vamos a bajar al embarcadero.

—¿Seguro que puedes?

—Puedo ganarte cuando quiera.

Echaron una carrera hasta los escalones. Al emprender el rápido descenso, Jean Louise notó en los dedos el roce frío del metal. Se detuvo. Desde el año anterior, habían puesto una barandilla metálica. Hank se había adelantado demasiado para poder alcanzarle, pero aun así lo intentó.

Cuando llegó al embarcadero sin aliento, Henry ya estaba tumbado sobre los tablones.

—Cuidado con la brea, cariño —dijo él.

—Me estoy haciendo vieja —observó ella.

Fumaron en silencio. Henry le puso el brazo debajo del cuello y de tanto en tanto se volvía y la besaba. Ella miraba al cielo.

—Está tan bajo que casi se puede estirar el brazo y tocarlo.

—¿Hablabas en serio antes, cuando has dicho que no te gusta que tu mundo cambie? —preguntó él.

—¿Qué? —No lo sabía. Suponía que así era. Intentó explicárselo—. Es solo que estos últimos cinco años, cada vez que vuelvo a casa... Antes de eso, incluso. Desde la universidad. Siempre hay algo que ha cambiado un poquito.

—Y no estás segura de que te guste, ¿no? —Henry sonreía a la luz de la luna y Jean Louise aún lo veía.

Se incorporó.

—No sé si sabré explicarlo, cariño. Cuando vives en Nueva York, a menudo tienes la sensación de que Nueva York no es el mundo. Quiero decir que, cada vez que regreso a casa, siento que estoy regresando al mundo, y cuando me voy de Maycomb es como salir del mundo. Es una tontería. No puedo explicarlo, y lo peor de todo es que, si viviera en Maycomb, me volvería completamente loca.

—No, eso no pasaría y tú lo sabes —repuso Henry—. No quiero presionarte para que me des una respuesta... no te muevas... pero tienes que decidirte por una cosa o por otra, Jean Louise. A lo largo de nuestra vida vas a ver cambios, vas a ver cómo Maycomb cambia de cara completamente. Tu problema es que lo quieres todo; quieres detener el reloj, pero no puedes. Tarde o temprano tendrás que decidir si es Maycomb o es Nueva York.

Casi, casi lo entendía. «Me casaré contigo, Hank, si me traes a vivir aquí, a Finch's Landing. Cambiaré Nueva York por este lugar, pero no por Maycomb».

Jean Louise miró el río. El lado que pertenecía al condado de Maycomb lo formaban altos despeñaderos; el condado de Abbott, en cambio, era llano. Cuando llovía se desbordaba el río y se podía ir remando en barca por los campos de algodón. Miró corriente arriba. «La Batalla de las Canoas fue más allá», pensó. Sam Dale atacó a los indios y Águila Roja saltó por el despeñadero.

Y así cree conocer
los cerros donde surgió su vida,
y el mar al que se encamina.

—¿Has dicho algo? —preguntó Henry.

—No, nada. Solo me estaba poniendo romántica —contestó ella—. Por cierto, mi tía dice que no gozas de su aprobación.

—Eso siempre lo he sabido. ¿Y tú?

—Sí.

—Entonces, cásate conmigo.

—Propónmelo.

Henry se levantó y se sentó a su lado. Dejaron colgar los pies por el borde del embarcadero.

—¿Dónde están mis zapatos? —preguntó ella de repente.

—En el coche, donde te los quitaste. Jean Louise, ya gano suficiente para que vivamos los dos. Si las cosas siguen marchando, dentro de unos años me ganaré bien la vida. El Sur es ahora la tierra de las oportunidades. Aquí, en el condado de Maycomb, hay dinero suficiente para parar un... ¿Qué te parecería tener un esposo en el Parlamento?

—¿Vas a presentarte? —dijo Jean Louise sorprendida.

—Me lo estoy pensando.

—¿En contra del aparato político?

—Sí. Está a punto de caer por su propio peso, y si empiezo desde abajo...

—Tener un Gobierno decente en el condado de Maycomb sería tan chocante que no creo que los vecinos pudieran soportarlo —comentó ella—. ¿Qué opina Atticus?

—Que es buen momento.

—No lo tendrás tan fácil como lo tuvo él.

Su padre, después de su primera campaña, había formado parte de la asamblea del estado todo el tiempo que había querido, sin oposición. El suyo era un caso único en la historia del condado: ningún aparato político se había opuesto a Atticus Finch, ningún aparato político lo había apoyado y nadie le había disputado su puesto. Después de su jubilación, el aparato político había engullido el único escaño independiente que quedaba.

—No, pero tengo posibilidades. La Tropa del Juzgado se ha dormido en los laureles, y con una campaña dura podría derrotarlos.

—Cariño, no tendrás una compañera que te ayude —le dijo ella—. La política me aburre mortalmente.

—Pero no harás campaña contra mí, y eso ya es de por sí un alivio.

—Eres un joven prometedor, ¿eh? ¿Por qué no me dijiste que te habían nombrado Hombre del Año?

—Tenía miedo de que te rieras —respondió Henry.

—¿Reírme de ti, Hank?

—Sí. Parece como si todo el tiempo estuvieras medio riéndote de mí.

¿Qué podía decir? ¿Cuántas veces había herido sus sentimientos?

—Tú sabes que nunca he tenido mucho tacto, pero te juro por Dios que nunca me he reído de ti, Hank. Te lo digo de corazón.

Le rodeó la cabeza con los brazos. Notó bajo la barbilla su pelo cortado casi al cero; era como terciopelo negro. Henry, besándola, la tumbó sobre el suelo del embarcadero.

Un rato después, Jean Louise lo detuvo.

—Será mejor que nos vayamos, Hank.

—Todavía no.

—Sí.

—Lo que más odio de este lugar es que siempre hay que volver a subir —dijo él en tono cansado.

—Tengo un amigo en Nueva York que siempre sube las escaleras a cien por hora. Dice que así no se queda sin aliento. ¿Por qué no lo intentas?

—¿Es tu novio?

—No seas tonto —dijo.

—Ya has dicho eso una vez hoy.

—Vete al infierno, entonces —respondió ella.

—Eso también lo has dicho.

Jean Louise puso los brazos en jarras.

—¿Qué te parecería lanzarte al agua vestido? Eso no lo he dicho todavía. Ahora mismo, podría empujarte sin pensármelo dos veces.

—Sí, creo que lo harías.

—Sin pensármelo dos veces —asintió ella.

Henry la agarró por el hombro.

—Si yo caigo, tú caes conmigo.

—Voy a hacer una concesión —dijo ella—. Cuento hasta cinco para que te vacíes los bolsillos.

—Esto es una locura, Jean Louise —protestó él mientras se sacaba de los bolsillos dinero, llaves, cartera y cigarrillos. Se quitó los mocasines.

Se miraron el uno al otro como si fueran gallos de pelea. Henry consiguió tirarla, pero cuando estaba cayendo Jean Louise lo agarró de la camisa y lo arrastró consigo. Nadaron rápidamente, en silencio, hasta el centro del río, dieron media vuelta y volvieron sin prisa al embarcadero.

—Dame la mano para subir —dijo ella.

Con la ropa empapada pegada al cuerpo, subieron por las escaleras.

—Estaremos casi secos cuando lleguemos al coche —afirmó él.

—Había corriente esta noche —comentó Jean Louise.

—Con tanto ardor se evapora el agua.

—Ten cuidado, no sea que te tire por el barranco. Lo digo en serio —dijo ella sonriendo—. ¿Recuerdas lo que le hacía la señora Merriweather a su pobre marido? Cuando estemos casados, yo voy a hacerte lo mismo.

Lo tenía difícil el señor Merriweather si discutía con su esposa mientras iban por la carretera. El señor Merriweather no sabía conducir y, si la discusión subía de tono, la señora Merriweather paraba el coche y le hacía regresar a Maycomb haciendo autostop. Una vez tuvieron un desacuerdo en un camino de tierra, y el señor Merriweather pasó siete horas abandonado. Finalmente consiguió que lo llevara una carreta que pasaba por allí.

—Cuando esté en la asamblea no podremos salir a nadar de noche —dijo Henry.

—Entonces no te presentes.

El coche avanzaba con un zumbido. Poco a poco remitió el aire fresco y volvió el bochorno. Jean Louise vio por el retrovisor el reflejo de unos faros detrás de ellos. Les adelantó un coche y al poco rato otro, y otro. Maycomb ya no estaba muy lejos.

Con la cabeza sobre el hombro de Henry, Jean Louise se sintió satisfecha. Pensó que podría funcionar, después de todo. «Pero yo no soy una mujer de su casa. Ni siquiera sé cómo mandar a una cocinera. ¿Qué se dicen las señoras unas a otras cuando van de visita? Tendría que llevar sombrero. Se me caerían los bebés y los mataría».

Algo que parecía una gigantesca abeja negra pasó de largo y tomó la curva derrapando. Jean Louise se incorporó, sobresaltada.

—¿Qué era eso?

—Un coche lleno de negros.

—Madre mía, ¿qué se creen que están haciendo?

—Es el modo de afirmarse que tienen ahora —dijo Henry—. Disponen de dinero suficiente para comprarse coches de segunda mano y van por la carretera a toda velocidad. Son un peligro público.

—¿Tienen permiso de conducir?

—Muchos no. Tampoco tienen seguro.

—Dios mío, ¿y si pasa algo?

—Pues es toda una tragedia.

En la puerta, Henry la besó suavemente y la dejó ir.

—¿Mañana por la noche?

Ella asintió.

—Buenas noches, cariño.

Con los zapatos en la mano, entró de puntillas en el dormitorio de la parte delantera de la casa y encendió la luz. Se desvistió, se puso la camisa del pijama y entró sin hacer ruido en el salón. Encendió una lámpara y se acercó a la estantería de los libros. «Qué difícil», pensó. Recorrió con el dedo los volúmenes de historia militar, dudó unos momentos al pasar por *La Segunda Guerra Púnica* y se detuvo en *La carga de la Brigada Ligera*. Ya que estaba, pensó, podía empollar un poco para su visita al tío Jack. Regresó a su dormitorio, apagó la luz del techo, buscó a tientas la lámpara de lectura y la encendió. Se metió en la cama que la vio nacer, leyó tres páginas y se quedó dormida con la luz encendida.

TERCERA PARTE

6

—¡Jean Louise, Jean Louise, despierta!

La voz de Alexandra la despertó de su letargo, y tuvo que hacer un esfuerzo por encarar la mañana. Abrió los ojos y vio a su tía de pie al lado de la cama.

—¿Qué...? —preguntó.

—Jean Louise, ¿qué te propones, qué os proponíais Henry y tú anoche, yendo a nadar desnudos?

Se sentó en la cama.

—¿Cómo?

—He dicho que qué os proponíais Henry y tú anoche, yendo a nadar al río desnudos. Sois la comidilla de Maycomb esta mañana.

Jean Louise apoyó la cabeza sobre las rodillas e intentó despertarse.

—¿Quién te ha dicho eso, tía?

—Mary Webster llamó al alba, ¡y dijo que anoche os vieron a los dos desnudos en mitad del río a la una de la mañana!

—El que sea tiene buena vista, pero mala intención. —Se encogió de hombros—. Bueno, tía, supongo que ahora tendré que casarme con Hank, ¿no?

—Yo... yo no sé qué pensar de ti, Jean Louise. A tu padre le va a dar algo, le va a dar algo cuando lo sepa. Es mejor que se lo digas tú antes de que se entere en cualquier esquina.

Atticus se encontraba de pie en la puerta, con las manos en los bolsillos.

—Buenos días —dijo—. ¿Por qué me va a dar algo?

—Yo no voy a decírselo, Jean Louise —afirmó Alexandra—. Es cosa tuya.

Jean Louise hizo una seña en silencio a su padre, que recibió el mensaje y lo entendió. Estaba muy serio.

—¿Qué sucede? —preguntó.

—Mary Webster llamó por teléfono. Sus espías nos vieron anoche a Hank y a mí nadando en medio del río, sin ropa.

—Humm... —dijo Atticus. Se tocó las gafas—. Espero que no fueras nadando a espalda.

—¡Atticus! —exclamó Alexandra.

—Lo siento, Zandra —repuso su hermano—. ¿Es eso cierto, Jean Louise?

—En parte. ¿He deshonrado a la familia sin remedio?

—Puede que sobrevivamos.

Alexandra se sentó sobre la cama.

—Entonces es cierto —afirmó—. Jean Louise, en primer lugar, no sé qué estabais haciendo en el embarcadero anoche...

—Sí que lo sabes. Mary Webster te lo ha contado todo, tía. ¿No te ha dicho lo que pasó después? Lánceme mi *négligée*, por favor, señor.

Atticus le lanzó los pantalones del pijama. Ella se los puso por debajo de la sábana, la apartó a patadas y estiró las piernas.

—Jean Louise —dijo Alexandra, y se detuvo.

Atticus sostenía un vestido de algodón seco pero muy arrugado. Lo puso sobre la cama y se acercó a la silla. Agarró una combinación arrugada, la sostuvo en alto y la dejó caer encima del vestido.

—Deja de atormentar a tu tía, Jean Louise. ¿Este es tu traje de baño?

—Sí, señor. ¿Crees que deberíamos llevarlo por las calles colgado de un palo?

Alexandra, perpleja, señaló la ropa de Jean Louise y dijo:

—Pero ¿qué mosca te picó para meterte con la ropa puesta? —Al ver que su hermano y su sobrina se reían, añadió—: No tiene gracia. Aunque os bañarais con la ropa puesta, no van a aplaudiros por ello. Tanto daría que os hubierais bañado desnudos. No me explico cómo se os ocurrió hacer tal cosa.

—Yo tampoco —dijo Jean Louise—. Además, por si te sirve de consuelo, tía, no fue tan divertido. Es que empezamos a meternos el uno con el otro, yo reté a Hank y él no pudo echarse atrás, y entonces yo tampoco pude echarme atrás, y en cuanto nos descuidamos estábamos dentro del agua.

Alexandra no pareció impresionada.

—A vuestra edad, Jean Louise, tal conducta es de lo más inapropiada.

Jean Louise dio un suspiro y se levantó de la cama.

—Bueno, lo siento —dijo—. ¿Hay café?

—Hay una cafetera entera esperándote.

Jean Louise se reunió con su padre en la cocina. Se acercó al fogón, se sirvió una taza de café y se sentó a la mesa.

—¿Cómo puedes beber leche fría para desayunar?

Atticus dio un trago.

—Sabe mejor que el café.

—Calpurnia solía decir, cuando Jem y yo le suplicábamos que nos diera café, que si lo tomábamos nos volveríamos negros como ella. ¿Estás enfadado conmigo?

Su padre resopló.

—Claro que no. Pero se me ocurren varias cosas más interesantes que hacer en mitad de la noche que darse un chapuzón. Será mejor que te prepares para la escuela dominical.

El corsé que Alexandra usaba los domingos era aún más formidable que los que llevaba entre semana. Estaba de pie en la puerta del cuarto de Jean Louise, acorazada, con sombrero y guantes, lista y perfumada.

El domingo era su día: un rato antes y un rato después de la escuela dominical, ella y otras quince damas metodistas se sentaban juntas en el salón de actos de la iglesia y celebraban un simposio que Jean Louise denominaba «Repaso a las noticias de la semana». Jean Louise lamentaba haber privado a su tía de aquel placer dominical. Alexandra estaría a la defensiva, pero Jean Louise confiaba en que sería capaz de llevar a cabo una guerra defensiva casi con tanto genio táctico como el que demostraba en sus campañas ofensivas, y en que, cuando saliera a escuchar el sermón, la reputación de su sobrina seguiría intacta.

—Jean Louise, ¿estás lista?

—Casi —respondió. Se repasó los labios con la barra de carmín, se bajó un poco el flequillo, relajó los hombros y se giró—. ¿Qué tal estoy? —preguntó.

—Nunca, desde que naciste, te he visto completamente vestida. ¿Dónde está tu sombrero?

—Tía, sabes muy bien que si hoy entro en la iglesia con sombrero, pensarán que alguien se ha muerto.

La única vez que se había puesto un sombrero había sido en el funeral de Jem. No sabía por qué lo hizo, pero antes del funeral le pidió al señor Ginsberg que le abriera la tienda, escogió uno y se lo puso, a pesar de saber que Jem se habría reído de ella si hubiera podido verla. Aun así, aquello la hizo sentirse mejor.

Su tío Jack estaba esperando en las escaleras de la iglesia cuando llegaron.

El doctor John Hale Finch no era más alto que su sobrina, que medía un metro setenta y dos. De su padre había heredado una nariz con puente elevado, un labio inferior severo y pómulos altos. Se parecía a su hermana Alexandra, pero su semejanza física terminaba en el cuello: el doctor Finch era enjuto, casi como una araña; su hermana, en cambio, tenía proporciones más robustas. Fue él quien tuvo la culpa de que Atticus no se casara hasta los cuarenta años: cuando le llegó el momento de escoger una profesión, John Hale escogió la medicina y decidió estudiarla en una época en que el algodón se vendía a un centavo el medio kilo y los Finch tenían de todo menos dinero. Atticus, que aún no estaba establecido en su profesión, se gastó y pidió prestada cada moneda de a cinco que pudo encontrar para darle una educación a su hermano. A su debido tiempo le fue devuelto con intereses.

El doctor Finch llegó a ser traumatólogo, ejerció en Nashville, invirtió con astucia en Bolsa y a los cuarenta y cinco años había acumulado dinero suficiente para jubilarse y dedicar todo su tiempo a su primer y único amor: la literatura victoriana, una empresa que por sí sola le hizo cosechar fama de ser el excéntrico más docto de todo el condado de Maycomb.

El doctor Finch había libado tanto tiempo y tan profundamente de aquel licor embriagador que todo su ser estaba entreverado de curiosos ademanes y exclamaciones extrañas. Jalonaba su conversación con suaves «Ja» y «Hum» y expresiones arcaicas que servían de precario sostén a su afición por la jerga moderna. Era agudo de ingenio y distraído, y aunque permanecía soltero daba la impresión de atesorar jugosos recuerdos. Tenía una gata atigrada de diecinueve años, y en el condado de Maycomb casi nadie le entendía porque su conversación estaba trufada de sutiles alusiones a arcanos de la época victoriana.

Daba a los desconocidos la impresión de ser un caso límite, pero quienes sintonizaban con su longitud de onda sabían que el doctor Finch poseía una mente tan lúcida, sobre todo en cuestión de especulaciones mercantiles, que sus amigos con frecuencia se arriesgaban a padecer largos sermones sobre la poesía de Mackworth Praed a cambio de escuchar sus consejos. Debido a su larga y estrecha relación (en los solitarios años de su adolescencia, el doctor Finch había intentado hacer de ella una erudita), Jean Louise había desarrollado la suficiente comprensión de sus materias de interés para poder seguirle casi siempre, y disfrutaba de su conversación. Cuando no le provocaba un ataque de risa sofocada, su tío Jack la hechizaba con su memoria de elefante y su vasto e inquieto intelecto.

—¡Buenos días, hija de Nereo! —exclamó al besarla en la mejilla. Una de las escasas concesiones del doctor Finch al siglo XX era el teléfono. Mantuvo a su sobrina a la distancia de un brazo y la miró con interés socarrón—. Llevas en casa diecinueve horas y ya has satisfecho tu predilección por los excesos lavatorios, ¡ja! Un típico ejemplo de conductismo watsoniano... Creo que escribiré sobre ti y lo enviaré a la revista de la Asociación Médica Americana.

—Calla, viejo matasanos —susurró Jean Louise entre dientes—. Voy a ir a visitarte esta tarde.

—Conque Hank y tú habéis estado retozando en el río... ¡ja! Debería daros vergüenza. ¡Qué deshonra para la familia! ¿Lo pasasteis bien?

Estaba empezando la clase de la escuela dominical y el doctor Finch le hizo una reverencia en la puerta:

—El truhan de tu novio te espera dentro —dijo.

Jean Louise le lanzó una mirada que no le impresionó lo más mínimo y entró en la iglesia con toda la dignidad de que fue capaz. Sonrió, saludó a los metodistas de Maycomb, y en su antigua aula se acomodó junto a la ventana y estuvo durmiendo con los ojos abiertos toda la lección, como tenía por costumbre.

7

«No hay nada como un himno de los que te hielan la sangre en las venas para hacerte sentir como en casa», pensaba Jean Louise. La sensación de aislamiento que pudiera tener se había marchitado y perecido ante la visión de doscientos pecadores pidiendo de todo corazón verse sumergidos bajo la corriente redentora de un río de aguas carmesíes. Mientras elevaba hacia el Señor el fruto de los desvaríos del señor Cowper o afirmaba que era el Amor lo que la elevaba, Jean Louise fue partícipe del afecto que prevalece entre los muy diversos individuos que, durante una hora a la semana, se encuentran a bordo del mismo barco.

Estaba sentada al lado de su tía, en el banco del medio del lado derecho del salón de actos. Su padre y el doctor Finch se sentaban uno al lado del otro a la izquierda, en la tercera fila empezando por delante. Para Jean Louise seguía siendo un misterio por qué se sentaban allí, pero así era desde el regreso de su tío a Maycomb. Nadie los habría tomado por hermanos, pensó. «Cuesta creer que Atticus sea diez años mayor que el tío Jack».

Atticus Finch se parecía a su madre. Alexandra y John Hale Finch, a su padre. Atticus le sacaba una cabeza a su hermano, tenía la cara ancha y despejada, la nariz recta y la boca grande y delgada, pero había algo en los tres que evidenciaba su parentesco. «Al tío Jack y a Atticus les están saliendo canas en los mismos sitios y se parecen en los ojos», pensó Jean Louise. «Eso es». Tenía razón. Todos los Finch tenían las cejas rectas e incisivas y los párpados caídos. Cuando miraban de soslayo, hacia arriba o hacia delante, un observador desinteresado habría advertido en ellos un destello de lo que en Maycomb se denominaba «parecido familiar».

Sus meditaciones se vieron interrumpidas por Henry Clinton. Había pasado el cestillo por la fila de detrás, y mientras esperaba a que su compañero de colecta regresara por la fila donde estaba sentada Jean Louise, le guiñó un ojo abiertamente, con aire solemne. Alexandra, que lo vio, le lanzó una mirada asesina. Henry y su compañero de colecta recorrieron el pasillo central y se detuvieron respetuosamente ante el altar.

Nada más terminar la colecta, los metodistas de Maycomb cantaban la llamada *Doxología*. De ese modo no hacía falta que el ministro orase por la colecta y se ahorraba el esfuerzo de inventar otra plegaria, dado que para entonces había pronunciado ya tres saludables invocaciones al Señor. Desde los recuerdos eclesiásticos más tempranos de Jean Louise, Maycomb había cantado la *Doxología* de una manera, y solo de una: «Alabemos / a Dios / de quien / manan / todas / las bendiciones», una versión tan arraigada en el metodismo sureño como la costumbre de agasajar con viandas al predicador. Ese domingo, Jean Louise y la congregación se estaban aclarando inocentemente la garganta para cantarla a coro, como correspondía, cuando, de sopetón, la señora de Clyde Haskins se puso a tocar al órgano:

AlabemosaDiosdequienmanan /
todaslasbendicio / nes,
alábenletodaslascriatu / rasdelatie / rra.

Alábenleenloalto / oh / huestescelestia / les.
AlabadosseanPadre, / HijoyEspí / rituSan / to.

Tal fue la confusión que siguió que, si el arzobispo de Canterbury se les hubiera aparecido de pronto vestido con toda su parafernalia, Jean Louise no se habría sorprendido lo más mínimo: los fieles, que no habían advertido ningún cambio en la interpretación que la señora Haskins llevaba haciendo toda la vida, entonaron la *Doxología* hasta el final como estaban acostumbrados, mientras la señora Haskins se embalaba, frenética, como si aquello fuera la catedral de Salisbury.

Lo primero que pensó Jean Louise fue que Herbert Jemson se había vuelto loco. Herbert Jemson era el director musical de la Iglesia Metodista de Maycomb desde que ella tenía uso de razón. Aquel hombre bueno y grandullón, provisto de una suave voz de barítono, dirigía con mano izquierda un coro de solistas reprimidos y poseía una memoria infalible para recordar cuáles eran los himnos favoritos de los superintendentes de distrito. En las diversas guerras eclesiales que formaban parte intrínseca del metodismo de Maycomb, se podía contar con que Herbert sería el único que mantuviera la calma, hablara con sensatez y reconciliara a los elementos más primitivos de la congregación con la facción revolucionaria. Había dedicado treinta años de su tiempo libre a la iglesia, y esta le había recompensado recientemente con un viaje a un campamento musical metodista en Carolina del Sur.

El segundo impulso de Jean Louise fue echar la culpa al ministro, el señor Stone, un joven que, en opinión del doctor Finch, mostraba el mayor talento para el aburrimiento que él hubiera visto jamás en un hombre menor de cincuenta. No había en absoluto nada de malo en el señor Stone, como no fuera que poseía todas las características necesarias para ser contable: le desagradaba la gente, se le daban bien los números, carecía de sentido del humor y era un cabeza hueca.

Debido a que durante muchos años la iglesia de Maycomb no había sido lo bastante grande para tener un buen ministro, pero sí para tener uno mediocre, la ciudad entera se llevó una alegría cuando, en la última Conferencia de la Iglesia Metodista, las autoridades decidieron enviarles a un joven rebosante de vitalidad. Sin embargo, pasado menos de un año, el joven ministro había impresionado a su congregación hasta tal punto que, un domingo, el doctor Finch se sintió impulsado a comentar en tono distraído y audible:

—Pedimos pan y nos dieron una piedra.

Hacía tiempo que se sospechaba que el señor Stone tenía tendencias liberales. Se llevaba demasiado bien, pensaban algunos, con sus colegas yanquis, recientemente había salido un tanto malparado de una controversia sobre el Credo de los Apóstoles y, para colmo de males, se decía que era ambicioso. Jean Louise estaba construyendo un caso irrefutable en su contra cuando recordó que el señor Stone no tenía oído para la música.

Sin mostrar inquietud alguna ante la deslealtad de Herbert Jemson, de la cual no se había percatado, el señor Stone se levantó y se acercó al púlpito Biblia en mano. La abrió y dijo:

—El texto de hoy está tomado del capítulo veintiuno de Isaías, versículo seis: «Porque el Señor me dijo así: Ve y pon un centinela que haga saber lo que viere».

Jean Louise hizo un sincero esfuerzo por escuchar lo que veía el centinela del señor Stone, pero, a pesar de sus esfuerzos por refrenarse, sintió que su buen humor se convertía en indignado malestar, y pasó todo el oficio mirando fijamente a Herbert Jemson. ¿Cómo se atrevía a cambiarlo? ¿Intentaba conducirlos de nuevo a la Madre Iglesia? Si se hubiera dejado dominar por la razón, se habría dado cuenta de que Herbert Jemson era un metodista de pura cepa: sus conocimientos de teología eran notoriamente escasos y sumaba, en cambio, una larga lista de buenas obras.

Eliminada la *Doxología*, lo siguiente sería introducir el incienso. *Es mi novia la Ortodoxia.* «¿Eso lo dijo el tío Jack o fue uno de sus obispos victorianos?». Miró al otro lado del pasillo, hacia él, y vio la afilada silueta de su perfil. «Está enfadado», pensó.

El señor Stone seguía con su melopea: un cristiano puede librarse de las frustraciones del modo de vida moderno... acudiendo a la «noche de la familia» cada miércoles y trayendo un plato de comida bien tapado... sea con vosotros ahora y siempre, amén.

El ministro había dado la bendición e iba de camino a la puerta cuando Jean Louise avanzó por el pasillo dispuesta a arrinconar a Herbert, que se había quedado atrás para cerrar las ventanas. Pero se le adelantó el doctor Finch:

—No debería cantarlo así, Herbert —le estaba diciendo—. A fin de cuentas somos metodistas, D. V.

—A mí no me mire, doctor Finch. —Herbert levantó las manos como para defenderse de lo que se le venía encima—. Así fue como nos dijeron que lo cantáramos en el campamento Charles Wesley.

—No pensará aceptarlo sin rechistar, ¿verdad? ¿Quién le dijo que lo hiciera así? —El doctor Finch torció su labio inferior hasta que casi dejó de verse y lo soltó de golpe con un chasquido.

—El instructor de música. Dio un curso sobre las incorrecciones de la música eclesiástica sureña. Era de Nueva Jersey —repuso Herbert.

—Conque sí, ¿eh?

—Sí, señor.

—¿Y qué incorrecciones mencionó?

—Dijo que, según cantamos la mayoría de los himnos, lo mismo daría que cantáramos «Arrima el morro al pilón, que mana la Buena Nueva del Señor». Dijo que la iglesia debería prohibir a Fanny Crosby por ley y que *Roca de la eternidad* era una abominación contra el Señor.

—¿De veras?

—Dijo que teníamos que animar la *Doxología*.

—¿Animarla? ¿Cómo?

—Como la hemos cantado hoy.

El doctor Finch se sentó en el primer banco. Apoyó el brazo en el respaldo y movió los dedos, meditabundo. Miró a Herbert.

—Parece ser —dijo—, parece ser que nuestros hermanos del Norte no se contentan solo con las actividades de la Corte Suprema. Ahora también quieren que cambiemos nuestros himnos.

—Nos dijo que deberíamos deshacernos de los himnos sureños —añadió Herbert— y aprender otros. A mí no me gusta. Algunos que a él le parecían preciosos ni siquiera tienen melodía.

El «¡Ja!» del doctor Finch sonó más tajante de lo habitual, señal inequívoca de que se estaba enojando. Se refrenó lo suficiente para decir:

—¿Himnos sureños, Herbert? ¿Himnos sureños? —Puso las manos sobre las rodillas y enderezó la espalda—. Bien, Herbert —continuó—, vamos a sentarnos tranquilamente en este santuario y a analizar con calma esta cuestión. Si no lo he entendido mal, ese señor quiere que cantemos la *Doxología* igual que la Iglesia de Inglaterra, al pie de la letra, y no obstante se contradice... se contradice... ¿y quiere que nos deshagamos de... de *Permanece conmigo*?

—Correcto.

—De Lyte.

—¿Qué... señor?

—Lyte, señor. Lyte. ¿Y qué hay de *La cruz excelsa al contemplar*?

—Ese también —dijo Herbert—. Nos dio una lista.

—Conque les dio una lista, ¿eh? Y supongo que *Adelante, soldados de Cristo* está en ella, ¿verdad?

—El primero de la lista.

—¡Ja! —exclamó el doctor Finch—. H. F. Lyte, Isaac Watts, Sabine Barin-Gould. —Pronunció este último nombre con el acento del condado de Maycomb: alargando las aes y las íes y haciendo pausa entre sílabas—. Ingleses todos ellos, Herbert, ingleses a carta cabal —afirmó—. Quiere desecharlos, y al mismo tiempo intenta hacernos cantar la *Doxología* como si estuviéramos en la abadía de Westminster, ¿no es eso? Bueno, pues deje que le diga una cosa...

Jean Louise miró a Herbert, que asentía con la cabeza mostrando su acuerdo, y a su tío, que ponía cara de Theobald Pontifex.

—Su amigo es un esnob, Herbert, y no hay más que hablar.

—Era un poquito afeminado —afirmó Herbert.

—Apuesto a que sí. ¿Va a hacer usted caso de todas esas tonterías?

—Cielos, no —respondió Herbert—. Había pensado probar una vez, solo para asegurarme de lo que ya imaginaba. La congregación nunca se lo aprenderá. Además, me gustan los himnos antiguos.

—A mí también, Herbert —dijo el doctor Finch. Se levantó y agarró del brazo a Jean Louise—. Le veré el próximo domingo, a la misma hora, y si descubro que esta iglesia se ha desviado un ápice del camino, le haré a usted responsable.

Algo en la mirada del doctor Finch hizo comprender a Herbert que se trataba de una broma. Se rio y dijo:

—Descuide, señor.

El doctor Finch acompañó a su sobrina al coche, donde aguardaban Atticus y Alexandra.

—¿Quieres que te llevemos? —preguntó ella.

—Desde luego que no —contestó el doctor Finch.

Tenía por costumbre ir a la iglesia y volver caminando cada domingo, y eso hacía, sin que le disuadieran de ello las borrascas, el calor abrasador o el gélido invierno.

Jean Louise lo llamó cuando ya se volvía para marcharse.

—Tío Jack —le dijo—, ¿qué significa D. V.?

El doctor Finch lanzó un suspiro como diciendo «No tienes ni pizca de cultura, señorita», levantó las cejas y contestó:

—*Deo volente*, «Dios mediante», niña. «Dios mediante». Una expresión católica digna de toda confianza.

8

Con la misma brusquedad con que un niño asilvestrado tira de la larva de una hormiga león y la saca de su agujero para dejarla debatiéndose al sol, Jean Louise se vio arrancada de su quietud y abandonada a su suerte para proteger como pudiera su sensible epidermis, exactamente a las 14.28 de una húmeda tarde de domingo. Las circunstancias que condujeron a este hecho fueron las siguientes:

Después de la comida, durante la cual Jean Louise divirtió a su familia con las opiniones del doctor Finch respecto al canto de himnos a la moda, Atticus estaba sentado en su rincón del salón leyendo la prensa dominical, y Jean Louise esperaba con impaciencia la tarde de risas que iba a pasar con su tío, aderezada con pastas de té y con el café más fuerte de todo Maycomb. Entonces sonó el timbre y oyó decir a Atticus: «¡Adelante!», y la voz de Henry le respondió:

—¿Listo, señor Finch?

Jean Louise dejó el paño de cocina, pero antes de que le diera tiempo a salir, Henry asomó la cabeza por la puerta y dijo:

—Hola.

Alexandra lo fulminó con la mirada instantáneamente.

—Henry Clinton, debería darte vergüenza.

Él la miró con toda la fuerza de su encanto, que era considerable, pero Alexandra no dio signos de ablandarse.

—Señorita Alexandra —dijo—, no puede seguir enfadada con nosotros mucho tiempo aunque lo intente.

—Esta vez os he sacado del aprieto —le espetó Alexandra—, pero puede que la próxima vez ya no esté por aquí.

—Señorita Alexandra, se lo agradecemos de todo corazón —dijo, y se volvió hacia Jean Louise—. A las siete y media esta noche, y nada de ir al embarcadero. Iremos al cine.

—De acuerdo. ¿Adónde vais?

—Al juzgado. Hay reunión.

—¿En domingo?

—Sí.

—Muy bien, olvidaba que por estas tierras todo el politiqueo se hace en domingo.

Atticus metió prisa a Henry.

—Adiós, cariño —dijo él.

Jean Louise lo siguió hasta el salón. Cuando salieron y la puerta se cerró tras ellos, se acercó al sillón de Atticus para ordenar los periódicos que su padre había dejado a un lado, en el suelo. Los recogió, los colocó por secciones y los puso sobre el sofá en un montón ordenado. Cruzó de nuevo la sala para enderezar el montón de libros que había sobre su mesita de leer, y en eso estaba cuando se fijó en un panfleto del tamaño de un sobre.

En la portada había un dibujo de un negro antropófago y encima del dibujo se leía *La Peste Negra*. Su autor llevaba varios títulos académicos adosados al nombre. Abrió el panfleto, se sentó en el sillón de su padre y comenzó a leer. Cuando hubo terminado, agarró el panfleto por una esquina, lo levantó como levantaría una rata muerta por la cola y entró en la cocina. Sostuvo el panfleto delante de su tía.

—¿Qué es esta cosa? —le preguntó.

Alexandra miró el panfleto por encima de las gafas.

—Es de tu padre.

Jean Louise pisó el pedal del cubo de la basura y tiró dentro el panfleto.

—No hagas eso —dijo Alexandra—. Últimamente cuesta mucho que lleguen.

Jean Louise abrió la boca para decir algo, la cerró y la abrió de nuevo.

—Tía, ¿tú has leído eso? ¿Sabes lo que dice?

—Claro que sí.

Si Alexandra hubiera dicho una obscenidad delante de ella, Jean Louise se habría sorprendido menos.

—Tú... Tía, ¿eres consciente de que lo que pone ahí hace que el doctor Goebbels parezca un inocente muchachito de pueblo?

—No sé a qué te refieres, Jean Louise. Hay muchas verdades en ese libro.

—Sí, efectivamente —dijo Jean Louise con ironía—. Me gusta sobre todo la parte donde dice que los negros, pobrecitos, no tienen la culpa de ser inferiores a la raza blanca porque sus cráneos son más gruesos y su cavidad craneana más somera, sea lo que sea lo que quieren decir con eso, y que por eso debemos ser muy amables con ellos y no permitir que hagan nada que pueda perjudicarles, y mantenerlos en su sitio. Santo cielo, tía...

Alexandra estaba tiesa como un palo.

—¿Y bien? —preguntó.

—Es solo que no sabía que fueras aficionada a la literatura inmoral, tía —contestó Jean Louise.

Su tía se quedó callada y ella continuó:

—Me ha impresionado mucho la parábola que dice que, desde los albores de la historia, los que han regido el mundo han sido siempre blancos, con la excepción Gengis Kan o no sé quién, en eso el autor ha sido muy ecuánime, y deja muy claro que hasta los faraones eran blancos y sus súbditos negros o judíos...

—Eso es cierto, ¿no?

—Claro, pero ¿a santo de qué lo cuenta?

Cuando estaba nerviosa, expectante o irritada, especialmente cuando se enfrentaba a su tía, el cerebro de Jean Louise adoptaba el ritmo y la métrica de las operetas de Gilbert. Tres garbosas figuras giraban alocadamente dentro de su cabeza: el tío Jack, Dill y ella danzando durante horas al compás de cancioncillas disparatadas que eclipsaban la llegada del mañana, con toda su problemática.

Alexandra le estaba hablando:

—Ya te lo he dicho. Tu padre lo trajo de una reunión del Consejo Ciudadano.

—¿De una qué?

—Del Consejo Ciudadano del condado de Maycomb. ¿No sabías que tenemos uno?

—No, no lo sabía.

—Pues tu padre está en la junta directiva y Henry es uno de los miembros más activos. —Alexandra dejó escapar un suspiro—. No es que nos haga falta tener un Consejo. En Maycomb no ha pasado nada todavía, pero siempre es prudente estar preparados. Ahí es donde han ido.

—¿Un Consejo Ciudadano? ¿En Maycomb? —Jean Louise se oyó a sí misma repitiéndolo como atontada— ¿Y Atticus...?

—Jean Louise —dijo Alexandra—, no creo que entiendas del todo lo que está pasando aquí...

Jean Louise giró sobre sus talones, caminó hasta la puerta, salió, cruzó el ancho patio delantero y bajó por la calle en dirección a la ciudad lo más rápido que pudo mientras a sus espaldas resonaban como un eco las palabras de Alexandra: «¡No irás a salir así!». Se había olvidado de que había un coche en buen estado en el garaje y de que las llaves estaban en la mesa del vestíbulo. Caminaba rápidamente, al son de la absurda letrilla que discurría por su cabeza.

Hola, hola, ¿cómo te va?
Si contigo me he de casar,
el día en que te mueras,
a la dama a la que quieras
también la habrán de matar.
Hola, hola, ¿cómo te va?

¿Qué pretendían Hank y Atticus? ¿Qué estaba sucediendo? No lo sabía, pero pensaba averiguarlo antes de que se pusiera el sol.

Tenía algo que ver con ese panfleto que había encontrado en casa, allí, a la vista de todos, algo que ver con los Consejos Ciudadanos. Algo sabía de eso, claro. Los periódicos de Nueva York estaban llenos de noticias sobre el tema. Desearía haberles prestado más atención, pero con solo leer por encima una columna el asunto ya le resultaba familiar: eran los mismos que formaban el Imperio Invisible, que odiaban a los católicos, ignorantes, timoratos, coloradotes, patanes respetuosos de la ley, anglosajones cien por cien, sus compatriotas americanos: gentuza.

Atticus y Hank estaban tramando algo, seguro que estaban allí simplemente para vigilar cómo iban las cosas. La tía había dicho que Atticus estaba en la junta directiva. Pero se equivocaba. Era todo un error; la tía se confundía a veces...

Aflojó el paso cuando llegó a la ciudad. Estaba desierta; solo había dos automóviles delante de la droguería. El viejo edificio del juzgado se erguía, blanco, en medio del esplendor de la tarde. A lo lejos, un perro de caza negro bajaba por la calle a grandes zancadas, y las araucarias se erizaban silenciosas en las esquinas de la plaza.

Al llegar a la entrada del lado norte vio coches vacíos aparcados en doble fila a lo largo del edificio.

Cuando subió la escalinata del juzgado echó de menos a los ancianos que merodeaban por allí, echó de menos el dispensador de agua fría que había pasada la puerta, echó de menos las sillas con el asiento de anea que antes había en el pasillo. No echó de menos, en cambio, el olor a orines, rancio y dulzón, de los cuchitriles interiores del juzgado. Pasó junto a los despachos del asesor fiscal, el recaudador de impuestos, el secretario del condado, el abogado y el juez de sucesiones. Subió las escaleras desvencijadas y sin pintar hasta el piso de la sala de vistas y a continuación una escalerita cubierta hasta la galería para las personas de color, entró en ella y ocupó su asiento de siempre en la esquina de la primera fila, donde se sentaban su hermano y ella cuando iban al tribunal a ver a su padre.

Allá abajo, sentados en toscos bancos junto a la mayor parte de la gentuza del condado de Maycomb, estaban también los hombres más respetables del condado.

Miró hacia el extremo más alejado de la sala. Detrás de la barandilla que separaba el tribunal de los espectadores, en una mesa larga, estaban sentados su padre, Henry Clinton, varios hombres a los que conocía bien y uno al que no conocía.

Sentado en un extremo de la mesa como una gran babosa gris con hidropesía estaba William Willoughby, el símbolo político de todo cuanto despreciaban su padre y los que eran como él. «Ese sí que es el último de su especie», pensó. «Atticus casi no le da ni la hora, y sin embargo ahí está, en la misma...».

William Willoughby era sin duda el último de su especie, o al menos lo sería durante un tiempo. Se estaba desangrando en medio de la abundancia, porque su savia vital era la pobreza. Cada condado del Sur profundo tenía a su Willoughby, todos ellos tan parecidos entre sí que constituían una categoría aparte, una categoría llamada «Él», «el Gran Hombre» o «el Hombrecillo», según sutiles diferencias territoriales. «Él», o comoquiera que lo llamaran sus súbditos, ocupaba la principal oficina administrativa de su condado (por lo general era el sheriff o el juez de sucesiones). Pero también había anomalías como el Willoughby de Maycomb, que había decidido no honrar con su presencia ningún despacho público. Willoughby era un caso raro: prefería mantenerse en un segundo plano, lo que implicaba la ausencia de esa inmensa vanidad personal que caracteriza a los déspotas de tres al cuarto.

Había decidido dirigir el condado no desde el despacho más cómodo, sino desde lo que podía solo describirse certeramente como un cubil: un cuartucho oscuro y maloliente con su nombre en la puerta, sin más mobiliario que un teléfono, una mesa de cocina y varias sillas sin pintar cuya madera brillaba con intenso lustre. Dondequiera que iba Willoughby, lo seguía invariablemente una camarilla de personajes pasivos, en su mayoría nefastos, a los que se conocía como «la Tropa del Juzgado», individuos a los que Willoughby había colocado en las diversas oficinas municipales y condales para que cumplieran sus órdenes.

Sentado a la mesa al lado de Willoughby estaba uno de ellos, Tom-Carl Joyner, su mano derecha, y a mucha honra: ¿acaso no había estado con Willoughby desde el principio? ¿No era él quien se encargaba de hacerle todos los recados, quien llamaba de madrugada a la puerta de las cabañas de los arrendatarios en los viejos tiempos de la Depresión? ¿No inculcaba a machamartillo a cada desgraciado ignorante y muerto de hambre que aceptaba la ayuda pública, ya fuera en forma de dinero o de un empleo, que tenía que votar lo que votara Willoughby? Si no había voto, no había comida. Al igual que sus satélites inferiores, Tom-Carl había adoptado con los años un aire de respetabilidad que le venía grande, y no le gustaba que le recordaran sus sórdidos comienzos. Ese domingo, Tom-Carl se sentía a sus anchas, sabedor de que el pequeño imperio que tantos desvelos le había costado construir seguiría siendo suyo cuando Willoughby perdiera influencia o pasara a mejor vida. Nada en su rostro indicaba que tal vez le aguardara una sorpresa desagradable: una independencia fomentada por la prosperidad había minado ya su reino hasta dejarlo al borde del derrumbe. Dos elecciones más y se desplomaría convirtiéndose en materia para una tesis doctoral en sociología. Jean Louise observó su carita prepotente, y estuvo a punto de echarse a reír cuando pensó que el Sur era, en efecto, implacable: recompensaba a sus funcionarios públicos con la extinción.

Miró hacia abajo, hacia las filas de cabezas que le resultaban familiares (cabello blanco, cabello castaño, cabello cuidadosamente peinado para ocultar la calva), y recordó que hacía mucho tiempo, cuando se aburría en el juzgado, lanzaba bolitas de papel mojado a las lustrosas cúpulas que había debajo. Un día, el juez Taylor la pilló y la amenazó con una orden de arresto.

El reloj del juzgado crujió, chirrió, dijo «¡Ploc!» y dio la hora. Las dos. Cuando se disipó el sonido, vio a su padre levantarse y dirigirse a la asamblea en el tono que reservaba para los juicios:

—Caballeros, nuestro orador de hoy es el señor Grady O'Hanlon. No necesita presentación. Señor O'Hanlon.

El señor O'Hanlon se puso de pie y dijo:

—Como le dijo la vaca al lechero una fría mañana: «Gracias por esa cálida mano».

Jean Louise no había visto nunca al señor O'Hanlon, ni había oído hablar de él. El tenor de sus comentarios preliminares le dejó claro, sin embargo, quién era: un hombre corriente, tan temeroso de Dios como cualquier hombre corriente, que había dejado su empleo para consagrarse por completo al mantenimiento de la segregación. «Bueno, hay caprichos para todos los gustos», pensó Jean Louise.

El señor O'Hanlon tenía el cabello fino y castaño claro, los ojos azules, expresión tozuda y una llamativa corbata, sin chaqueta. Se desabrochó el cuello de la camisa, se aflojó la corbata, parpadeó, se pasó la mano por el cabello y fue derecho al grano:

Él había nacido y se había criado en el Sur, había ido a la escuela allí, se había casado con una sureña, había vivido allí toda la vida, y su principal interés en la actualidad era defender el «modo de vida sureño», y ningún *nigger* ni ninguna Corte Suprema iban a decirle a él, ni a nadie, lo que tenían que hacer. Una raza con la cabeza tan hueca que... Inferioridad esencial... Sinvergüenzas con cabeza de borra... Aún en los árboles... Olor grasiento... Se case con tu hija... Degradan la raza... La degradan... La degradan... Salvar al Sur... Lunes Negro... Más rastreros que cucarachas... Dios creó las razas... Nadie sabe por qué, pero Él quiso que se mantuvieran separadas... Si Él no hubiera querido, nos habría creado a todos de un solo color... Que vuelvan a África...

Jean Louise oyó la voz de su padre, una vocecilla que hablaba desde el cálido y confortable pasado: «Caballeros, si hay un lema en este mundo en el que yo creo, es este: Los mismos derechos para todos, privilegios especiales para nadie».

Estos predicadores negros de tres al cuarto... Como monos... Bocas como latas de medio litro... Retuercen el Evangelio... El tribunal prefiere escuchar a los comunistas... Sacarlos fuera a todos y pegarles un tiro por traidores...

Con la arenga del señor O'Hanlon de fondo, como un zumbido, se agitó en su mente un recuerdo que le llevaba la contraria: la sala del tribunal cambió de modo imperceptible, y al bajar la vista vio en ella las mismas cabezas. Cuando miró al otro lado de la sala, había un jurado sentado en la tribuna, el juez Taylor ocupaba el estrado y su secretario escribía sin cesar sentado más abajo, delante de él. Su padre estaba en pie. Se había levantado de una mesa en la cual Jean Louise podía ver la parte de atrás de una cabeza de borra...

Atticus Finch rara vez aceptaba un caso criminal: no era aficionado al derecho penal. Si aceptó aquel caso fue únicamente porque sabía que su cliente era inocente del delito que se le imputaba y no podía permitir de ninguna manera que el joven negro fuera a la cárcel por culpa de un abogado defensor mediocre, nombrado por el tribunal. El muchacho había acudido a él a través de Calpurnia, le había contado su versión y le había dicho la verdad. Una verdad desagradable.

Atticus tomó las riendas de su carrera, aprovechó el descuido con que habían sido formulados los cargos, se plantó delante del jurado y consiguió lo que nadie había conseguido ni antes ni después en el condado de Maycomb: la absolución de un chico de color acusado de violación. El testigo principal de la fiscalía era una muchacha blanca.

Atticus tenía dos ventajas de peso: aunque la muchacha tenía catorce años, el imputado no fue acusado de abuso de menores, de modo que Atticus pudo demostrar, y demostró, que hubo consentimiento. Probarlo resultó más sencillo que en circunstancias normales porque el imputado tenía un solo brazo. El otro lo había perdido como consecuencia de un accidente en un aserradero.

Atticus llevó el caso hasta el final poniendo en juego toda su habilidad y sintiendo al mismo tiempo un desagrado instintivo tan amargo que solo el hecho de saber que más tarde podría vivir en paz consigo mismo consiguió eliminarlo. Después del veredicto, salió de la sala del tribunal en pleno día, regresó a casa andando y se dio un baño caliente. Nunca calculó lo que aquello le había costado; no miró atrás, ni llegó a saber que dos pares de ojos idénticos a los suyos habían estado observándole desde la galería.

... la cuestión no es si esos *niggers* con la nariz llena de mocos irán a la escuela con vuestros hijos o se sentarán delante en el autobús... es si la civilización cristiana seguirá existiendo o si seremos esclavos de los comunistas... abogados negros... pisotearon la Constitución... nuestros amigos judíos... mataron a Jesús... votaron al negro... nuestros abuelos... jueces y sheriffs negros... la segregación es justa... el noventa y cinco por ciento del dinero de los impuestos... para el *nigger* y el chucho viejo... siguiendo el becerro de oro... predican el Evangelio... la señora Roosevelt... «amanegros»... recibe cuarenta y cinco *niggers* y ni a una sola jovencita del Sur blanca y pura... Huey Long, ese caballero cristiano... negro como una mecha quemada... sobornó a la Corte Suprema... cristianos blancos decentes... si Jesús fue crucificado por el bien de los *niggers*...

A Jean Louise le resbaló la mano de la barandilla de la galería, la apartó y se la miró. Chorreaba sudor. En la barandilla, una mancha húmeda reflejaba como un espejo la fina luz que entraba por las ventanas de arriba. Se quedó mirando a su padre, sentado a la derecha del señor O'Hanlon, y no dio crédito a lo que veía.

Miró a Henry, sentado a la izquierda del señor O'Hanlon, y no dio crédito.

La sala, sin embargo, estaba llena. Hombres cabales, hombres formales, hombres buenos y responsables. Hombres de todo tipo y reputación... Daba la impresión que el único hombre del condado que no estaba presente era el tío Jack. El tío Jack... Se suponía que tenía que ir a visitarlo en algún momento de la tarde. ¿Cuándo?

Sabía poco sobre los asuntos de los hombres, pero sabía que el hecho de que su padre estuviera sentado a la misma mesa que un individuo que escupía inmundicia por la boca... ¿hacía que aquella inmundicia lo fuera menos? No, pero la legitimaba.

Sintió náuseas. Con el estómago hecho un nudo, comenzó a temblar.

Hank...

Chirriaron todos los nervios de su cuerpo y a continuación quedaron como muertos. Se sentía abotargada.

Se levantó con torpeza y bajó a trompicones por la escalera cubierta. No oyó el roce de sus pies al bajar la ancha escalera de fuera, ni el reloj del juzgado dando trabajosamente las dos y media, ni sintió el aire frío y húmedo de la planta baja.

El reverbero del sol le hirió los ojos, y se llevó las manos a la cara. Cuando las bajó lentamente para que sus ojos se acostumbraran de la oscuridad a la luz, vio Maycomb desierto y resplandeciente en medio de la tarde calurosa.

Bajó la escalinata y se puso a la sombra de un roble. Estiró el brazo y se apoyó en el tronco. Miró Maycomb y se le hizo un nudo en la garganta: Maycomb le devolvía la mirada.

«Vete», decían los vetustos edificios. «Aquí no hay sitio para ti. No te queremos. Tenemos secretos».

Obedeciendo a esas voces, bajo la silenciosa canícula se alejó caminando por la calle principal de Maycomb, una carretera que llevaba hasta Montgomery. Siguió adelante, pasando frente a casas con anchos jardines delanteros por los que deambulaban señoras aficionadas a la jardinería y parsimoniosos hombretones. Le pareció oír a la señora Wheeler gritando algo a la señorita Maudie Atkinson desde el otro lado de la calle, y si la señorita Maudie la veía le diría que entrara a comer pastel: «Acabo de hacer uno grande para el doctor y uno pequeño para ti». Fue contando las grietas de la acera, se preparó para el asalto de la señora de Henry LaFayette Dubose («¡No me digas hola, Jean Louise Finch, di buenas tardes!»), se apresuró al pasar por la vieja casa de tejado puntiagudo, dejó atrás la de la señorita Rachel y se encontró por fin en casa.

HELADOS CASEROS.

Parpadeó rápidamente. «Me estoy volviendo loca», pensó.

Intentó pasar de largo, pero era demasiado tarde. La heladería, un edificio bajo, cuadrado y moderno que ocupaba el lugar de su antigua casa, estaba abierta y un hombre la miraba desde la cristalera. Rebuscó en los bolsillos de los pantalones y sacó un cuarto de dólar.

—¿Podría darme un cucurucho de vainilla, por favor?

—Ya no vienen en cucurucho. Puedo darle un...

—Está bien. Como sea que vengan —le dijo al hombre.

—Usted es Jean Louise Finch, ¿verdad?

—Sí.

—Antes vivía aquí, ¿no?

—Sí.

—De hecho, nació aquí, ¿no es cierto?

—Sí.

—Vive en Nueva York, ¿a que sí?

—Sí.

—Maycomb ha cambiado, ¿no le parece?

—Sí.

—¿A que no se acuerda de quién soy?

—No.

—Pues no voy a decírselo. Puede sentarse aquí a comerse su helado y tratar de acordarse de quién soy, y si se acuerda le doy otro gratis.

—Gracias, señor —dijo—. ¿Le importa que vaya a la parte de atrás...?

—Claro que no. Detrás hay mesas y sillas. La gente se sienta ahí por las noches a comerse un helado.

El jardín de atrás estaba cubierto de gravilla blanca. «Qué pequeño parece sin casa, sin garaje, sin cinamomos», pensó. Se sentó a una mesa y puso sobre ella la tarrina de helado. «Tengo que pensar».

Había sucedido todo tan deprisa que aún tenía el estómago revuelto. Dio un profundo suspiro para calmarlo, pero no se estaba quieto. Sintió que regresaban las náuseas y bajó la cabeza. Por más que lo intentaba no podía pensar. Solo sabía una cosa y era esta: el único ser humano en el que había confiado absolutamente, con toda su alma, le había fallado. El único hombre que había conocido al que podía señalar y decir con pleno conocimiento de causa: «Es un caballero. Es un caballero de corazón» la había traicionado, públicamente, groseramente y sin pudor alguno.

9

Integridad, humor y paciencia eran las tres palabras que mejor definían a Atticus Finch. Había también una frase recurrente que podía aplicársele: si se escogía al azar a cualquier vecino del condado de Maycomb y se le preguntaba qué opinión le merecía Atticus Finch, la respuesta sería casi con toda probabilidad: «Nunca tuve un amigo mejor».

El secreto de Atticus Finch para vivir era tan sencillo que resultaba por ello profundamente complejo: mientras que la mayoría de los hombres intentaba estar a la altura de los códigos de conducta de su elección, Atticus aplicaba el suyo al pie de la letra sin darse aires, sin aspavientos ni angustia vital alguna. Tenía el mismo carácter en público que en privado. Su código de conducta era la ética sin complicaciones del Nuevo Testamento, y su recompensa el respeto y el cariño de todos cuantos lo conocían. Incluso sus enemigos lo querían, porque Atticus jamás se daba por enterado de que eran sus enemigos. Nunca había sido un hombre rico, y sin embargo era el hombre más rico que jamás conocieron sus hijos.

Pocas veces los niños están en posición de saber cosas como las que sabían sus hijos: cuando Atticus estaba en la asamblea legislativa, conoció a una muchacha de Montgomery quince años más joven que él, se enamoró y se casó con ella; la llevó a Maycomb y se instalaron en una casa recién comprada en la calle Mayor. Su hijo varón nació cuando Atticus tenía cuarenta y dos años. Le pusieron el nombre de Jeremy Atticus, por su padre y por el padre de su padre. Cuatro años después nació su hija, y la llamaron Jean Louise por su madre y por la madre de su madre. Dos años después, una tarde, cuando Atticus regresó a casa después del trabajo, se encontró a su esposa muerta en el suelo del porche, oculta a la vista por la glicinia trepadora que convertía aquel rincón en un fresco reservado. No llevaba mucho tiempo muerta: la mecedora de la que se había caído aún se movía. Jean Graham Finch legó a la familia la insuficiencia cardiaca que mató a su hijo veintidós años después, en la acera, delante del despacho de su padre.

A sus cuarenta y ocho años, Atticus se quedó con dos niños pequeños y una cocinera negra llamada Calpurnia. Es poco probable que alguna vez se preguntara el porqué. Se limitó a criar a sus hijos lo mejor que pudo y, a juzgar por el cariño que estos le tenían, lo hizo sumamente bien: nunca estaba demasiado cansado para jugar al escondite, ni demasiado ocupado para inventar historias maravillosas, ni demasiado absorto en sus problemas para no escuchar con toda seriedad una queja.

Cada noche, les leía en voz alta hasta que le fallaba la voz. Al hacerlo mataba varios pájaros de un tiro, y probablemente habría dejado perplejo a más de un psicólogo infantil: les leía a Jem y a Jean Louise cualquier cosa que él estuviera leyendo, y los niños se criaron poseyendo una extraña erudición. Les salieron los dientes escuchando historia militar, proyectos de ley pendientes de aprobación, historias detectivescas, el Código de Alabama, la Biblia y la antología de poetas ingleses de Palgrave.

Allá donde iba Atticus, allá iban también, casi siempre, Jem y Jean Louise. Los llevaba a Montgomery con él si la asamblea se reunía en verano; los llevaba a partidos de fútbol americano, a reuniones políticas, a la iglesia, a la oficina por la noche si tenía que trabajar hasta tarde. Después de la puesta de sol, rara vez se veía a Atticus en público sin sus hijos a remolque.

Jean Louise nunca conoció a su madre, ni sabía lo que era una madre, pero muy pocas veces sintió la necesidad de tenerla. De pequeña, su padre nunca había tenido problemas para entenderla, ni había vacilado una sola vez, salvo cuando, a los once, ella regresó un día del colegio y descubrió que estaba sangrando.

Pensó que se estaba muriendo y comenzó a gritar. Calpurnia, Atticus y Jem acudieron corriendo y, cuando vieron lo que pasaba, Atticus y Jem miraron indefensos a Calpurnia, y Calpurnia se hizo cargo de la situación.

Jean Louise nunca había tenido plena conciencia de ser una chica. Su vida había estado repleta de acción intrépida y porrazos: luchar, jugar al fútbol, escalar, mantenerse al ritmo de Jem y superar a cualquiera de su edad en cualquier competición que requiriera destreza física.

Cuando se calmó lo suficiente para prestar atención, pensó que le habían gastado una broma pesada: de pronto debía ingresar en el mundo de la feminidad, un mundo que despreciaba, que no podía comprender y del que no podía defenderse, un mundo que la rechazaba.

Jem se apartó de ella cuando tenía dieciséis años. Comenzó a peinarse hacia atrás con agua y a salir con chicas, y Atticus se convirtió en su único amigo. Fue entonces cuando el doctor Finch regresó a casa.

Los dos hombres, ya entrados en años, la acompañaron en sus horas más solitarias y difíciles, en aquel tránsito doloroso que supuso para ella pasar de ser un chicazo a ser una joven señorita. Atticus le quitó de las manos su escopeta de aire comprimido y le dio un palo de golf, y el doctor Finch le enseñó... El doctor Finch le enseñó lo que más le interesaba a él. Ella cumplió de cara a la galería: fingió acatar las normas que regulaban la conducta de las adolescentes de buena familia y desarrolló un tibio interés por la ropa, los chicos, los peinados, los chismorreos y las aspiraciones femeninas, pero no dejó de sentirse incómoda siempre que estaba lejos del amparo de aquellos que sabía que la querían.

Atticus la envió a una universidad femenina en Georgia y, cuando terminó sus estudios, le dijo que ya era hora de que comenzara a desenvolverse sola y que por qué no se iba a Nueva York o a alguna otra parte. Ella se sintió vagamente ofendida, como si la estuvieran echando de su propia casa, pero con el paso de los años comprendió todo el valor de la sabiduría de Atticus: se estaba haciendo viejo y quería morir con la certeza de que su hija sabía valerse sola.

No estaba sola, pero lo que le servía de apoyo, la fuerza moral más poderosa de su vida, era el amor de su padre. Nunca lo ponía en duda, nunca pensaba en ello, ni siquiera se daba cuenta de que, antes de tomar cualquier decisión importante, se preguntaba inconscientemente, como un reflejo, qué haría Atticus. No se daba cuenta de que, cada vez que se plantaba y se mantenía en sus trece, era su padre quien la impulsaba a ello; de que todo lo que tenía de bueno y de decente su carácter se lo debía a él. No sabía que le idolatraba.

Solo sabía que sentía lástima por la gente de su edad que despotricaba contra sus padres por no haberles dado esto o haberles quitado aquello. Se compadecía de las señoras de mediana edad que, después de mucho analizarse, descubrían que tenían en casa el origen de todas sus ansiedades. Le daban pena quienes se referían a sus padres llamándoles «mis viejos», dando a entender con ello que eran seres ineptos, vulgares y posiblemente alcoholizados que en algún momento habían defraudado a sus hijos de manera terrible e imperdonable.

Derrochaba piedad a manos llenas, y se complacía en su mundo cálido y confortable.

10

Jean Louise se levantó de la silla de jardín en la que estaba sentada, fue hasta un rincón del solar y vomitó la comida del domingo. Se agarró con los dedos al alambre de la malla metálica que separaba el huerto de la señorita Rachel del jardín trasero de los Finch. Si Dill estuviera allí, saltaría la valla, le haría bajar la cabeza, le daría un beso y la agarraría de la mano, y juntos capearían el temporal cuando hubiera problemas en casa. Pero hacía mucho que Dill no estaba a su lado.

Al recordar la escena del juzgado, volvieron a asaltarla las náuseas con violencia redoblada, pero ya no le quedaba nada en el estómago.

«Si me hubieras escupido a la cara...».

Podía ser, cabía la posibilidad de que fuera, lo era sin duda, una terrible equivocación. Su mente se negaba a asimilar lo que le decían sus ojos y sus oídos. Volvió a la silla y se quedó con la mirada fija en un charquito de helado de vainilla derretido que iba avanzando lentamente hacia el borde de la mesa. Se extendió, se detuvo, chorreó y comenzó a gotear. Una gota, otra y otra, hasta que la gravilla blanca, saturada, no pudo absorber más líquido y apareció otro charquito.

«Has sido tú. Tan cierto como que estabas allí sentada».

—¿Ya ha averiguado mi nombre? Vaya, fíjese, qué desperdicio de helado.

Levantó la cabeza. El hombre de la heladería se asomaba por la ventana de atrás, a menos de metro y medio de distancia. Se retiró y volvió a aparecer con un trapo. Mientras limpiaba el helado dijo:

—¿Cómo me llamo?

«Rumpelstiltskin».

—Eh... lo siento. —Jean Louise lo miró con atención—. ¿Es de los Coningham, con *o*?

El hombre mostró una amplia sonrisa.

—Casi. Soy uno de los Cunningham, con *u*. ¿Cómo lo ha sabido?

—Parecido familiar. ¿Cómo es que no vive en el monte?

—Mi madre me dejó unas plantaciones de árboles en herencia, las vendí y monté la heladería.

—¿Qué hora es? —preguntó ella.

—Casi las cuatro y media —respondió el señor Cunningham.

Jean Louise se levantó, se despidió con una sonrisa y dijo que volvería pronto. Se dirigió hacia la acera. «Dos horas enteras y no sabía dónde estaba. Estoy tan cansada...».

No regresó por el centro. Dio un largo rodeo, atravesó un patio de colegio, bajó por una calle flanqueada por árboles de pecanas, cruzó otro patio escolar y un campo de fútbol americano en el que, una vez, Jem, despistado, había hecho un placaje a un compañero de equipo. «Estoy tan cansada...».

Alexandra estaba de pie en la puerta. Se hizo a un lado para dejarla pasar.

—¿Dónde has estado? —le preguntó—. Jack llamó hace siglos preguntando por ti. ¿Has ido así a visitar a alguien que no es de la familia?

—Yo... no lo sé.

—¿Cómo que no lo sabes? Jean Louise, habla con un poco de sentido común y telefonea a tu tío.

Fue con paso cansado hasta el teléfono y dijo:

—Uno, uno, nueve.

—Doctor Finch —respondió la voz del doctor Finch.

—Lo siento —le dijo en voz baja—. ¿Nos vemos mañana?

—Bueno —respondió su tío.

Estaba demasiado cansada para que le hicieran gracia los modales de su tío al teléfono: el doctor Finch veía tales aparatos con profundo enojo, de ahí que sus conversaciones se compusieran, a lo sumo, de monosílabos.

Cuando se dio la vuelta, Alexandra dijo:

—Tienes mala cara. ¿Qué sucede?

«Señora, mi padre me ha dejado en la estacada y aún me pregunta qué sucede».

—Es el estómago —contestó.

—Últimamente hay mucha gente con problemas de estómago. ¿Te duele?

«Sí. Una barbaridad. Tanto que no puedo soportarlo».

—No, tía, solo es una molestia.

—Entonces ¿por qué no te tomas un Alka-Seltzer?

Jean Louise dijo que lo haría, y Alexandra comprendió de pronto lo que pasaba.

—Jean Louise, ¿fuiste a esa reunión, con todos aquellos hombres?

—Sí, señora.

—¿Así?

—Sí.

—¿Dónde te sentaste?

—En la galería. No me vieron. Estuve mirando desde la barandilla. Tía, cuando venga Hank esta noche dile que estoy... indispuesta.

—¿Indispuesta?

No podía soportar seguir allí ni un minuto más.

—Sí, tía. Voy a hacer lo que hace toda joven sureña blanca y pura cuando está indispuesta.

—¿Y qué es?

—Meterme en la cama.

Jean Louise se fue a su cuarto, cerró la puerta, se desabrochó la blusa, se bajó la cremallera de los pantalones y se tumbó atravesada en la cama de hierro forjado de su madre. Buscó a tientas la almohada y apoyó la cara en ella. Un minuto después estaba dormida.

Quizá, de haber podido pensar, de haberse parado a considerar lo sucedido ese día a la luz de una historia que se repetía desde el principio de los tiempos, habría podido prevenir futuros acontecimientos. El capítulo que la afectaba había comenzado doscientos años atrás y tenía como escenario una sociedad orgullosa que ni la guerra más sangrienta ni la paz más draconiana de la historia moderna habían podido destruir, y que volvía a repetirse y se desplegaba en el terreno de lo privado, en el ocaso de una civilización que ni la guerra ni la paz podían salvar.

De haber sido más perspicaz, habría podido traspasar las barreras de su mundo insular, tan extremadamente selectivo, y tal vez hubiera descubierto que tenía desde siempre un defecto de la vista que había pasado desapercibido para ella y para sus más allegados: había nacido daltónica. No distinguía los colores.

CUARTA PARTE

11

Hubo una época, mucho tiempo atrás, en que los únicos momentos apacibles de su existencia eran el rato que transcurría desde que abría los ojos por la mañana hasta que se espabilaba por completo, cuestión de segundos, hasta que, al despejarse por fin, entraba en la pesadilla diurna que era para ella el estado de vigilia.

Estaba en sexto grado, un curso memorable por las cosas que aprendió dentro y fuera de clase. Ese año, el grupito de niños de Maycomb se vio invadido temporalmente por una pandilla de alumnos mayores que venían de Old Sarum, donde alguien había prendido fuego a su colegio. El mayor de la clase de sexto de la señorita Blunt tenía casi diecinueve años, y había otros tres de su edad. Había varias muchachas de dieciséis, criaturas felices y voluptuosas para las que el colegio era una especie de periodo vacacional que las eximía de la obligación de cortar algodón y alimentar al ganado. La señorita Blunt no les iba a la zaga: era tan alta como el más alto de la clase, y el doble de ancha.

Jean Louise se acopló inmediatamente a los recién llegados. Después de acaparar la atención de toda la clase al sacar a relucir a Gaston B. Means en un debate acerca de los recursos naturales de Sudáfrica y de demostrar su puntería disparando con una goma durante el recreo, se ganó la confianza del grupo de Old Sarum.

Con ruda delicadeza, los mayores le enseñaron a tirar los dados y a mascar tabaco sin tragárselo. Las chicas mayores se pasaban la mayor parte del tiempo riéndose y tapándose la boca con la mano, y andaban siempre bisbiseando, pero a Jean Louise le venían bien cuando tenía que escoger equipo para jugar un partido de voleibol. En resumidas cuentas, aquel estaba resultando un curso maravilloso.

Maravilloso, hasta cierto día en que llegó a casa a la hora de la comida. Esa tarde no volvió a la escuela: la pasó tumbada en la cama, llorando de rabia e intentando entender la terrible noticia que le había dado Calpurnia.

Al día siguiente regresó a la escuela caminando con suma dignidad, no por orgullo, sino por las molestias que le causaban ciertos adminículos con los que no había estado familiarizada hasta entonces. Estaba convencida de que todo el mundo sabía lo que le pasaba y de que no paraban de mirarla, y al mismo tiempo la asombraba no haber oído hablar de aquello en toda su vida. «Puede que nadie sepa nada al respecto», pensó. Si así era, iba a sacarles de su ignorancia.

En el recreo, cuando George Hill le pidió que jugara a «grasa en la cocina», negó con la cabeza.

—Ya no puedo hacer nada —dijo y, sentada en los escalones, observó a los chicos que se revolcaban en la tierra—. Ni siquiera puedo caminar.

Cuando ya no pudo soportarlo más, se sumó al grupo de chicas que estaban bajo el roble, en una esquina del patio.

Ada Belle Stevens se rio y le hizo sitio en el largo banco de cemento.

—¿Por qué no juegas? —le preguntó.

—No quiero —respondió Jean Louise.

Ada Belle entrecerró los ojos y frunció sus cejas rubias.

—Apuesto a que sé lo que te pasa.

—¿Qué?

—Tienes la maldición.

—¿La qué?

—La maldición. La maldición de Eva. Si Eva no se hubiera comido la manzana, no la tendríamos. ¿Te encuentras mal?

—No —contestó mientras maldecía a Eva para sus adentros—. ¿Cómo te has dado cuenta?

—Andas como si fueras montada en una yegua alazana —le dijo Ada Belle—. Ya te acostumbrarás. Yo la tengo desde hace años.

—No me acostumbraré nunca.

Le costó trabajo acostumbrarse. Cuando se veía obligada a limitar sus actividades, se conformaba con apostar pequeñas sumas de dinero detrás de un montón de carbón, en la parte trasera del colegio. El riesgo que conllevaba aquella empresa la atraía mucho más que el propio juego. No estaba lo bastante ducha en aritmética para interesarse por si ganaba o perdía, y no hallaba verdadero disfrute en el hecho de batir las leyes de la probabilidad, pero sí en engañar a la señorita Blunt. Sus compañeros eran los más perezosos del grupo de Old Sarum, y el más perezoso de todos ellos era un tal Albert Coningham, un muchacho tardo de reflejos a quien Jean Louise había prestado un valioso servicio durante los exámenes trimestrales.

Un día, cuando sonó la campana para entrar, Albert, sacudiéndose la carbonilla de los pantalones, dijo:

—Espera un momento, Jean Louise.

Ella esperó. Cuando se quedaron solos, Albert dijo:

—Quiero que sepas que he sacado un aprobado en geografía.

—Eso está muy bien, Albert —repuso ella.

—Solo quería darte las gracias.

—De nada, Albert.

Albert se sonrojó hasta el nacimiento del pelo, la acercó a él y le dio un beso. Ella sintió su lengua mojada en los labios y se apartó. Era la primera vez que la besaban así. Albert la soltó y volvió a clase arrastrando los pies. Jean Louise lo siguió, desconcertada y un poco molesta.

Solo soportaba que la besaran sus familiares, en la mejilla, y hasta en esos casos se limpiaba el beso a escondidas. Atticus la besaba suavemente, allí donde acertara, y Jem nunca le daba un beso. Se dijo que seguramente Albert había calculado mal y enseguida se olvidó de aquello.

Con el transcurso del año, comenzó a sentarse cada vez con más frecuencia con las chicas bajo el árbol durante el recreo. Se sentaba en medio del grupo, resignada a su suerte, pero observaba a los chicos jugar sus partidos de temporada en el patio de la escuela. Una mañana que llegó tarde, vio que las chicas se estaban riendo con más misterio del habitual y exigió saber el motivo.

—Es Francine Owen —dijo una de ellas.

—¿Francine Owen? Ha faltado un par de días —observó Jean Louise.

—¿Sabes por qué? —preguntó Ada Belle.

—No.

—Es su hermana. Los servicios sociales se han hecho cargo de las dos.

Jean Louise dio un codazo a Ada Belle, que le dejó sitio en el banco.

—¿Y qué le pasa?

—Que está embarazada, ¿y sabes quién ha sido? Su padre.

—¿Qué es estar embarazada? —preguntó Jean Louise.

Se oyó un gruñido en el corro de chicas.

—Va a tener un bebé, boba —dijo una de ellas.

Jean Louise asimiló la información y preguntó:

—Pero ¿qué tiene su padre que ver con eso?

Ada Belle dio un suspiro.

—Que es el papá.

Jean Louise se rio.

—Vamos, Ada Belle...

—Es cierto, Jean Louise. Me apuesto algo a que, si Francine no está embarazada, es porque todavía no ha empezado.

—¿Empezado a qué?

—A menstruar —contestó Ada Belle con tono impaciente—. Apuesto a que lo ha hecho con las dos.

—¿El qué? —Jean Louise estaba ya totalmente perpleja.

A las chicas les dio un ataque de risa.

—No sabes nada, Jean Louise Finch —dijo Ada Belle—. Lo primero es que... que... y, luego, si lo haces después... después de empezar, entonces tienes un bebé, seguro.

—¿Hacer qué, Ada Belle?

Ada Belle miró al corrillo y guiñó un ojo.

—Bueno, lo primero que hace falta es un chico. Luego él te abraza fuerte, respira con mucha fuerza y entonces te da un beso a la francesa. Eso es cuando te besa, abre la boca y te mete la lengua...

Un pitido en los oídos impidió a Jean Louise escuchar el resto del relato de Ada Belle. Sintió que la sangre abandonaba su cara. Le sudaban las palmas de las manos e intentó tragar saliva. No iba a irse. Si se iba, las demás se darían cuenta. Se puso de pie y trató de sonreír, pero sintió que le temblaban los labios. Cerró la boca con fuerza y apretó los dientes.

—... y eso es todo. ¿Qué pasa, Jean Louise? Estás blanca como un fantasma. No te habré asustado, ¿verdad? —Ada Belle mostró una sonrisa de superioridad.

—No —respondió—. Es que no me encuentro muy bien. Creo que me voy dentro.

Rezó por que no se dieran cuenta de que le temblaban las rodillas cuando cruzó el patio. En el aseo de chicas, se apoyó en el lavabo y vomitó.

No había duda: Albert había sacado la lengua. Estaba embarazada.

Los indicios acerca de las costumbres y la moralidad de los adultos que Jean Louise había recabado hasta entonces eran escasos pero suficientes: se podía tener un bebé sin estar casada, eso lo sabía. Ignoraba, en cambio, cómo se producía ese hecho, y hasta ese día nunca le había importado porque el tema carecía de interés. Era consciente, sin embargo, de que si una mujer tenía un hijo sin estar casada su familia se veía sumida en una profunda deshonra. Había oído hablar a Alexandra largo y tendido sobre aquella Desgracia para la Familia, una desgracia que implicaba que te mandaban a Mobile y te encerraban en un «hogar», lejos de las personas decentes. La familia de la muchacha en cuestión no volvía a levantar cabeza. Algo parecido había pasado una vez calle abajo, en el camino de Montgomery, y las señoras de la otra punta de la calle se habían pasado semanas chismorreando y cacareando al respecto.

Se odiaba a sí misma, odiaba a todo el mundo. Nunca le había hecho ningún daño a nadie. Se sentía abrumada por lo injusto de aquella situación: ella no había tenido ninguna mala intención.

Salió a escondidas del colegio, dobló la esquina de su casa, se coló por el jardín de atrás, se subió al cinamomo y estuvo allí sentada hasta la hora de comer.

La comida fue larga y silenciosa. Apenas se dio cuenta de que Jem y Atticus estaban sentados a la mesa. Después de comer regresó al árbol y se quedó allí sentada hasta el atardecer, cuando oyó que Atticus la llamaba.

—Baja de ahí —le dijo.

Pero se sentía tan desgraciada que no reaccionó al oír su frío tono.

—Ha llamado la señorita Blunt y dice que te has ido a la hora del recreo y que no has vuelto. ¿Dónde estabas?

—Aquí arriba, en el árbol.

—¿Estás enferma? Sabes que si estás enferma tienes que decírselo enseguida a Cal.

—No, señor.

—Entonces, si no estás enferma, ¿a qué atribuyes tu conducta? ¿Tienes alguna excusa para justificarla?

—No, señor.

—Bien, pues déjame decirte una cosa. Si esto se vuelve a repetir, se va a armar un buen lío.

—Sí, señor.

Estuvo a punto de decírselo, de descargar aquel peso sobre él, pero se quedó callada.

—¿Seguro que estás bien?

—Sí, señor.

—Entonces, entra en casa.

En la mesa, mientras cenaban, le dieron ganas de lanzar su plato lleno a Jem, un ser superior, de quince años, que se comunicaba con su padre como un adulto. De cuando en cuando, su hermano le lanzaba miradas desdeñosas. «Ya me vengaré, no te preocupes», le prometió ella. «Pero ahora no puedo».

Cada mañana se despertaba llena de energía felina, rebosante de buenas intenciones, y cada mañana volvía a asaltarla aquel sordo temor. Cada mañana buscaba indicios del bebé. Durante el día, aquella idea nunca se apartaba mucho de su pensamiento, y regresaba intermitentemente, en los momentos más inesperados, para susurrarle al oído y acosarla.

Buscó la palabra «bebé» en el diccionario y no encontró gran cosa. Buscó «nacimiento» y encontró aún menos. En casa se topó con un libro antiguo titulado *Demonios, medicinas y doctores* y experimentó un mudo ataque de terror histérico al ver los dibujos de sillas de parto medievales e instrumental para el alumbramiento y leer que a veces se arrojaba repetidamente a las mujeres contra la pared a fin de inducir el parto. Poco a poco fue recopilando datos entre sus amigas de la escuela, con cuidado de espaciar sus preguntas dejando pasar varias semanas entre una y otra para no despertar sospechas.

Evitaba a Calpurnia siempre que podía, porque pensaba que le había mentido. Cal le había dicho que todas las chicas tenían la regla, que era tan natural como respirar, que era señal de que una se estaba haciendo mayor y que duraba hasta que se cumplían los cincuenta y tantos. En aquellos días, Jean Louise estaba tan atenazada por la desesperación ante la idea de ser demasiado vieja para disfrutar de la vida cuando por fin se le retirara la regla, que prefirió no seguir indagando. Cal, sin embargo, no le había dicho nada de bebés, ni de besos con lengua.

Al final, sondeó a Calpurnia poniendo a la familia Owen como excusa. Cal le dijo que no quería hablar de ese señor Owen porque no era digno de relacionarse con seres humanos. Iba a pasar mucho tiempo en la cárcel. Sí, a la hermana de Francine la habían enviado a Mobile, pobre muchacha. Francine estaba en el Hogar Baptista para Huérfanas del condado de Abbott. Jean Louise no debía ocupar su mente pensando en esas personas. Calpurnia empezó a ponerse furiosa y Jean Louise dejó correr el asunto.

Cuando descubrió que tenía nueve meses por delante hasta que llegara el bebé, se sintió como un criminal indultado. Contaba las semanas tachándolas en un calendario, pero no tuvo en cuenta que habían pasado ya cuatro meses cuando comenzó a hacer sus cálculos. Cuando se fue acercando el momento vivía atenazada por el pánico, por si se despertaba una mañana y encontraba a un bebé en la cama, a su lado. Crecían en el estómago, de eso estaba segura.

La idea llevaba mucho tiempo rondándole por la cabeza, pero la rechazaba instintivamente: le resultaba insoportable pensar en una separación definitiva, y sin embargo sabía que llegaría el día en que no podría seguir postergándolo, en que no habría manera de ocultarlo. Aunque su relación con Atticus y Jem había llegado a su punto más bajo («Llevas una temporada totalmente distraída, Jean Louise», le había dicho su padre. «¿No puedes concentrarte ni cinco minutos?»), pensar en vivir sin ellos, aunque fuera en el paraíso, por muy hermoso que fuera, le parecía intolerable. Pero peor aún era la perspectiva de ser enviada a Mobile y que por su culpa su familia tuviera que vivir en adelante con la cabeza gacha. Eso no se lo deseaba ni siquiera a Alexandra.

Según sus cálculos, el bebé llegaría en octubre, y el día treinta de septiembre ella se quitaría la vida.

El otoño llega tarde en Alabama. Incluso en Halloween, se pueden guardar las sillas del porche sin necesidad de abrigarse mucho. Los crepúsculos son largos, pero la oscuridad llega de repente: el cielo cambia de un naranja opaco a un azul oscuro en cuestión de segundos, y, al irse con la luz el último rayo de calor del día, empieza a refrescar.

El otoño era su estación favorita. Había un no sé qué de expectación en sus sonidos y sus formas: la algarabía lejana de los cuerpos juveniles y el sordo entrechocar del cuero en el campo de entrenamiento que había cerca de su casa la hacía pensar en bandas de música y en Coca-Colas frías, en cacahuetes secos y en el vaho de la gente, visible en medio del aire. Incluso había algo que esperar con ilusión con el comienzo de las clases: la renovación de viejas amistades y rencillas, y las semanas de repaso, volviendo a aprender lo que uno había olvidado a medias durante el largo verano. El otoño era la época de las cenas calientes, cuando se podía comer todo lo que uno se había perdido por la mañana por estar aún demasiado soñoliento para saborearlo. Su mundo estaría en su momento más dulce cuando le llegara la hora de abandonarlo.

Tenía ya doce años y había empezado el primer grado de instituto. Su capacidad para paladear el cambio tras acabar la educación primaria era muy limitada: no le gustaba tener que cambiar de aula en un mismo día, ni que le dieran clase distintos profesores, ni saber que, allá en el remoto bachillerato, su hermano se había convertido en una especie de héroe. Atticus estaba fuera, en Montgomery, para asistir a las sesiones de la asamblea legislativa, y Jem bien podría haber estado fuera con él a juzgar por las veces que lo veía.

El 30 de septiembre mató el tiempo en la escuela sin aprender nada. Después de las clases, se fue a la biblioteca y se quedó allí hasta que llegó el conserje y le dijo que tenía que irse. Volvió a la ciudad caminando despacio para seguir en su propia compañía todo el tiempo posible. La luz del día se iba desvaneciendo cuando cruzó las vías del viejo aserradero camino de la tienda de hielo. Theodore, el hielero, la saludó cuando pasaba, y ella recorrió la calle mirándolo hasta que se metió en la tienda.

El depósito de agua local estaba en un campo, al lado de la tienda de hielo. Era la cosa más alta que había visto nunca. Una minúscula escalerilla iba desde el suelo hasta una pequeña plataforma que rodeaba el depósito.

Tiró los libros al suelo y comenzó a subir. Cuando había trepado más alto que los cinamomos de su jardín trasero miró hacia abajo, se mareó y levantó la vista hacia el trecho que le faltaba.

Tenía todo Maycomb a sus pies. Le pareció ver su casa: Calpurnia estaría haciendo galletas, y un rato después llegaría Jem del entrenamiento. Miró al otro lado de la plaza y creyó ver con toda claridad a Henry Clinton saliendo de la tienda Jitney Jungle con los brazos cargados de provisiones. Las metió en el asiento trasero de un coche. Todas las farolas se encendieron a la vez, y Jean Louise sonrió con súbito deleite.

Se sentó en la estrecha plataforma y dejó colgar los pies por un lado. Perdió un zapato y después el otro. Se preguntaba cómo sería su funeral: la anciana señora Duff velaría toda la noche y haría firmar a los asistentes en un libro. Y Jem, ¿lloraría? En ese caso, sería la primera vez.

Dudaba de si debía lanzarse de cabeza o dejarse caer desde el borde. Si se daba de espaldas contra el suelo, quizá no dolería tanto. Se preguntó si ellos llegarían a saber alguna vez cuánto los quería.

De pronto alguien la agarró. Se puso rígida cuando sintió que unas manos le sujetaban los brazos contra los costados. Eran las manos de Henry, manchadas de verde por las hortalizas. Sin mediar palabra, la hizo levantarse y la obligó a bajar por la empinada escalerilla.

Cuando llegaron abajo, Henry le tiró del pelo.

—¡Por Dios que esta vez se lo digo al señor Finch! —exclamó a gritos—. ¡Te lo juro, Scout! ¿Es que estás loca? ¿Cómo se te ocurre ponerte a jugar en lo alto del depósito? ¡Podrías haberte matado!

Le dio otro tirón, y le arrancó unos cuantos pelos. La zarandeó, se desató el delantal blanco, lo enrolló y lo lanzó con rabia al suelo.

—¿No sabes que podrías haberte matado? ¿Es que no tienes cabeza?

Jean Louise lo miraba inexpresiva.

—Theodore te vio desde allí y corrió a buscar al señor Finch, y como no lo encontró fue a buscarme a mí. ¡Dios Todopoderoso...!

Cuando la vio temblar, se dio cuenta de que no se trataba de un juego. La agarró suavemente por el cogote. De camino a casa intentó descubrir qué era lo que la inquietaba, pero ella no le dijo nada. La dejó en el salón y se fue a la cocina.

—¿Qué estabas haciendo, tesoro?

Cuando hablaba con ella, el tono de Calpurnia era siempre una mezcla de afecto reticente y suave desaprobación.

—Señor Hank —le dijo—, será mejor que regrese a la tienda. El señor Fred se estará preguntando dónde se ha metido.

Sin dejar de masticar resueltamente un palo de regaliz, miró a Jean Louise.

—¿Qué te proponías? —le preguntó—. ¿Qué estabas haciendo en el depósito?

Jean Louise siguió callada.

—Si me lo dices, no se lo contaré al señor Finch. ¿Por qué estás tan tristona, tesoro?

Calpurnia se sentó a su lado. Había sobrepasado la mediana edad y su cuerpo se había ensanchado un poco, su cabello rizado se estaba poniendo canoso, y la miopía le hacía entornar los ojos. Abrió las manos sobre el regazo y se las examinó.

—No hay nada en este mundo que sea tan malo que no puedas contarlo —afirmó.

Jean Louise se arrojó en su regazo y sintió que unas manos ásperas le acariciaban los hombros y la espalda.

—¡Voy a tener un bebé! —dijo sollozando.

—¿Cuándo?

—¡Mañana!

Calpurnia la hizo incorporarse y le secó la cara con una esquina del delantal.

—Pero, por Dios santo, ¿de dónde has sacado esa idea?

Entre sollozos, Jean Louise le contó su desgracia y le suplicó que no la enviaran a Mobile, ni le estiraran el cuerpo, ni la lanzaran contra la pared.

—¿No podría irme a tu casa? Por favor, Cal.

Le rogó que la atendiera en secreto. Cuando llegara el bebé, podrían llevárselo de noche.

—¿Has estado cargando con eso todo este tiempo? ¿Por qué no has dicho nada?

Sintió el pesado brazo de Calpurnia sobre sus hombros, consolándola cuando no había ningún consuelo. La oyó musitar:

—... no tienen por qué llenarte la cabeza con cuentos... Como les ponga las manos encima, las mato.

—Cal, tú me ayudarás, ¿verdad? —le preguntó tímidamente.

—Tan cierto como que hay Dios, tesoro —le dijo Calpurnia—. Métete esto en la cabeza ahora mismo: no estás embarazada, y nunca lo has estado. Las cosas no son así.

—Bueno, y si no estoy embarazada, entonces, ¿qué me pasa?

—Con todo lo que aprendes en los libros, y eres la niña más ignorante que he visto nunca. —Su voz se apagó—. Aunque imagino que no has tenido ocasión.

Despacio, pensándose bien las palabras, Calpurnia le resumió los hechos. Conforme Jean Louise la escuchaba, la cantidad de datos repulsivos que había ido recabando a lo largo del curso encajó en un diseño nuevo y cristalino. A medida que la voz ronca de Calpurnia iba disipando la acumulación de terrores de ese año, se sintió revivir. Respiró hondo y sintió en la garganta el frescor del otoño. Oyó el chisporroteo de las salchichas en la cocina, vio la colección de revistas deportivas de su hermano en la mesa del salón y olió el aroma agridulce del peinado de Calpurnia.

—Cal —le dijo—, ¿por qué hasta ahora no he sabido nada de todo eso?

Calpurnia frunció el ceño y buscó una respuesta.

—Va usted un poco atrasada, señorita Scout. Has crecido demasiado deprisa. Claro que, si te hubieras criado en una granja, lo habrías sabido antes de aprender a caminar, o si hubiera habido alguna mujer por aquí... Si viviera tu mamá, lo sabrías...

—¿Mi mamá?

—Sí, señorita. Habrías visto cosas, tu papá besando a tu mamá, por ejemplo, y seguro que habrías hecho preguntas en cuanto hubieras aprendido a hablar.

—¿Ellos hacían todo eso?

Calpurnia dejó ver las fundas de oro de sus muelas.

—Ay, mi niña, ¿cómo crees que viniste tú al mundo? Claro que lo hacían.

—Pues yo no me lo creo.

—Tesoro, vas a tener que crecer un poco más antes de entenderlo, pero tu papá y tu mamá se querían una barbaridad, y cuando quieres a alguien así, señorita Scout, pues eso es lo que quieres hacer. Es lo que quiere hacer todo el mundo cuando quiere así.

Quieren casarse, quieren besarse y abrazarse, y pasar a lo siguiente y tener bebés.

—No creo que la tía y el tío Jimmy hagan esas cosas.

Calpurnia manoseó su delantal.

—Señorita Scout, las personas son muy distintas y se casan por motivos distintos. Yo creo que la señorita Alexandra se casó por tener casa propia. —Se rascó la cabeza—. Pero tú por eso no te preocupes, no te tiene que importar. No te ocupes de asuntos ajenos hasta que hayas resuelto los tuyos. —Calpurnia se puso de pie—. Ahora mismo, no tienes que hacer ni caso de lo que te diga esa gente de Old Sarum. No tienes que replicarles, pero no les hagas caso. Y si quieres saber algo, ven a ver a la vieja Cal.

—¿Por qué no me has contado todo esto antes?

—Porque contigo las cosas empezaron un poco antes de tiempo y, como no parecías estar tomándotelo muy bien, nos pareció que lo demás tampoco iba a hacerte ninguna gracia. El señor Finch dijo que era mejor esperar a que te hicieras a la idea, pero no contábamos con que te enteraras tan pronto y tan mal, señorita Scout.

Jean Louise se estiró voluptuosamente y bostezó, muy contenta de estar viva. Le estaba entrando sueño, y no estaba segura de poder mantenerse despierta hasta la cena.

—¿Esta noche hay galletas calientes, Cal?

—Sí, señora.

Oyó cerrarse la puerta y las pisadas de Jem por el vestíbulo. Se dirigía a la cocina, donde abriría la nevera y engulliría un litro de leche para saciar la sed del entrenamiento. Antes de quedarse dormida, cayó en la cuenta de que por primera vez en su vida Calpurnia le había dicho «Sí, señora» y «Señorita Scout», un tratamiento que solía reservar para los invitados de mayor rango. «Me estaré haciendo mayor», pensó.

Jem la despertó cuando encendió la luz del techo. Le vio acercándose a ella, con la letra M destacándose en rojo sobre el jersey blanco.

—¿Estás despierta, Tres Ojitos?

—No te pongas sarcástico —le respondió ella.

Si Henry o Calpurnia la delataban, se moriría, pero se los llevaría por delante.

Se quedó mirando fijamente a su hermano. Tenía el cabello mojado y olía al jabón fuerte de los vestuarios de la escuela. «Más vale que empiece yo», pensó.

—Oye, has estado fumando —le dijo—. Se huele a un kilómetro.

—Qué va.

—De todos modos, no entiendo cómo puedes estar en el equipo. Estás demasiado flaco.

Jem sonrió, pero no mordió el anzuelo. «Se lo han dicho», pensó ella.

Su hermano se dio unos golpecitos a la M.

—«Jem el infalible», ese soy yo. Esta tarde he atrapado siete de diez —afirmó.

Se acercó a la mesa y agarró una revista de fútbol, la abrió, la hojeó y estaba volviendo a hojearla cuando dijo:

—Scout, si alguna vez te pasa algo y eso... ya sabes... algo que no quieras contarle a Atticus...

—¿Qué?

—Ya sabes, si te metes en líos en la escuela o algo... Tú avísame, que yo cuidaré de ti.

Salió tranquilamente del salón, dejando a Jean Louise con los ojos como platos, sin saber si estaba despierta del todo o no.

12

La despertó la luz del sol y miró su reloj. Eran las cinco de la madrugada. Alguien la había arropado en algún momento de la noche. Apartó la colcha, puso los pies en el suelo y se quedó mirando sus largas piernas, sorprendida al darse cuenta de que eran las piernas de una mujer de veintiséis años. Sus mocasines seguían en posición de firmes donde los había dejado, doce horas antes. Al lado había un calcetín, y vio que el otro lo tenía puesto. Se lo quitó y se acercó sin hacer ruido al tocador, donde sorprendió su imagen en el espejo.

Observó su reflejo de mala gana.

—Se te ha puesto pelo de negraco, como diría uno de esos bestias —dijo dirigiéndose al espejo.

«Madre mía, hacía quince años que no me despertaba así. Hoy es lunes, llevo en casa desde el sábado, me quedan once días de vacaciones y ya me levanto con los pelos de punta». Se rio de sí misma: en fin, había sido la siesta más larga de la historia. Más larga que un día sin pan, y de poco había servido.

Agarró un paquete de cigarrillos y tres cerillas, metió las cerillas en el envoltorio de celofán y salió silenciosamente al vestíbulo. Abrió la puerta de madera y luego la mosquitera.

Cualquier otro día se habría quedado descalza sobre la hierba mojada escuchando el primer canto de los ruiseñores.

Habría meditado sobre el sinsentido de la austera y callada belleza que se renovaba con cada amanecer y que para medio mundo pasaba inadvertida. Habría caminado bajo los pinos de corteza amarilla que se alzaban hacia un resplandeciente cielo de levante, y sus sentidos habrían sucumbido a la alegría de la mañana.

Aquello estaba esperando para acogerla otra vez, pero Jean Louise no se dio por aludida. Tenía dos minutos de paz antes de que regresara el ayer, y nada podía matar el placer del primer cigarrillo de la mañana. Expelió el humo cuidadosamente hacia el aire inmóvil.

Tocó el ayer con cautela y retiró la mano. «No me atrevo a pensar en eso ahora, hasta que se aleje lo suficiente. Qué extraño», pensó. «Debe de ser como el dolor físico. Dicen que cuando no puedes soportarlo, tu cuerpo se defiende solo, te desmayas y ya no sientes nada. Dios aprieta, pero no ahoga...».

Era un viejo refrán que empleaban las delicadas señoras de Maycomb cuando velaban a un muerto. Por lo visto, era un profundo consuelo para los deudos. Muy bien, se consolaría con eso. Se quedaría esas dos semanas en casa, con cortés desapego, sin decir nada, sin preguntar nada, sin hacer reproches. Actuaría todo lo bien que cabía esperar en tales circunstancias.

Puso los brazos sobre las rodillas y la cabeza entre los brazos. «Preferiría haberos pillado a los dos en una cantina con dos golfas... Hay que segar el césped».

Se acercó al garaje y levantó la puerta. Sacó el cortacésped, desenroscó la tapa del depósito de gasolina y le echó un vistazo. Volvió a poner la tapa, pulsó una palanquita, puso un pie sobre la máquina, afianzó el otro en la hierba y tiró rápidamente del cable. El motor gruñó dos veces y se apagó.

«Vaya por Dios, se ha gripado».

Sacó el cortacésped al sol y regresó al garaje, donde empuñó unas gruesas tijeras de podar. Se acercó a la alcantarilla que había a la entrada del camino para coches y cortó la hierba más espesa que crecía a ambos lados. Notó que algo se movía a sus pies y, ahuecando la mano izquierda, atrapó a un grillo. Pasó la derecha por debajo del bichito y lo levantó. Chocaba frenético contra sus palmas, y Jean Louise volvió a dejarlo en el suelo.

—Has salido muy tarde —le dijo—. Vete a casa con tu mamá.

Una camioneta subió por la cuesta y se detuvo delante de ella. Un chico negro saltó del estribo y le entregó tres litros de leche. Jean Louise llevó la leche al umbral y al volver a la alcantarilla dio otro tirón al cortacésped. Esta vez se puso en marcha.

Miró con satisfacción la limpia franja que había a su espalda. La hierba recién cortada olía como la ribera de un arroyo. «La literatura inglesa habría seguido un curso decididamente distinto si el señor Wordsworth hubiera tenido un cortacésped mecánico», se dijo.

Algo invadió su campo de visión y levantó la mirada. De pie en la puerta de la casa, Alexandra hacía aspavientos como diciendo «Ven acá ahora mismo». «Creo que lleva puesto el corsé. Me pregunto si alguna vez se da la vuelta en la cama por la noche».

Su tía mostraba escasos signos de haberse movido en la cama mientras esperaba a que su sobrina se acercara. Llevaba el espeso cabello gris tan pulcramente arreglado como siempre y no se había puesto maquillaje, pero apenas si se notaba. «Me pregunto si alguna vez en su vida ha sentido algo. Seguramente Francis le hizo daño al nacer, pero dudo que algo la haya conmovido nunca».

—¡Jean Louise! —siseó Alexandra—. ¡Estás despertando a todo el vecindario con ese chisme! Ya has despertado a tu padre y esta noche no ha pegado ojo. ¡Páralo ahora mismo!

Apagó el cortacésped con el pie, y el repentino silencio rompió la tregua entre ellas.

—Deberías saber que ese cacharro no se maneja descalza. A Fink Sewell le cortó tres dedos del pie, y el otoño pasado, sin ir más lejos, Atticus mató a una serpiente de un metro de largo en el jardín de atrás. Francamente, a veces te comportas de una manera que cualquiera pensaría que no estás en tus «canales».

Muy a su pesar, Jean Louise sonrió. Era muy propio de Alexandra soltar a veces un disparate. El más notable ejemplo de ello era su comentario acerca del enorme apetito que había manifestado el hijo pequeño de una familia judía de Mobile en su decimotercer cumpleaños. Alexandra declaró que Aaron Stein era el niño más glotón que había visto nunca: era tal su «menopausia» que se había comido catorce mazorcas de maíz.

—¿Por qué no has metido la leche? Seguro que ya se ha cuajado.

—No quería despertaros, tía.

—Bueno, ya estamos despiertos —replicó ella con acritud—. ¿Quieres desayunar algo?

—Solo café, gracias.

—Esta mañana quiero que te vistas y que vayas al centro a hacerme un recado. Tendrás que llevar a Atticus. Hoy casi no puede moverse.

Lamentó no haberse quedado en la cama hasta que se marchara su padre, pero Atticus la habría despertado de todos modos para que lo llevara a la ciudad.

Entró en la casa, fue a la cocina y se sentó a la mesa. Miró el grotesco instrumental que Alexandra había puesto junto al plato de su padre. Atticus se negaba a que le dieran de comer, y el doctor Finch había resuelto el problema insertando los mangos de un cuchillo, un tenedor y una cuchara en el extremo de unas bobinas de madera de buen tamaño.

—Buenos días.

Jean Louise oyó a su padre entrar en la cocina. Miró su plato y dijo:

—Buenos días, señor.

—Ayer me dijeron que no te encontrabas bien. Entré a verte cuando llegué a casa y estabas durmiendo a pierna suelta. ¿Todo bien esta mañana?

—Sí, señor.

—Pues no lo parece.

Atticus pidió al Señor que llenara de gratitud sus corazones por aquellas bendiciones y todas las demás, agarró su vaso y derramó su contenido sobre la mesa. La leche chorreó sobre su regazo.

—Lo siento —dijo—. Algunas mañanas me cuesta un rato arrancar.

—No te muevas, yo lo limpio. —Jean Louise se levantó de un salto y fue al fregadero. Cubrió la leche derramada con dos trapos de cocina, sacó otro de un cajón del aparador y limpió la leche de los pantalones y la camisa de su padre.

—Últimamente me dejo una fortuna en la tintorería —comentó él.

—Sí, señor.

Alexandra sirvió a su hermano huevos con beicon y tostadas. Mientras su padre estaba concentrado en el desayuno, Jean Louise se dijo que era buen momento para echarle un vistazo.

Atticus no había cambiado. Su rostro era el mismo de siempre. «No sé por qué esperaba que se pareciera a Dorian Gray o a no sé quién».

Se sobresaltó cuando sonó el teléfono. Seguía sin acostumbrarse a que la gente llamara por teléfono a las seis de la mañana, la Hora de Mary Webster. Alexandra fue a responder y regresó a la cocina.

—Es para ti, Atticus. Es el sheriff.

—Pregúntale qué quiere, por favor, Zandra.

Alexandra volvió a entrar diciendo:

—No sé qué sobre que alguien le pidió que te llamara...

—Dile que llame a Hank, Zandra. Puede decirle cualquier cosa que quiera decirme a mí. —Se volvió hacia Jean Louise—. Me alegro de tener un socio más joven, además de una hermana. Lo que se le pasa a uno, no se le pasa al otro. Me pregunto qué querrá el sheriff a estas horas.

—Yo también —comentó ella sin emoción.

—Cariño, creo que deberías dejar que Allen te eche un vistazo. Estás muy arisca.

—Sí, señor.

Observó con disimulo a su padre mientras Atticus se comía el desayuno. Se las arreglaba con los incómodos cubiertos como si tuvieran un tamaño y una forma normales. Jean Louise echó una ojeada a su cara y la vio cubierta por una incipiente barba blanca. «Si se la dejara crecer sería blanca, pero el pelo lo tiene entrecano, y las cejas todavía negras. El tío Jack ya tiene las sienes blancas, y la tía todo el pelo gris. Cuando empiecen a salirme a mí, ¿por dónde empezarán? ¿Y por qué estoy pensando estas cosas?».

—Disculpad —dijo, y se llevó el café al salón.

Puso la taza sobre la mesita de leer y estaba abriendo las persianas cuando vio llegar el coche de Henry por el camino de entrada. Al entrar, la encontró junto a la ventana.

—Buenos días. Estás un poco mustia —le dijo.

—Gracias. Atticus está en la cocina.

Henry parecía el mismo de siempre. Después de una larga noche de descanso se le notaba menos la cicatriz.

—¿Estás enfadada por algo? —le preguntó—. Ayer te saludé con la mano en la galería del juzgado, pero no me viste.

—¿Tú me viste?

—Sí. Pensaba que estarías fuera esperándonos, pero no estabas. ¿Hoy te encuentras mejor?

—Sí.

—Bueno, no me arranques la cabeza de un mordisco.

Ella se bebió el café, se dijo a sí misma que quería otra taza y siguió a Henry a la cocina. Él se apoyó en el fregadero mientras daba vueltas a las llaves del coche con el dedo índice. «Es casi tan alto como los armarios», pensó Jean Louise. «Nunca podré volver a decirle ni una frase coherente».

—... y vaya si ha pasado —estaba diciendo Henry—. Tenía que suceder tarde o temprano.

—¿Estaba bebiendo? —preguntó Atticus.

—Bebiendo no, estaba borracho. Iba de vuelta a casa después de pasar toda la noche empinando el codo en ese garito que tienen.

—¿Qué pasa? —dijo Jean Louise.

—El hijo de Zeebo —contestó Henry—. El sheriff ha dicho que lo tiene en el calabozo, que el chico le ha pedido que llame al señor Finch para que lo saque... hum.

—¿Por qué?

—Cariño, el chico de Zeebo salió de los Quarters esta mañana al amanecer a toda velocidad y atropelló al anciano señor Healy, que estaba cruzando la calle, y lo mató en el acto.

—Ay, no...

—¿De quién era el coche? —preguntó Atticus.

—De Zeebo, creo.

—¿Qué le has dicho al sheriff? —volvió a preguntar Atticus.

—Que le diga al chico que no iba a aceptar usted el caso.

Atticus apoyó los codos en la mesa y se echó hacia atrás.

—No deberías haber hecho eso, Hank —le reconvino amablemente—. Claro que vamos a aceptarlo.

«Gracias, Dios». Jean Louise suspiró suavemente y se frotó los ojos. El hijo de Zeebo era nieto de Calpurnia. Atticus podía haberse olvidado de muchas cosas, pero jamás se olvidaría de ellos. El día anterior se disolvió rápidamente en una mala noche. «Pobre señor Healy, seguramente estaba tan borracho que ni siquiera lo vio venir».

—Pero, señor Finch —dijo Henry—, creía que ninguno de...

Atticus descansó el brazo en el reposabrazos de la silla. Cuando se concentraba, tenía la costumbre de manosear la leontina de su reloj de bolsillo y hurgar distraídamente en el bolsillito del chaleco. En esa ocasión dejó las manos quietas.

—Hank, sospecho que, cuando conozcamos todos los pormenores del caso, lo mejor será que el chico se declare culpable. ¿Y no nos conviene más estar de su lado en el tribunal que dejar que caiga en manos de quien no debe?

En el rostro de Henry se dibujó lentamente una sonrisa.

—Entiendo lo que quiere decir, señor Finch.

—Pues yo no —replicó Jean Louise—. ¿De qué manos habláis?

Atticus se volvió hacia ella.

—Scout, seguramente no lo sabes, pero hay abogados pagados por la NAACP dando vueltas por el condado como buitres, a la espera de que pasen cosas como esta...

—¿Te refieres a abogados de color?

Atticus afirmó con la cabeza.

—Sí. Ya hay tres o cuatro en el estado. Están sobre todo en Birmingham y en sitios así, pero van de juzgado en juzgado, siempre al acecho, esperando a que algún negro cometa un delito contra una persona blanca. Te sorprendería lo rápido que se enteran. Aparecen ellos y... En fin, para que lo entiendas, exigen que haya negros en el jurado en tales casos. Citan a declarar a los comisionados del jurado, piden el relevo del juez, se sirven de cualquier triquiñuela legal, y tienen muchas, intentan forzar un error del juez... Pero, por encima de todo, intentan que el caso llegue a un tribunal federal, donde saben que tienen todas las cartas a su favor. Ya ha sucedido en el juzgado vecino, y en ningún sitio pone que no vaya a suceder aquí. —Atticus se volvió a Henry—. Por eso digo que vamos a aceptar el caso si el chico quiere.

—Creía que la NAACP tenía prohibido actuar en Alabama —dijo Jean Louise.

Atticus y Henry la miraron y se rieron.

—Cariño —observó Henry—, no sabes lo que sucedió en el condado de Abbott cuando pasó algo parecido. Esta primavera, durante un tiempo, llegamos a creer que iba a haber verdaderos problemas. Hubo gente del otro lado del río que hasta compró toda la munición que pudo encontrar...

Jean Louise salió de la habitación.

En el salón, oyó la voz uniforme de Atticus:

—... contener un poco la marea así... Es bueno que haya pedido un abogado de Maycomb...

Ella seguiría con su café, pasara lo que pasase. ¿A quién acudían Calpurnia y los suyos antes que a nadie? ¿Cuántos divorcios le había arreglado Atticus a Zeebo? Cinco por lo menos. ¿Qué chico era aquel? Esta vez se había metido en un buen lío, necesitaba ayuda de verdad, ¿y qué hacían ellos, aparte de sentarse en la cocina y hablar de la NAACP? Hacía no mucho tiempo, Atticus habría aceptado el caso por simple bondad, por hacerle un favor a Cal. «Tengo que ir a verla esta mañana sin falta...».

¿Qué desgracia era aquella que había caído sobre las personas a las que amaba? ¿La veía acaso en toda su crudeza porque había estado lejos? ¿Había ido filtrándose poco a poco, a lo largo de los años, hasta ahora, o lo había tenido siempre delante de las narices y no lo había visto? No, eso no. ¿Qué era lo que hacía que un hombre corriente gritara inmundicias a pleno pulmón? ¿Qué hacía encallecerse a personas que eran como ella hasta el punto de decir *nigger* cuando antes aquella palabra nunca había salido de sus labios?

—... ponerlos en su sitio, espero —dijo Alexandra entrando en el salón con Atticus y Henry.

—No hay nada que temer —afirmó Henry—. Todo saldrá bien. ¿A las siete y media esta noche, cariño?

—Sí.

—Bueno, podías mostrar un poco de entusiasmo...

Atticus se rio por lo bajo.

—Ya se ha cansado de ti, Hank.

—¿Puedo llevarle a la ciudad, señor Finch? Es muy temprano, pero creo que voy a ir a hacer unas cosas aprovechando el fresco de la mañana.

—Gracias, pero me llevará luego Scout.

Oír el apodo de su niñez en boca de su padre hizo que de pronto le chirriaran los oídos. «No vuelvas a llamarme así. El que me llamaba Scout está muerto y enterrado».

—Tengo una lista de cosas para que las traigas de la tienda, Jean Louise —dijo Alexandra—. Ahora ve a cambiarte de ropa. Puedes ir ahora a la ciudad en un momentito, ya está abierto, y volver luego a buscar a tu padre.

Jean Louise entró en el cuarto de baño y abrió el grifo del agua caliente de la bañera. Fue a su habitación, sacó del armario un vestido de algodón y se lo colgó del brazo. Encontró unos zapatos bajos en la maleta, sacó unas medias y lo llevó todo al baño.

Se miró en el espejo del botiquín. «¿Quién es ahora Dorian Grey?».

Tenía sombras de color pardo azulado bajo los ojos, y las líneas desde la nariz hasta las comisuras de la boca muy marcadas. «No hay duda: son arrugas», pensó. Se tiró de la mejilla hacia un lado y miró el leve pliegue. «Me da igual. Cuando esté lista para casarme tendré noventa años y entonces será demasiado tarde. ¿Quién me enterrará? Soy la más joven con diferencia... Un buen motivo para tener hijos».

Templó el agua caliente con fría y cuando pudo soportar la temperatura se metió en la bañera, se frotó con fuerza, soltó el agua, se secó y se vistió rápidamente. Enjuagó la bañera, se secó las manos, estiró la toalla en el toallero y salió del baño.

—Ponte un poco de carmín —ordenó su tía al encontrarse con ella en el pasillo. Se acercó al armario y sacó la aspiradora.

—Ya lo haré yo cuando vuelva —le dijo Jean Louise.

—Cuando vuelvas ya estará hecho.

El sol aún no había levantado ampollas en las aceras de Maycomb, pero no tardaría en hacerlo. Aparcó delante de la tienda y entró.

El señor Fred le estrechó la mano, dijo que se alegraba de verla, sacó una Coca-Cola mojada de la máquina, la secó con el delantal y se la dio.

«Esta es una de las cosas buenas de la vida que nunca cambian», se dijo Jean Louise. Mientras él viviera, mientras ella siguiera regresando a Maycomb, el señor Fred estaría allí para brindarle su... sencilla bienvenida. ¿Qué personaje era? ¿Alicia? ¿Brer Rabbit? No, era Topo. Topo, cuando regresaba de algún viaje largo atrozmente cansado, siempre encontraba lo conocido esperándolo para brindarle su sencilla bienvenida.

—Yo me encargo de la lista, usted disfrute de su Coca-Cola —dijo el señor Fred.

—Gracias, señor —respondió Jean Louise. Echó un vistazo a la lista de la compra y abrió más los ojos—. La tía cada vez se parece más al primo Joshua. ¿Qué quiere decir con «servilletas de cóctel»?

El señor Fred se rio.

—Creo que se refiere a servilletas de fiesta. Que yo sepa, su tía nunca ha probado un cóctel.

—Ni lo probará.

El tendero siguió con su tarea, y poco después gritó desde el fondo de la tienda:

—¿Se ha enterado de lo del señor Healy?

—Eh... hum —dijo Jean Louise. Era hija de un abogado.

—Ni se ha enterado —afirmó el señor Fred—. Para empezar, no sabía ni adónde iba, el pobre. Bebía más licor barato que ningún ser humano que yo haya visto. Fue su único logro en esta vida.

—¿No solía tocar el *jug*?

—Sí, claro —respondió el señor Fred—. ¿Recuerda cuando organizaban aquellas actuaciones en el juzgado? Él siempre estaba ahí, soplando el *jug*. Lo llevaba lleno y se bebía un poco para bajar el tono, y después bebía más para que sonara muy grave, y entonces tocaba su solo. Siempre era *Old Dan Tucker*, y siempre escandalizaba a las señoras, aunque nunca pudieron demostrar nada. Ya sabe usted que el alcohol puro apenas huele.

—¿De qué vivía?

—Creo que de una pensión. Estuvo en la guerra de Cuba... Aunque, si le digo la verdad, sé que estuvo en alguna guerra pero no recuerdo en cuál. Aquí tiene su compra.

—Gracias, señor Fred —le dijo Jean Louise—. Dios mío, me he olvidado el dinero. ¿Puedo dejar la cuenta en el despacho de Atticus? Vendrá dentro de un rato.

—Claro, querida. ¿Cómo está su padre?

—Hoy no está muy bien, pero estará en el despacho aunque caiga un diluvio.

—¿Por qué no se queda usted en casa esta vez?

Jean Louise bajó la guardia al ver que en la expresión del señor Fred no había más que buen humor desinteresado.

—Lo haré, algún día.

—Mire, yo estuve en la guerra —dijo el señor Fred—. No fui al extranjero, pero he estado en un montón de sitios de este país. No tenía ganas de regresar, así que pasé fuera diez años, pero cuanto más tiempo pasaba lejos, más extrañaba Maycomb. Llegó un punto en que sentí que o volvía, o me moría. Uno nunca consigue sacárselo de dentro.

—Señor Fred, Maycomb es como cualquier otro pueblecito. Se toma una muestra y...

—Nada de eso, Jean Louise. Y usted lo sabe.

Jean Louise asintió con la cabeza.

—Tiene razón.

No se debía a que fuera allí donde había comenzado la vida de uno. Se debía a que allí había nacido una persona, y luego otra, y otra más, hasta que finalmente aparecías tú, bebiendo una Coca-Cola en el Jitney Jungle.

De pronto, sin embargo, sintió un agudo distanciamiento, una separación, y no solo de Atticus y de Henry. Todo Maycomb y su condado iban apartándose de ella con el paso de las horas, y automáticamente se culpó a sí misma.

Se golpeó la cabeza al meterse en el coche. «Nunca me acostumbraré a estos cacharros. El tío Jack tiene razón en varias cosas».

Alexandra sacó las provisiones del asiento trasero. Jean Louise se inclinó y abrió la puerta para que montara su padre. Estiró el brazo por delante de él y la cerró.

—¿Vas a usar el coche esta mañana, tía?

—No, querida. ¿Vas a alguna parte?

—Sí. No tardaré mucho.

Observó atentamente la calle. «No tengo más remedio que mirarlo, escucharlo y hablar con él».

Cuando se detuvo delante de la barbería dijo:

—Pregunta al señor Fred cuánto le debemos. Me olvidé de sacar la nota de la bolsa. Le dije que tú se lo pagarías.

Le abrió la puerta y él se apeó.

—¡Cuidado!

Atticus saludó con la mano al conductor del coche que pasaba.

—No me ha dado —dijo.

Jean Louise rodeó la plaza y tomó la carretera de Meridian hasta llegar a una bifurcación. «Debió de ser aquí», pensó.

Había manchas oscuras en la gravilla roja, donde terminaba el asfalto, y pasó con el coche por encima de la sangre del señor Healy. Cuando llegó a una bifurcación del camino de tierra, giró a la derecha y avanzó por una pista tan estrecha que el gran automóvil no dejaba espacio ni a un lado ni a otro. Siguió adelante hasta que no pudo avanzar más.

La carretera estaba bloqueada por una fila de coches atravesados en medio de la cuneta. Aparcó detrás del último y se bajó. Pasó al lado de un Ford de 1939, de un Chevrolet de año desconocido, de un Willys y de un coche fúnebre azul turquesa con las palabras DESCANSO CELESTIAL grabadas en un semicírculo de cromo en la puerta delantera. Sorprendida, echó un vistazo al interior: en la parte de atrás había varias filas de asientos atornillados al suelo que no dejaban sitio para un cuerpo en posición supina, ni vivo ni muerto. «Esto es un taxi», pensó.

Levantó la anilla de metal de la puerta de la valla y entró. El patio de Calpurnia estaba barrido: Jean Louise dedujo que lo habían barrido hacía poco porque aún se veían las huellas de la escoba entre las suaves pisadas.

Levantó la mirada y vio en el porche de la casita de Calpurnia a varios negros vestidos de diversas maneras: un par de mujeres se habían puesto sus mejores galas, una llevaba un delantal de percal y otra iba vestida con su ropa del campo. Jean Louise reconoció a uno de los hombres: el profesor Chester Sumpter, director del Instituto de Oficios Mount Sinai, la escuela para negros más importante del condado de Maycomb. El profesor Sumpter vestía, como siempre, de negro. Al otro hombre vestido con traje negro no lo conocía, pero enseguida comprendió que era un pastor. Zeebo llevaba puesta su ropa de trabajo.

Al verla, se irguieron y se retiraron del borde del porche, formando una piña. Los hombres se quitaron los sombreros y las gorras, la mujer del delantal cruzó las manos por debajo de él.

—Buenos días, Zeebo —dijo Jean Louise.

Zeebo, a diferencia de los demás, se acercó.

—¿Cómo está, señorita Jean Louise? No sabíamos que estaba en casa.

Jean Louise era plenamente consciente de que los negros la observaban. La observaban atentamente, guardando un respetuoso silencio.

—¿Calpurnia está en casa? —preguntó.

—Sí, señorita Jean Louise, mi mama está dentro. ¿Quiere que vaya a buscarla?

—¿Puedo entrar, Zeebo?

—Sí, señorita.

Los negros se apartaron para que entrara. Zeebo, sin saber muy bien cuál era el protocolo, abrió la puerta y se retiró para que pasara.

—Ve tú delante, Zeebo —dijo ella.

Le siguió hasta una sala oscura donde se mezclaba el aroma dulce y almizclado de los negros bien aseados, el rapé y el fijador de pelo. Varias figuras borrosas se levantaron al entrar ella.

—Por aquí, señorita Jean Louise.

Recorrieron un diminuto pasillo y Zeebo llamó a una puerta de pino sin pintar.

—Mama —dijo—, ha venío la señorita Jean Louise.

La puerta se abrió suavemente y la esposa de Zeebo asomó la cabeza. Salió al pasillo, en el que apenas había sitio para los tres.

—Hola, Helen —dijo Jean Louise—. ¿Cómo está Calpurnia?

—Se lo está tomando mu mal, señorita Jean Louise. Frank nunca había tenío ningún problema...

Así que era Frank. De entre toda su variopinta descendencia, Calpurnia estaba especialmente orgullosa de Frank. Estaba en la lista de espera del Instituto Tuskegee. Había nacido para fontanero y era capaz de arreglar cualquier cosa por la que corriera el agua.

Helen, cuya tripa colgaba flácida por haber tenido tantos hijos, se apoyó contra la pared. Iba descalza.

—Zeebo —dijo Jean Louise—, ¿Helen y tú estáis viviendo juntos otra vez?

—Sí, señora —respondió Helen plácidamente—. Ya está viejo.

Jean Louise sonrió a Zeebo, que parecía avergonzado. Por más que lo intentaba, Jean Louise no podía desentrañar la historia familiar de Zeebo. Imaginaba que Helen debía de ser la madre de Frank, pero no estaba segura. Estaba segura de que era su primera esposa, y también de que era su esposa actual, pero ¿cuántas había tenido entre medias?

Se acordó de que Atticus le había contado cómo se habían presentado los dos en su despacho años atrás para pedir el divorcio. Él, intentando reconciliarlos, le preguntó a Helen si no querría aceptar de nuevo a su esposo. Ella contestó lentamente: «No, señor Finch. Zeebo ha estao por ahí disfrutando de otras mujeres. Ya no disfruta na de mí, y yo no quiero un hombre que no disfruta de su esposa».

—¿Podría ver a Calpurnia, Helen?

—Sí, señorita. Entre.

Calpurnia estaba sentada en una mecedora de madera, en el rincón de la chimenea. La habitación contenía una cama con bastidor de hierro, cubierta con una colcha descolorida, estampada con un dibujo de alianzas entrelazadas. En la pared había tres grandes fotografías de negros con marco dorado y un calendario de Coca-Cola. La tosca repisa de la chimenea estaba repleta de figurillas brillantes hechas de yeso, porcelana, arcilla y cristal esmerilado. La bombilla pelada que colgaba oscilando de un cable del techo proyectaba nítidas sombras en la pared de detrás de la repisa de la chimenea y en el rincón donde estaba sentada Calpurnia.

«Qué pequeña parece», pensó Jean Louise. «Antes era tan alta...».

Calpurnia era vieja y huesuda. Le fallaba la vista y llevaba unas gafas de montura negra que contrastaban con su piel de un marrón cálido. Tenía las grandes manos posadas sobre el regazo y las levantó, muy abiertas, cuando entró Jean Louise.

A Jean Louise se le hizo un nudo en la garganta al ver sus dedos huesudos, aquellos dedos tan delicados cuando ella estaba enferma y tan duros como el ébano cuando se portaba mal, unos dedos que hacía tiempo habían llevado a cabo complicadas tareas con amor. Jean Louise se los acercó a los labios.

—Cal —le dijo.

—Siéntate, niña —le indicó Calpurnia—. ¿Hay una silla?

—Sí, Cal. —Acercó una silla y se sentó enfrente de su vieja amiga—. Cal, he venido a decirte... he venido a decirte que, si hay algo que pueda hacer por ti, debes decírmelo.

—Gracias, señorita —respondió Calpurnia—. No se me ocurre nada.

—Quiero que sepas que el señor Finch se enteró esta mañana temprano. Frank pidió al sheriff que lo llamara, y el señor Finch... va a ayudarlo.

Las palabras se le murieron en los labios. Dos días antes habría dicho «el señor Finch va a ayudarlo» convencida de que Atticus sería capaz de cambiar el día en noche.

Calpurnia asintió con un gesto. Tenía la cabeza levantada y miraba fijamente hacia delante. «No me ve bien», pensó Jean Louise. «Me pregunto qué edad tiene. Nunca lo he sabido exactamente, y dudo que ella lo sepa».

—No te preocupes, Cal —dijo—. Atticus hará todo lo posible.

—Ya lo sé, señorita Scout —respondió Calpurnia—. Él siempre hace to lo posible. Siempre lo hace to bien.

Jean Louise miró boquiabierta a la anciana. Estaba sentada con la altiva dignidad propia de las ocasiones formales, cuando aparecía también su forma de hablar más descuidada. Jean Louise, sin embargo, no habría reparado en ello ni aunque la Tierra hubiera dejado de girar, ni aunque se hubieran helado los árboles y el mar hubiera devuelto a sus muertos.

—Calpurnia...

Apenas la oyó decir:

—Frank ha hecho mu mal... tie que pagar por ello... Mi nieto... Lo quiero mucho... pero va a ir a la cárcel con el señor Finch o sin él...

—¡Calpurnia! ¡Ya basta!

Jean Louise se puso de pie. Sintió que los ojos se le llenaban de lágrimas y se acercó a ciegas a la ventana.

La anciana no se había movido. Jean Louise se dio la vuelta y la vio allí sentada. Parecía respirar pausadamente por la nariz. Había adoptado sus modales de cuando había visita.

Jean Louise volvió a sentarse enfrente de ella.

—Cal —le dijo llorando—. Cal, Cal, Cal, ¿qué me estás haciendo? ¿Qué sucede? Yo soy tu niñita, ¿es que te has olvidado de mí? ¿Por qué me apartas? ¿Qué me estás haciendo?

Calpurnia levantó las manos y las apoyó suavemente sobre los brazos de la mecedora. Su cara tenía mil pequeñas arrugas y, detrás de las gruesas gafas, sus ojos se veían apagados.

—¿Qué nos están haciendo ustedes a nosotros? —preguntó ella.

—¿A nosotros?

—Sí, señorita. A nosotros.

Jean Louise respondió despacio, más para sí misma que para Calpurnia:

—En toda mi vida, nunca imaginé ni remotamente que pudiera pasar algo así. Y aquí está. No puedo hablar con la persona que me crio desde que tenía dos años... Está sucediendo mientras estoy aquí sentada y no puedo creerlo. Háblame, Cal. Por el amor de Dios, háblame. ¡No te quedes ahí sentada de esa manera!

Miró la cara de la anciana y comprendió que era inútil. Calpurnia la observaba, y en sus ojos no había el más leve indicio de compasión.

Jean Louise se levantó para irse.

—Dime una cosa, Cal —le dijo—, solo una cosa antes de irme, por favor, tengo que saberlo. ¿Nos odiabas?

La anciana seguía sentada en silencio, soportando la carga de sus años. Jean Louise esperó.

Por fin, Calpurnia negó con la cabeza.

—Zeebo —dijo Jean Louise—, si hay algo que yo pueda hacer, por el amor de Dios, avísame.

—Sí, señorita —respondió el hombretón—. Pero no parece que se pueda hacer na. Frank lo mató, y nadie pue hacer na. El señor Finch, él tampoco pue hacer na con una cosa así. ¿Yo puedo ayudarla en algo mientras está en casa, señorita?

Estaban en el porche, en el trecho que habían despejado para ellos. Jean Louise suspiró.

—Sí, Zeebo, ahora mismo puedes ayudarme a dar media vuelta con el coche. Si no, dentro de poco estaré metida en el maizal.

—Sí, señorita Jean Louise.

Observaba cómo maniobraba Zeebo en el estrecho camino. «Espero poder regresar a casa», pensó ella.

—Gracias, Zeebo —le dijo cansinamente—. Acuérdate.

El negro se tocó el ala del sombrero y regresó a casa de su madre.

Jean Louise se quedó sentada dentro del coche, mirando el volante. «¿Por qué he perdido en dos días todo lo que amaba en este mundo? ¿Jem también me daría la espalda? Calpurnia nos quería, juro que nos quería. Estaba ahí sentada, delante de mí, y no me veía, veía a una blanca. Ella me crio, y no le importa. No siempre fue así, juraría que no. Las personas solían fiarse unas de otras por alguna razón, he olvidado el porqué. Entonces no se vigilaban como halcones. Hace diez años no me habrían mirado así al subir esos escalones. Ella nunca se ponía tan estirada con nosotros... Cuando murió Jem, su queridísimo Jem, aquello casi la mata...».

Recordaba haber ido a casa de Calpurnia muy avanzada la tarde, hacía dos años. Ella estaba sentada en su cuarto, como hoy, con las gafas en la punta de la nariz. Había estado llorando.

—Con él era siempre todo tan fácil... —dijo Calpurnia—. No se metió en un solo lío en toda su vida, mi niño. Me trajo un regalo cuando volvió de la guerra, me trajo un abrigo eléctrico.

Cuando sonreía, su cara se llenaba de un millón de arrugas. Se acercó a la cama y sacó de debajo una caja grande. La abrió y sacó una enorme cantidad de cuero negro. Era el abrigo de un oficial de la aviación alemana.

—¿Lo ves? —dijo—. Se enciende.

Jean Louise examinó el abrigo y vio que estaba recorrido por cables diminutos. Había pilas dentro de un bolsillo.

—El señorito Jem dijo que así estaría calentita en invierno. Me dijo que no tuviera miedo, pero que tuviera cuidado cuando estuviera encendido.

Calpurnia, con su abrigo eléctrico, era la envidia de sus amigos y vecinos.

—Cal —le había dicho Jean Louise—, por favor, vuelve. No puedo irme tranquila a Nueva York si tú no estás en casa.

Aquello pareció ayudar. Calpurnia se irguió y asintió con la cabeza.

—Sí, señorita —dijo—. Voy a volver. No se preocupe.

Jean Louise pulsó el botón de arranque y el coche avanzó lentamente por el camino. «"Uno, dos, tres, cuatro. Agarra a un negro por el zapato. Cuando grite suéltalo". Dios mío, ayúdame».

QUINTA PARTE

13

Alexandra estaba en la mesa de la cocina, absorta en ritos culinarios. Jean Louise pasó a su lado de puntillas, pero fue en vano.

—Ven, mira esto.

Su tía se apartó de la mesa y mostró varias fuentes de cristal tallado llenas con tres pisos de delicados bocadillos.

—¿Es la comida de Atticus?

—No, hoy va a probar a comer en el centro. Ya sabes cómo aborrece meterse entre un montón de mujeres.

¡Dios Todopoderoso! ¡El «Café»!

—Cielo, ¿por qué no vas a preparar el salón? Dentro de una hora estarán aquí.

—¿A quién has invitado?

Alexandra recitó una lista de invitadas tan absurda que Jean Louise dio un hondo suspiro. La mitad eran más jóvenes que ella, y la otra mitad mayores. No habían compartido ninguna experiencia que ella pudiera recordar, salvo en el caso de una con la que se había peleado sin parar durante toda la escuela primaria.

—¿Dónde están todas las de mi clase? —preguntó.

—Por ahí, supongo.

Ah, sí. Por ahí, en Old Sarum y en otros sitios, en lo hondo de los bosques. Se preguntaba qué habría sido de ellas.

—¿Has ido de visita esta mañana? —preguntó Alexandra.

—He ido a ver a Cal.

El cuchillo de Alexandra repiqueteó sobre la mesa.

—¡Jean Louise!

—¿Qué demonios ocurre ahora?

«Si Dios quiere, este es el último asalto que voy a tener con ella. Según ella, nunca he sido capaz de hacer nada bien, en toda mi vida».

—Cálmate, señorita —repuso su tía con frialdad—. Jean Louise, en Maycomb ya nadie va a visitar a los negros, después de lo que nos están haciendo. Además de ser unos vagos, ahora te miran a veces con una insolencia descarada y les da igual el motivo. Esa NAACP ha venido y les ha metido tanto veneno en el cuerpo que se les sale por las orejas. Si hasta ahora no ha habido problemas en este condado, es porque tenemos un sheriff fuerte. Tú no te das cuenta de lo que está pasando. Hemos sido buenos con ellos, hemos pagado sus deudas y les hemos dado dinero para pagar la fianza y sacarlos de la cárcel desde que el mundo es mundo, les hemos dado trabajo cuando no lo había, les hemos animado a mejorar, los hemos civilizado, pero querida mía... esa capa de civilización es tan fina que un puñado de negros yanquis pagados de sí mismos puede echar por tierra el progreso de cien años en cinco... No, señorita, después de cómo nos han agradecido que les hayamos cuidado, nadie en Maycomb tiene ganas de ayudarlos cuando ahora se meten en líos. Lo que hacen es morder la mano que les da de comer. No, señor, se acabó... Ahora que se las arreglen solos.

Había dormido doce horas y le dolían los hombros de cansancio.

—La Sarah de Mary Webster tiene el carnet de la NAACP desde hace años, y lo mismo todas las cocineras de la ciudad.

Cuando se fue Calpurnia, no quise molestarme en buscar otra, total, solo estábamos Atticus y yo. Tener contento a uno de esos *niggers* en estos tiempos es como atender a un rey...

«Mi santa tía habla como el señor Grady O'Hanlon, que dejó su trabajo para consagrar todo su tiempo al mantenimiento de la segregación».

—... hay que ir a buscarlos y cargar con ellos, y una acaba preguntándose quién está sirviendo a quién. En los tiempos que corren, no vale la pena tanta molestia... ¿Adónde vas?

—A preparar el salón.

Se hundió en un sillón profundo y pensó en el daño que le estaba haciendo todo aquello. «Mi tía es una desconocida hostil, mi Calpurnia no quiere tener nada que ver conmigo, Hank es un insensato y Atticus... A mí me pasa algo raro, es algo que hay en mí. Tiene que ser eso, porque todas estas personas no pueden haber cambiado así. ¿Cómo no se les pone la piel de gallina? ¿Cómo pueden creer fervientemente todo lo que oyen en la iglesia y después decir las cosas que dicen y hacer caso de las cosas que oyen sin vomitar? Yo me creía cristiana, pero no lo soy. Soy otra cosa, y no sé qué es. Todo lo que sé sobre lo que está bien y lo que está mal me lo han enseñado esas personas. Ellos mismos, esas mismas personas. Así que tengo que ser yo, no ellos. Me ha pasado algo. Intentan todos convencerme como con un extraño eco de que la culpa de todo la tienen los negros, pero, si la culpa es de los negros, yo sé volar, y bien sabe Dios que ganas me dan de salir volando por la ventana ahora mismo».

—¿No has arreglado el salón? —Alexandra estaba delante de ella.

Jean Louise se levantó y arregló el salón.

Las urracas llegaron a las 10.30, como estaba previsto. Jean Louise salió al umbral a recibirlas y las saludó una a una conforme fueron entrando. Llevaban guantes y sombrero, y olían a la legua a aceites esenciales, a perfume, a agua de colonia y a polvos de baño. Su maquillaje habría hecho avergonzarse a un pintor egipcio, y sin duda habían comprado la ropa, sobre todo los zapatos, en Montgomery o Mobile: Jean Louise vio prendas de A. Nachman, de Gayfer's, de Levy's y de Hammel's por todo el salón.

«¿De qué hablan ahora?». Jean Louise había dejado de escuchar, pero pasado un rato volvió a prestar atención. Las recién casadas charlaban con engreimiento de su Bob o su Michael, de que llevaban casadas cuatro meses con Bob o con Michael, y que Bob o Michael habían engordado ya nueve kilos cada uno. Jean Louise refrenó la tentación de ilustrar a sus jóvenes invitadas acerca de los motivos clínicos más probables del rápido ensanchamiento de sus amados, y dirigió su atención a la Banda de los Pañales, que la angustiaba desmesuradamente:

—Cuando Jerry tenía dos meses, me miró y me dijo...

—En realidad, habría que enseñarles a usar el váter cuando...

—Cuando lo bautizamos, agarró al señor Stone por el pelo y el señor Stone...

—... ahora moja la cama. Se lo quité al mismo tiempo que le quité la costumbre de chuparse el dedo, con...

—... un jersey moniiísimo, el más mono que he visto en mi vida: tiene un elefantito rojo y escrito por delante MAREA ROJA.

—... y nos costó cinco dólares quitarlo.

La Brigada Ligera se sentaba a su izquierda: estaban en la treintena, y dedicaban la mayor parte de su tiempo libre al Club de Amanuenses, a jugar al bridge y a competir entre sí en lo relativo a electrodomésticos.

—John dice que...

—Calvin dice que es el...

—... riñones, pero Allen me ha prohibido comer frituras...

—Cuando se me enganchó esa cremallera, ojalá no hubiera...

—No sé por qué se piensa que va a salirse con la suya...

—Pobrecilla, yo que ella tomaría...

—... terapia de choque, eso es lo que le dieron. Dicen que...

—Quita la alfombra todos los sábados por la noche cuando llega Lawrence Welk...

—Y se rio, ¡yo creí que me moría! Y él allí, en...

—... mi vestido de boda y, mira, aún me sirve.

Jean Louise observó a las tres Perpetuas Esperanzas que tenía a su derecha. Eran simpáticas muchachas de Maycomb, de excelente carácter, que no habían llegado a la meta. Sus coetáneas casadas las trataban con condescendencia, sentían un poco de lástima por ellas y las animaban a salir con cualquier hombre sobrante que estuviera de paso por allí. Miró a una de ellas con ácida ironía: a los diez años, la única vez que intentó unirse a una pandilla, le preguntó un día a Sarah Finley:

—¿Puedo ir a tu casa esta tarde?

—No —le respondió Sarah—. Mi madre dice que eres demasiado tosca.

«Ahora estamos las dos solas, por razones totalmente diferentes, pero el sentimiento es el mismo, ¿no?».

Las Perpetuas Esperanzas hablaban en voz baja entre sí:

—El día más largo de mi vida...

—En la parte de atrás del banco...

—Una casa nueva en la carretera, al lado de...

—... el Sindicato de Enseñanza, lo sumas todo y te tiras cuatro horas cada domingo en la iglesia...

—... las veces que le he dicho al señor Fred que me gustan los tomates...

—... un calor horrible. Les dije que si no ponían aire acondicionado en la oficina, yo...

—... se pasó todo el tiempo vomitando. No sé qué interés tiene eso, la verdad.

Jean Louise se lanzó a la palestra.

—¿Sigues todavía en el banco, Sarah?

—Sí, todavía. Allí estaré hasta que me muera.

Hum.

—Eh, ¿qué fue de Jane... no recuerdo su apellido? Ya sabes, tu amiga de la secundaria.

Sarah y Jane no sé cuántos habían sido inseparables.

—Ah, sí. Se casó con un chico muy raro durante la guerra, y ahora habla con un acento que ni la reconocerías.

—¿Sí? ¿Y dónde vive?

—En Mobile. Se fue a Washington cuando la guerra y se le pegó ese horrible acento. Todo el mundo pensaba que le sentaba fatal, pero nadie se atrevió a decírselo, así que sigue hablando así. ¿Recuerdas que solía caminar con la cabeza muy alta, así? Pues sigue igual.

—¿Sí?

—Ajá.

«Mi condenada tía sirve para algo», pensó Jean Louise cuando captó la señal de Alexandra. Fue a la cocina y sacó una bandeja de servilletas de cóctel. Mientras las pasaba por la fila, sintió que estaba recorriendo las teclas de un gigantesco clavicordio.

—Nunca en toda mi vida...

—Vi ese cuadro maravilloso...

—Con el pobre señor Healy...

—... estaba en la repisa de la chimenea, lo había tenido delante todo el tiempo...

—¿... es? Sobre las once, creo...

—Terminará en divorcio. A fin de cuentas, él...

—Me daba un masaje en la espalda cada hora durante todo el noveno mes...

—... te habrías muerto. Si le hubieras visto...

—Orinando cada cinco minutos por las noches. Acabé...

—... a toda la gente de nuestra clase menos a esa chica de Old Sarum tan odiosa. Esa no se daría cuenta...

—... entre líneas, pero una sabe perfectamente lo que quería.

Otra vez la escala, pero a la inversa, con los bocadillos:

—El señor Talbert me miró y dijo...

—... no aprendería nunca a sentarse en el orinal...

—... de frijoles todos los jueves por la noche. Fue lo único que se le pegó de los yanquis en el...

—¿Qué guerra de las Dos Rosas? No, corazón, he dicho que a Warren esas cosas...

—... a la basura. No me quedó más remedio cuando acabó...

—... el centeno. Es que no pude evitarlo, me sentía como un gran...

—¡Ojalá! Voy a alegrarme tanto cuando termine...

—Y cómo la ha tratado...

—Montones y montones de pañales, y me dice que por qué estoy tan cansada. Que, total, él había ido a...

—... en los archivos todo el tiempo, ahí estaba.

Alexandra caminaba tras ella, poniendo sordina a las teclas con el café hasta convertir su sonido en un suave murmullo. Jean Louise decidió que la Brigada Ligera era la que más le convenía, acercó un escabel y se unió a ellas. Apartó a Hester Sinclair de la bandada:

—¿Qué tal está Bill?

—Bien. Cada día es más difícil vivir con él. Qué horror lo del pobre señor Healy, ¿verdad?

—Sin duda.

—¿No tenía algo que ver con tu familia ese chico? —preguntó Hester.

—Sí, es el nieto de nuestra Calpurnia.

—Dios mío, ya no sé quién es cada cual, sobre todo los jóvenes. ¿Crees que le juzgarán por asesinato?

—Por homicidio imprudente, diría yo.

—Ah. —Hester se llevó una desilusión—. Sí, creo que tienes razón. No ha sido adrede.

—No, no ha sido adrede.

Hester se rio.

—Y yo que pensaba que iba a haber un poco de emoción...

A Jean Louise se le pusieron los pelos de punta. «Supongo que estoy perdiendo el sentido del humor, puede que sea eso. Me estoy pareciendo al primo Edgar».

—... hace diez años que no hay un buen juicio por estos contornos —seguía diciendo Hester—. Un buen juicio de negros, digo. Nada más que puñaladas y borracheras.

—¿Te gusta ir al juzgado?

—Claro. La primavera pasada tuvimos el caso de divorcio más salvaje que se haya visto. Una gente de Old Sarum. Menos mal que se murió el juez Taylor. Ya sabes lo poco que le gustaban esas cosas, siempre andaba pidiendo a las señoras que salieran de la sala. Al nuevo no le importa. Bueno...

—Disculpa, Hester. Te pongo un poco más de café.

Alexandra llevaba la pesada cafetera de plata de su madre. Jean Louise observó cómo lo servía. «No derrama ni una gota. Si Hank y yo... Hank...».

Echó una ojeada por el largo salón de techo bajo a la doble hilera de mujeres, unas mujeres a las que apenas había tratado y con las que no podía hablar ni cinco minutos sin morirse de aburrimiento. «No se me ocurre nada que decirles. Hablan sin cesar de lo que hacen, y yo no sé hacer las cosas que ellas hacen. Si nos casáramos... si me casara con cualquiera de aquí, estas serían mis amigas, y no se me ocurriría nada que decirles. Sería Jean Louise la Silenciosa. Seguramente no podría organizar una de estas cosas yo sola, y ahí está la tía pasándoselo en grande. Me moriría de aburrimiento en la iglesia, me moriría de aburrimiento en las partidas de bridge, me pedirían que hiciera reseñas de libros en el Club de Amanuenses, esperarían que me integrara. Pero para formar parte de esta mascarada se necesitan muchas cosas que yo no tengo».

—... es muy triste —estaba diciendo Alexandra—, pero así son ellos y no pueden evitarlo. Calpurnia era la mejor. Ese hijo suyo, Zeebo, ese es un sinvergüenza que aún no se ha bajado del árbol, pero, mira, Calpurnia le hizo casarse con todas sus mujeres. Cinco, creo, pero Calpurnia le obligó a casarse con todas. Eso es el cristianismo para ellos.

—Nunca se sabe lo que están pensando —afirmó Hester—. Mi Sophie, por ejemplo, un día le pregunté: «Sophie, ¿en qué día cae la Navidad este año?». Se rascó esa cabeza de borra que tiene y me dijo: «Señorita Hester, creo que cae el veinticinco este año». Me reí tanto que creí que me moría. Yo quería saber el día de la semana, no el día del año. ¡Torrrpe!

«Humor, humor, humor, he perdido mi sentido del humor. Me estoy volviendo como el *New York Post*».

—... pero ya se sabe que siguen haciéndolo. Parándolos solo han conseguido que lo hagan a escondidas. Bill dice que no le extrañaría que hubiera otra rebelión como la de Nat Turner, estamos sentados sobre un barril de pólvora, más nos vale estar preparados —afirmó Hester.

—Eh, esto... Hester, yo no sé mucho al respecto, claro, pero creía que, cuando se reunía en la iglesia, esa gente de Montgomery pasaba la mayor parte del tiempo rezando —observó Jean Louise.

—Ay, hija, ¿no sabes que eso era solo para despertar simpatías en el Este? Es el truco más viejo de la humanidad. El káiser Guillermo también rezaba todas las noches.

Una letrilla sin sentido resonó en la memoria de Jean Louise. ¿Dónde la había leído?

Por derecho divino, amada Augusta,
hemos triunfado y no me disgusta.
Diez mil franceses han ido al hoyo,
bendito sea Dios, menudo chollo.

Se preguntaba de dónde sacaba Hester aquella información. No se imaginaba a Hester Sinclair leyendo otra cosa que la revista *Good House-keeping*, como no fuera bajo coacción. Tenía que habérselo contado alguien. Pero ¿quién?

—¿Ahora te interesa la historia contemporánea, Hester?

—¿Qué? Ah, solo estaba explicando lo que dice mi Bill. Él sí que lee mucho. Dice que los negros esos que llevan la voz cantante en el Norte intentan hacer lo mismo que Gandhi, y ya sabes lo que es eso.

—Me temo que no lo sé. ¿Qué es?

—Comunismo.

—Ah, yo pensaba que los comunistas estaban a favor de las revoluciones violentas y esas cosas.

Hester negó con la cabeza.

—¿Dónde has estado, Jean Louise? Usan el medio que sea para conseguir lo que quieren. Son igual que los católicos. Ya sabes que los católicos van a esos sitios y que prácticamente se vuelven nativos con tal de conseguir conversos. Serían capaces de decir que san Pablo era un *nigger* igual que ellos con tal de convertir a un negro. Bill dice, y él estuvo allí en la guerra, ¿sabes?, dice que en algunas de esas islas no se distinguía lo que era vudú de lo que era católico romano, y que no le hubiera extrañado ver a uno de esos del vudú con alzacuello. Y lo mismo pasa con los comunistas. Son capaces de hacer cualquier cosa, lo que sea, para apoderarse de este país. Están por todas partes, nunca se sabe quién lo es y quién no. Porque incluso aquí, en el condado de Maycomb...

Jean Louise se rio.

—Vamos, Hester, ¿qué puede interesarles a los comunistas el condado de Maycomb?

—No lo sé, pero lo que sí sé es que hay una célula muy cerca de aquí, en Tuscaloosa, y que, si no fuera por esos chicos, habría una negra yendo a clase con ellos.

—Me he perdido, Hester.

—¿No has leído lo de las preguntas que hacían esos profesores tan finos para esa... para esa convocatoria de ingreso? Pues la hubieran dejado entrar. Si no hubiera sido por esos chicos de la fraternidad...

—Dios mío, Hester. Debo de haberme equivocado de periódicos. Uno que leí decía que la gente que protestaba era de esa fábrica de neumáticos...

—¿Qué lees tú, el *Worker*?

«Qué pagada estás de ti misma. Eres capaz de decir cualquier cosa que se te pase por la cabeza, pero lo que no puedo entender es que se te ocurran esas cosas. Me gustaría abrirte el cráneo, meterte dentro algún dato real y ver cómo recorre los recovecos de tu cerebro hasta salirte por la boca. Nacimos las dos aquí, fuimos a las mismas escuelas, nos enseñaron las mismas cosas. Me gustaría saber qué viste y qué oíste tú».

—... todo el mundo sabe que lo que pretende la NAACP es desestabilizar el Sur...

«Concebida en la desconfianza y consagrada al axioma de que todos los hombres son malvados por naturaleza».

—... no tienen empacho en decir que quieren acabar con la raza negra, y Bill dice que lo harán en cuatro generaciones si empiezan con esta...

«Espero que el mundo apenas note ni recuerde mucho tiempo lo que estás diciendo».

—... y cualquiera que piense otra cosa es un comunista o como si lo fuera. ¡Resistencia pasiva, y un cuerno!

«Cuando en el curso de los acontecimientos humanos se hace necesario que un pueblo disuelva los lazos políticos que ha mantenido con otro, se le tacha de comunista».

—... siempre quieren casarse con alguien de un tono más claro, quieren mezclar la raza...

—Hester —la interrumpió Jean Louise—, permíteme que te haga una pregunta. Llevo en casa desde el sábado, y desde el sábado he escuchado hablar mucho sobre mezclar la raza, y eso me ha hecho preguntarme si no se trata de otra expresión desafortunada y si no deberíamos desterrarla del dialecto del Sur. Se necesitan dos razas para que haya mestizaje racial, si esa es la palabra correcta, y cuando nosotros los blancos ponemos el grito en el cielo por el mestizaje, ¿acaso no nos estamos retratando a nosotros mismos como raza? Lo que deduzco de ello es que, si la ley lo permitiera, haría furor casarse con un negro. Si yo fuera una erudita, y no lo soy, diría que ese tipo de argumentos tiene profundas connotaciones psicológicas que no resultan especialmente halagüeñas para quien los expresa. En el mejor de los casos, denotan una alarmante falta de confianza en la propia raza.

Hester se quedó mirándola.

—Te aseguro que no sé de qué estás hablando —dijo.

—Tampoco yo estoy segura —observó Jean Louise—, solo que se me eriza el vello cada vez que oigo a alguien hablar así. Supongo que es porque no me crie oyendo esas cosas.

—¿Estás insinuando...? —preguntó Helen, que empezaba a crisparse.

—Lo siento —contestó Jean Louise—, no era eso lo que quería decir. Te ruego que me perdones.

—Jean Louise, no me estaba refiriendo a nosotros.

—Entonces ¿a quién te referías?

—Hablaba de... ya sabes, de las personas de baja calaña. Los hombres que tienen mantenidas negras y ese tipo de cosas.

Jean Louise sonrió.

—Qué extraño. Hace cien años eran los caballeros los que mantenían a mujeres de color, y ahora son los de baja calaña.

—Eso pasaba cuando eran sus dueños, boba. No, lo que le interesa a la NAACP es la gente de baja estofa. Quieren que los negros se casen con personas de esa clase y seguir así hasta que hayan acabado con todo el tejido social.

«El tejido social... Colchas con dibujos de alianzas entrecruzadas. Ella no puede habernos odiado, y no es posible que Atticus se crea estas cosas. Lo siento, es imposible. Desde ayer me siento como si me estuvieran arrastrando al fondo de un profundo, profundo...».

—Bueno, ¿qué tal Nueva York?

«Nueva York. ¿Nueva York? Te diré qué tal Nueva York. La solución a todo está en Nueva York. La gente va a la YMHA, a la ESU, al Carnegie Hall, a la Nueva Escuela de Investigación Social, y encuentra respuestas. La ciudad se mueve a golpe de eslóganes, de ismos, de respuestas claras y rápidas. En este preciso momento me está diciendo: Tú, Jean Louise Finch, no estás reaccionando conforme a nuestros principios en lo tocante a los de tu clase; por tanto, no existes. Las mejores mentes del país nos han dicho lo que eres. No puedes sustraerte a ello, y no te lo reprochamos, pero sí te pedimos que actúes conforme a las reglas que los entendidos han establecido para tu conducta, y no trates de ser algo distinto. Y yo respondo: Por favor, créanme, lo que ha sucedido en mi familia no es lo que ustedes piensan. Solamente puedo decir una cosa: que todo lo que sé sobre la honestidad de las personas lo aprendí aquí. De ustedes solo he aprendido a desconfiar. No supe lo que era el odio hasta que viví entre ustedes y vi cómo odiaban cada día. Incluso han tenido que aprobar leyes para evitar el odio. Desprecio sus respuestas expeditivas, sus eslóganes en el metro, y sobre todo desprecio su falta de buenos modales. Nunca los tendrán, mientras vivan».

El hombre que no podía ser descortés ni con una ardilla había apoyado en la sala del tribunal la causa de alfeñiques de mente sucia. Jean Louise lo había visto muchas veces en la tienda, esperando a la cola detrás de algunos negros y de Dios sabe qué más. Había visto al señor Fred hacerle un gesto con las cejas y a su padre responder negando con la cabeza. Era una de esas personas que esperaban su turno de manera instintiva. Él sí tenía modales.

«Mira, hermana, conocemos los hechos: pasaste los primeros veintiún años de tu vida en el condado de los linchamientos, en un condado cuya población está formada en sus dos terceras partes por campesinos negros. Así que deja de fingir».

«No vais a creerme, pero os aseguro que nunca en mi vida, hasta hoy, he escuchado a un miembro de mi familia pronunciar la palabra *nigger* para referirse a un negro. No me enseñaron a pensar en esos términos. Me crie con personas de color: eran Calpurnia, Zeebo el basurero, Tom el jardinero, y así los llamábamos, a cada uno por su nombre. Había cientos de negros a mi alrededor, eran los peones del campo, los que recogían el algodón, los que trabajaban en las carreteras, los que cortaban la madera para construir nuestras casas. Eran pobres, estaban enfermos y sucios, algunos eran perezosos y vagos, pero nunca en mi vida me inculcaron que debía despreciarlos, ni temerlos, ni faltarles al respeto, ni creerme que podía maltratarlos y que no pasaba nada. Ellos, como pueblo, no entraban en mi mundo, y tampoco yo entraba en el suyo: cuando salía de caza, no me metía en las tierras de un negro, no porque fueran de un negro, sino porque no debía meterme en las tierras de nadie. Me enseñaron que nunca me aprovechara de nadie menos afortunado que yo, ya fuera en términos de inteligencia, de riqueza o de posición social; y me refiero a nadie, y no solo a los negros. Me hicieron entender que hacer lo contrario era despreciable. Así fui educada, por una mujer negra y un hombre blanco. Tú debes de haberlo vivido. Si un hombre te dice "Esta es la verdad" y tú le crees, y descubres que lo que dice no es verdad, te llevas una decepción y procuras que no vuelva a engañarte. Pero cuando te falla un hombre que ha vivido conforme a la verdad, y has creído en lo que ha vivido, te quedas sin nada. Creo que por eso estoy a punto de volverme loca...».

—¿Nueva York? Como siempre.

Jean Louise se giró hacia su inquisidora, una joven con sombrerito, facciones infantiles y dientecitos afilados. Era Claudine McDowell.

—Fletcher y yo fuimos la pasada primavera y no paramos de intentar dar contigo.

«Apuesto a que así fue».

—¿Os gustó? No, no me contestes, ya te lo digo yo: lo pasasteis en grande, pero ni se os ocurriría vivir allí.

Claudine enseñó sus dientes de ratón.

—¡Exacto! ¿Cómo lo has adivinado?

—Tengo poderes mentales. ¿Recorristeis el centro?

—Dios mío, sí. Fuimos al Barrio Latino, al Copacabana y a ver *Pajama Game*. Era la primera obra que veíamos y nos llevamos un buen chasco. ¿Son todas así?

—La mayoría. ¿Subisteis a lo alto del ya sabes qué?

—No, pero sí que pasamos por el Radio City Music Hall. Allí podría vivir un montón de gente, ¿verdad que sí? Vimos un espectáculo allí y, Jean Louise, ¡salió un caballo al escenario!

Jean Louise dijo que no le sorprendía.

—Fletcher y yo nos alegramos mucho de volver a casa. No sé cómo puedes vivir allí. Fletcher se gastó más dinero en dos semanas de lo que gastamos en seis meses aquí. Dijo que no se explicaba por qué demonios vivía la gente en ese sitio cuando aquí podrían tener una casa con jardín por mucho menos.

«Yo puedo decírtelo. En Nueva York puedes vivir a tu aire. Puedes extender los brazos y abarcar todo Manhattan en medio de una dulce soledad, o puedes irte al infierno si te apetece».

—Bueno —dijo Jean Louise—, se necesita un tiempo considerable para acostumbrarse. Yo lo aborrecí durante dos años. Me sentía intimidada a diario, hasta que una mañana alguien me dio un empujón en el autobús y yo se lo devolví. Cuando devolví el empujón, me di cuenta de que ya formaba parte de aquello.

—Empujones, así son ellos. Allá arriba no tienen modales —dijo Claudine.

—Sí que los tienen, Claudine, solo que son distintos a los nuestros. La persona que me dio un empujón en el autobús esperaba recibir otro a cambio. Era lo que se esperaba de mí, es solo un juego. No hay mejor gente que la de Nueva York.

Claudine frunció los labios.

—Bueno, yo no querría mezclarme con todos esos italianos y puertorriqueños. Un día, estando en una tienda, miré alrededor y había una negra comiendo justo a mi lado, justo a mi lado. Sé que podía, claro, pero para mí fue muy chocante.

—¿Te hizo algo malo?

—Claro que no. Me levanté en el acto y me fui.

—Ya sabes —dijo Jean Louise amablemente—, allí anda suelta gente de todo tipo.

Claudine se encogió de hombros.

—No me explico cómo puedes vivir allí, con esa gente.

—Una no se fija en ellos. Trabajas con ellos, comes a su lado y con ellos, te subes en los autobuses con ellos, y no eres consciente de su presencia a menos que quieras serlo. No me doy cuenta de que un negro grande y gordo ha ido sentado a mi lado en el autobús hasta que me levanto para apearme. Sencillamente, no lo notas.

—Pues yo, desde luego, sí lo noté. Debes de estar ciega o algo así.

«Ciega, eso es lo que estoy. Nunca he abierto los ojos. Nunca se me ha ocurrido mirar en el corazón de la gente, siempre he mirado solamente sus caras. Ciega como una piedra... Y el señor Stone... El señor Stone puso ayer en la iglesia un centinela. Debería haberme dado también uno a mí. Necesito un centinela para que me guíe y me diga lo que ve cada hora a la hora en punto. Necesito un centinela que me diga "Esto es lo que dice Fulano y esto es lo que quiere decir de verdad", que trace una raya en medio y diga "Aquí hay una justicia y aquí hay otra" y me haga entender la diferencia. Necesito un centinela que dé un paso adelante y proclame ante todos ellos que veintiséis años es mucho tiempo para gastarle una broma a una, por muy graciosa que sea».

14

—Tía —dijo Jean Louise cuando hubieron limpiado los restos del desastre—, si no te hace falta el coche, voy a ir a ver al tío Jack.

—Lo que me hace falta es una siesta —respondió—. ¿Quieres algo de comer?

—No, señora. El tío Jack me dará un bocadillo o algo así.

—Mejor no cuentes con ello. Cada día come menos.

Paró el coche en el sendero de entrada del doctor Finch, subió los altos escalones de la casa, tocó a la puerta y entró canturreando con voz estridente:

El viejo tío Jack con su muleta y su bastón
era de joven todo un bailón.
Pero el baile le pasó factura...

La casa del doctor Finch era pequeña pero tenía un pasillo enorme. Antaño había sido un corredor para el ganado, pero él lo techó y llenó las paredes de librerías.

—¡Te he oído! ¡Qué ordinariez! —gritó su tío desde el fondo de la casa—. Estoy en la cocina.

Jean Louise recorrió el pasillo, cruzó una puerta y llegó a lo que en tiempos había sido un porche abierto. Ahora recordaba vagamente a un despacho, como casi todas las habitaciones de la casa. Jean Louise nunca había visto un hogar que reflejara tan claramente la personalidad de su dueño. En medio del orden prevalecía un etéreo desorden: en casa del doctor Finch imperaba una limpieza castrense, pero los libros tendían a amontonarse allí donde se sentaba su dueño y, como tenía por costumbre sentarse allí donde se le antojara, había montoncillos de libros por toda la casa, en los lugares más inesperados, para tormento de la señora de la limpieza. El doctor Finch no le permitía tocarlos y al mismo tiempo insistía en que todo estuviera limpio como los chorros del oro, de modo que la pobre mujer se veía obligada a pasar la aspiradora, limpiar el polvo y dar cera sorteando los montones. Una infortunada sirvienta se despistó y olvidó dejar como estaba el *Pre-Tractarian Oxford*, de Tuckwell, y el doctor Finch la amenazó empuñando una escoba.

Cuando apareció su tío, Jean Louise pensó que las modas podían ir y venir, pero que Atticus y él se aferrarían por siempre a sus chalecos. El doctor Finch se había quitado la chaqueta y llevaba en brazos a Rose Aylmer, su vieja gata.

—¿Dónde te metiste ayer? ¿Otra vez en el río? —dijo mirándola muy serio—. Saca la lengua.

Jean Louise sacó la lengua y el doctor Finch se puso a Rose Aylmer en el hueco del codo derecho, rebuscó en el bolsillo de su chaleco, sacó unas gafas de medio cristal, las abrió sacudiéndolas y se las fijó a la cara.

—Bueno, no la dejes ahí. Ya puedes guardarla —le dijo—. Tienes un aspecto horrible. Ven a la cocina.

—No sabía que llevabas gafas de medio cristal, tío Jack —observó Jean Louise.

—Ja... Me di cuenta de que estaba malgastando el dinero.

—¿Cómo?

—Mirando por encima de las que tenía antes. Estas cuestan la mitad.

Había una mesa en el centro de la cocina, y sobre la mesa un platito que contenía una galleta salada sobre la que descansaba una sardina solitaria.

Jean Louise se quedó boquiabierta.

—¿Esta es tu comida? La verdad, tío Jack, ¿se puede ser más raro?

El doctor Finch acercó un taburete alto a la mesa, depositó en él a Rose Aylmer y dijo:

—No. Y sí.

Jean Louise y su tío se sentaron a la mesa. El doctor Finch agarró la galleta y la sardina y se las ofreció a Rose Aylmer. La gata dio un mordisquito, bajó la cabeza y masticó.

—Come como una persona —comentó Jean Louise.

—Espero haberle enseñado buenos modales —repuso el doctor Finch—. Es ya tan vieja que tengo que alimentarla poquito a poco.

—¿Por qué no la sacrificas?

El doctor Finch miró con indignación a su sobrina.

—¿Por qué iba a hacer eso? ¿Es que le pasa algo? Aún le quedan sus buenos diez años de vida.

Jean Louise asintió en silencio y deseó, relativamente hablando, tener tan buen aspecto como Rose Aylmer cuando fuera así de vieja. La gata tenía el pelaje anaranjado en perfecto estado, aún conservaba su figura y tenía los ojos brillantes. Se pasaba la mayor parte del tiempo durmiendo y una vez al día su tío la sacaba a pasear por el jardín de atrás con una correa.

El doctor Finch persuadió con paciencia a la vieja gata de que se terminara el almuerzo y, cuando acabó, se acercó a un armario de encima del fregadero y sacó un frasco con tapón de cuentagotas. Extrajo buena parte del líquido, dejó el frasco, agarró a la gata por la nuca y le dijo que abriera la boca. Ella obedeció, tragó y meneó la cabeza. El doctor Finch puso más líquido en el cuentagotas y le dijo a su sobrina:

—Abre la boca.

Jean Louise tragó y farfulló:

—Dios mío, ¿qué era eso?

—Vitamina C. Quiero que dejes que Allen te eche un vistazo.

Jean Louise dijo que lo haría y preguntó a su tío qué ocupaba su mente esos días. El doctor Finch, deteniéndose frente al horno, respondió:

—Sibthorp.

—¿Cómo?

El doctor Finch sacó del horno una fuente de madera para ensalada y Jean Louise vio con sorpresa que estaba llena de verduras. «Espero que no estuviera encendido».

—Sibthorp, niña. Sibthorp —continuó él—. Richard Waldo Sibthorp. Sacerdote católico romano, enterrado con todo el ceremonial de la Iglesia de Inglaterra. Intento encontrar un caso igual. Sumamente significativo.

Jean Louise estaba acostumbrada a la taquigrafía intelectual típica de su tío: el doctor Finch tenía por costumbre exponer uno o dos hechos aislados y una conclusión que no parecía deducirse de ellos. Si se le insistía convenientemente, se avenía a desenrollar de manera lenta pero segura el carrete de su extraña erudición hasta revelar un razonamiento que brillaba con luz propia y singular.

Pero Jean Louise no estaba allí para entretenerse con los titubeos de un esteta victoriano de segunda fila. Vio a su tío revolver las verduras de la ensalada con aceite de oliva, vinagre y diversos ingredientes desconocidos para ella con la misma precisión y seguridad con que practicaba una osteotomía complicada. El doctor Finch repartió la ensalada en dos platos y dijo:

—Come, niña.

El doctor Finch masticó con ferocidad su almuerzo y observó cómo su sobrina colocaba en su plato la lechuga y los trozos de aguacate, pimiento verde y cebolla formando una pulcra fila.

—Muy bien, ¿qué sucede? ¿Estás embarazada?

—Santo cielo, no, tío Jack.

—Es prácticamente lo único que se me ocurre que puede preocupar a una joven en estos tiempos. ¿Quieres contármelo? —dijo, y suavizó su voz—: Vamos, pequeña Scout.

Los ojos de Jean Louise se nublaron, llenos de lágrimas.

—¿Qué ha pasado, tío Jack? ¿Qué le pasa a Atticus? Creo que Hank y la tía han perdido la cabeza, y estoy segura de que yo también la estoy perdiendo.

—No he notado que les pase nada. ¿Debería?

—Deberías haberlos visto ayer en esa reunión...

Levantó la mirada hacia su tío, que se columpiaba peligrosamente sobre las patas traseras de la silla. Puso las manos sobre la mesa para equilibrarse, su incisivo semblante se suavizó, levantó las cejas y soltó una sonora carcajada. Las patas delanteras de la silla golpearon el suelo con estrépito y el doctor Finch siguió riéndose por lo bajo.

Jean Louise se enfadó. Se levantó de la mesa, volcó su silla, la levantó y se dirigió a la puerta.

—No he venido para que te burles de mí, tío Jack —dijo.

—Vamos, siéntate y calla —respondió él. La miró con un interés sincero, como si la viera a través de un microscopio, como si fuera un prodigio de la medicina que hubiera aparecido sin saber cómo en su cocina.

—Dios bendito, te aseguro que nunca pensé que llegaría el día en que vería a alguien meterse en medio de una revolución y preguntar con cara de pena «¿Qué pasa?». —Se rio otra vez, meneando la cabeza—. ¿Que qué pasa, niña? Yo te diré lo que pasa si te repones y dejas de comportarte como... ¡ejem! Me pregunto si tus ojos y tus oídos hacen alguna vez contacto con tu cerebro, como no sea espasmódicamente. —Su rostro se crispó—. Hay una parte que no va a gustarte —añadió.

—No me importa lo que sea, tío Jack, solo quiero que me expliques por qué mi padre se ha convertido en un «odianegros».

—Vigila tu lengua —repuso el doctor Finch con severidad—. No vuelvas a llamar eso a tu padre. Detesto el sonido de ese término tanto como su sustancia.

—¿Qué debo llamarle, entonces?

Su tío exhaló un largo suspiro. Se acercó al fogón y encendió el quemador de delante, bajo la cafetera.

—Sopesemos con calma este asunto —dijo.

Cuando se dio la vuelta, Jean Louise vio que un destello de regocijo disipaba la indignación de su mirada y se convertía de inmediato en una expresión que no fue capaz de interpretar. Le oyó decir en voz baja:

—Ay, señor. Ay, sí, señor mío. La novela ha de relatar una historia.

—¿Qué quieres decir con eso? —preguntó ella.

Sabía que su tío le estaba citando a algún autor, pero no sabía a cuál, ni por qué, ni le importaba. El doctor Finch podía sacarla de sus casillas cuando quería, y al parecer había decidido hacerlo. Jean Louise se enfadó.

—Nada. —Su tío se sentó, se quitó las gafas y volvió a guardárselas en el bolsillo del chaleco. Después prosiguió en tono firme y pausado—: Cariño, por todo el Sur tu padre y otros muchos como él están luchando en la retaguardia, por así decirlo. Retrasando la batalla para preservar cierto tipo de filosofía que casi se ha ido por el desagüe...

—Si te refieres a lo que oí ayer, de buena nos hemos librado.

El doctor Finch levantó la vista.

—Cometes un grave error si piensas que tu padre está empeñado en mantener a los negros en su sitio.

Jean Louise levantó las manos y la voz:

—¿Y qué demonios voy a pensar? Me puso enferma, tío Jack. Completamente enferma...

Su tío se rascó la oreja.

—Sin duda en algún momento te habrán explicado ciertos hechos y matices históricos...

—Tío Jack, no me vengas con eso ahora... Lo de la guerra no tiene nada que ver con esto.

—Al contrario, tiene mucho que ver si quieres entenderlo. Lo primero que debes comprender es algo (o lo era, si Dios quiere) que tres cuartas partes de esta nación no han comprendido todavía. ¿Qué clase de personas éramos, Jean Louise? ¿Qué tipo de personas somos? ¿De quién estamos más cerca en este mundo?

—Pensaba que éramos simplemente personas. No tengo ni idea.

Su tío sonrió y un destello irreverente apareció en su mirada. «Ahora se va a ir por las ramas», pensó. «Y luego nunca consigo que vaya al grano».

—Pensemos en el condado de Maycomb —prosiguió el doctor Finch—. Es el típico Sur. ¿Nunca te ha parecido sorprendente que en este condado todo el mundo sea familia, o casi?

—Tío Jack, ¿cómo se puede ser casi familia de otra persona?

—Muy sencillo. Te acuerdas de Frank Buckland, ¿verdad?

Muy a su pesar, Jean Louise sintió que su tío iba atrayéndola poco a poco y con sigilo hacia su telaraña. «Es una vieja araña maravillosa, pero una araña al fin y al cabo». Se movió lentamente hacia él:

—¿Frank Buckland?

—El naturalista. Llevaba peces muertos por ahí en su maletín y tenía un chacal en sus habitaciones.

—¿Sí?

—Te acuerdas de Matthew Arnold, ¿no?

Ella asintió.

—Bueno, pues Frank Buckland era hijo del hermano del marido de la hermana del padre de Arnold. Por tanto eran casi familia. ¿Lo ves?

—Sí, señor, pero...

El doctor Finch miró al techo.

—¿No estaba mi sobrino Jem —dijo lentamente— prometido en matrimonio con la prima segunda de la esposa del hijo de su tío abuelo?

Jean Louise se tapó los ojos con las manos y pensó con ahínco.

—Sí —dijo por fin—. Tío Jack, creo que has dicho una incongruencia, aunque no estoy del todo segura.

—Es todo lo mismo, en realidad.

—Pero no entiendo la relación.

El doctor Finch puso las manos sobre la mesa.

—Eso es porque no has mirado —le dijo—. Nunca has abierto los ojos.

Jean Louis dio un respingo.

—Jean Louise —continuó su tío—, hoy en día habita todavía en el condado de Maycomb un remedo de cada celta, anglo y sajón sin dos dedos de frente que haya existido. Te acuerdas del señor Stanley, el deán, ¿verdad?

Volvieron a ella los días de horas interminables, allí sentada, en aquella casa, delante de un fuego acogedor, escuchando a su tío leerle libros que olían a moho. La voz del doctor Finch sonaba grave como un gruñido, como de costumbre, o se aguzaba de pronto cuando no podía contener la risa. Aquel clérigo distraído, menudo y de cabello algodonoso y su fiel esposa volvieron a colarse en sus recuerdos.

—¿No te recuerda a Fink Sewell?

—No, señor —respondió ella.

—Piensa, muchacha. Piensa. Ya que no piensas, te daré una pista. Cuando Stanley era deán de Westminster, desenterró a casi todos los difuntos de la Abadía buscando a Jacobo I.

—Dios mío —exclamó ella.

Durante la Depresión, el señor Finckney Sewell, un vecino de Maycomb conocido desde hacía tiempo por su libertad de pensamiento, desenterró a su abuelo y le extrajo todos los dientes de oro para saldar una hipoteca. Cuando el sheriff fue a detenerlo por saqueo de tumbas y acaparamiento de oro, el señor Fink argumentó que, si su abuelo no era suyo, ¿de quién era? El sheriff contestó que el viejo señor M. F. Sewell estaba enterrado en terreno público, pero el señor Fink respondió puntillosamente que, a su modo de ver, aquella era su plaza en el cementerio, aquel su abuelito y aquellos sus dientes, y se negó a dejarse detener. La opinión pública en Maycomb se puso de su parte: el señor Fink era un hombre honorable que intentaba por todos los medios pagar sus deudas, y la ley no volvió a meterse con él.

—Las excavaciones de Stanley se basaban en las razones históricas más elevadas —reflexionó el doctor Finch—, pero las mentes de ambos funcionaban exactamente igual. Es innegable que Stanley invitó a predicar en la abadía a todos los herejes que pudo encontrar. Creo que una vez le dio la comunión a la señora Annie Besant. Y recordarás que apoyaba al obispo Colenso.

Sí, lo recordaba. El obispo Colenso, cuyos puntos de vista sobre cualquier asunto se consideraban insensatos en su época y arcaicos en esta, se había convertido en la causa predilecta del deán. Colenso era objeto de un acerbo debate allá donde se reuniera el clero, y una vez, con ocasión de un sínodo, Stanley pronunció un categórico discurso en su defensa preguntando si alguien había reparado en que era el único obispo de las colonias que se había molestado en traducir la Biblia al zulú, que era mucho más de lo que había hecho el resto.

—Fink era como él —afirmó el doctor Finch—. Se suscribió al *Wall Street Journal* en los peores momentos de la Depresión y retó a cualquiera a que dijera algo al respecto. —Se rio—. A Jake Jeddo, el de la oficina de Correos, casi le daba un síncope cada vez que colocaba el correo.

Jean Louise miraba fijamente a su tío. Estaba sentada en su cocina, en plena Era Nuclear, y en los rincones más profundos de su conciencia sabía que las comparaciones del doctor Finch daban de lleno en el clavo.

—... igual que él —siguió diciendo el doctor Finch—, o fijémonos a Harriet Martineau...

Jean Louise se encontró de pronto chapoteando en el agua, en el Distrito de los Lagos. Apenas podía mantener la cabeza a flote.

—¿Te acuerdas de la señora de E. C. B. Franklin?

Sí, se acordaba. Buscó a tientas en su memoria a la señorita Martineau, pero a la señora de E. C. B. la encontró enseguida: recordaba una boina escocesa de ganchillo, un vestido de ganchillo que dejaba entrever unas polainas rosas de ganchillo, y unas medias de ganchillo. Todos los sábados, la señora de

E. C. B. recorría a pie los casi cinco kilómetros que separaban su granja, llamada Cape Jessamine Copse, de la ciudad. La señora de E. C. B. escribía poesía.

—¿Te acuerdas de las poetisas menores? —preguntó el señor Finch.

—Sí, señor —dijo ella.

—¿Y bien?

De pequeña, Jean Louise había pasado una temporada trabajando como botones en la oficina del *Maycomb Tribune*, y había presenciado varios altercados entre la señora de E. C. B. y el señor Underwood, entre ellos el último y definitivo. El señor Underwood, un impresor de los de antaño, no aguantaba tonterías. Trabajaba todo el día en una inmensa linotipia negra, refrescándose a ratos con una jarra de inofensivo licor de cereza. Un sábado, la señora de E. C. B. se presentó en la oficina con una ocurrencia lírica que el señor Underwood se negó a publicar alegando que no quería poner en ridículo al *Tribune*: era un obituario en verso dedicado a una vaca y comenzaba así:

Oh, vaca que ya no eres mía,
con esos grandes ojos pardos que tenías...

Contenía, además, graves vulneraciones de la doctrina cristiana. El señor Underwood dijo: «Las vacas no van al cielo», a lo cual replicó la señora de E. C. B.: «Esta sí», y procedió a explicarle el concepto de licencia poética. El señor Underwood, que en su juventud había publicado versos panegíricos de índole difusa, respondió que aun así no podía publicar aquello porque era blasfemo y no se ajustaba a la métrica. Furiosa, la señora de E. C. B. sacó una caja de tipos y esparció las letras del anuncio de Biggs Store por toda la oficina. El señor Underwood, resoplando como una ballena, se bebió un enorme trago de licor de cereza delante de sus narices, tragó y se fue derecho a la plaza del juzgado sin dejar de maldecirla por el camino. Después de aquello la señora E. C. B. siguió componiendo versos edificantes solo para su disfrute privado. El condado acusó aquella pérdida.

—Ahora, ¿estás dispuesta a admitir que hay cierta relación, aunque sea tenue, no necesariamente entre dos excéntricos, sino con una... hum... mentalidad general que existe en ciertos ambientes del otro lado del charco?

Jean Louise tiró la toalla.

—En la década de mil setecientos setenta —prosiguió el doctor Finch hablando más para sí mismo que para su sobrina—, ¿de dónde provenían las consignas más candentes?

—De Virginia —contestó Jean Louise con aplomo.

—Y en los años cuarenta, antes de que nosotros nos metiéramos en la refriega, ¿qué hacía que cada sureño leyera el periódico y escuchara las noticias con especial horror? El sentimiento tribal, cariño, eso era lo que había de fondo. Los británicos podían ser unos hijos de perra, pero eran nuestros hijos de perra... —El doctor Finch pareció percatarse de sus excesos y se contuvo—. Ahora, demos marcha atrás —añadió enérgicamente—. Volvamos a principios del siglo diecinueve en Inglaterra, antes de que algún pervertido inventase la maquinaria. ¿Cómo era la vida allí?

—Una sociedad de duques y mendigos —respondió Jean Louise automáticamente.

—¡Ja! No estás tan corrompida como yo pensaba si aún recuerdas a Caroline Lamb, pobrecilla. Casi lo has entendido, pero no del todo: era fundamentalmente una sociedad agrícola con un puñado de terratenientes y un sinfín de arrendatarios. Ahora bien, ¿cómo era el Sur antes de la guerra?

—Una sociedad agrícola con un puñado de grandes terratenientes, un sinfín de campesinoss desarrapados y esclavos.

—Correcto. Si dejamos a los esclavos al margen de momento, ¿qué nos queda? A unas cuantas decenas de Wade Hamptons y a miles de pequeños labradores y arrendatarios. El Sur era, por herencia y por estructura social, una Inglaterra en pequeñito. Y ahora dime, ¿qué es lo que late en el corazón de todo anglosajón (y no pongas esa cara, ya sé que en estos tiempos es una palabra contaminada) desde que dejó de pintarse el cuerpo de azul, sea cual sea su condición o su posición social y al margen de las barreras que imponga la ignorancia?

—Son orgullosos. Más bien tercos...

—Tienes mucha razón. ¿Qué más?

—Pues... no sé.

—¿Qué fue lo que convirtió al pequeño y desastrado ejército confederado en el último de su género? ¿Por qué era tan débil y al mismo tiempo tan fuerte como para obrar milagros?

—Eh... ¿Robert E. Lee?

—¡Santo cielo, muchacha! —gritó su tío—. ¡Que era un ejército de individuos! ¡Dejaron sus granjas y se fueron a la guerra!

Como si se dispusiera a estudiar a un raro espécimen, el doctor Finch sacó sus gafas, se las puso, echó la cabeza hacia atrás y la miró.

—No hay máquina —añadió— que, cuando se la aplasta y se la reduce a polvo, vuelva a ensamblarse sola y a funcionar. Esos huesos resecos, en cambio, se levantaron y marcharon, ¡y cómo marcharon! ¿Y por qué?

—Por los esclavos, creo, y por los aranceles y esas cosas. Nunca me he parado a pensar en ello.

—Dios bendito —dijo el doctor Finch en voz baja.

Hizo un esfuerzo visible por dominarse acercándose al fogón y silenciando la cafetera. Sirvió otras dos tazas de café negro hirviendo y las llevó a la mesa.

—Jean Louise —dijo con sorna—, apenas un cinco por ciento de la población del Sur había visto jamás un esclavo, y no digamos ya poseer uno. Ahora bien, algo tuvo que irritar al otro noventa y cinco por ciento.

Jean Louise se quedó mirando a su tío inexpresivamente.

—¿Nunca se te ha ocurrido pensar... nunca, en ningún momento de tu vida, has tenido la sensación de que este territorio era una nación aparte? ¿Que, al margen de sus lazos políticos, era una nación con su propio pueblo que existía dentro de otra nación? ¿Una sociedad extremadamente paradójica, con desigualdades alarmantes, pero con el honor íntimo de miles de personas brillando en la noche como otras tantas luciérnagas? Ninguna guerra se ha librado nunca por tantas razones distintas que confluyeran en una sola, clara como el agua. Lucharon para preservar su identidad. Su identidad política, su identidad personal. —La voz del doctor Finch se suavizó—. Hoy día, habiendo aviones a reacción y sobredosis de Nembutal, parece quijotesco que un hombre participe en una guerra por algo tan insignificante como su idiosincrasia propia.

Parpadeó y prosiguió diciendo:

—No, Scout, esas personas ignorantes y andrajosas lucharon hasta casi quedar exterminadas por preservar algo que en estos tiempos parece ser privilegio exclusivo de artistas y músicos.

Jean Louise dio un salto desesperado para subirse al tranvía de su tío en marcha:

—De eso hace ya... casi cien años, señor.

El doctor Finch sonrió.

—¿De veras? Depende de cómo lo mires. Si estuvieras sentada en una terraza en París, podrías afirmarlo sin duda. Pero piénsalo bien. Los que quedaron de ese pequeño ejército tuvieron hijos... ¡Y cómo se multiplicaron, Dios mío! El Sur superó la Reconstrucción con un solo cambio político permanente: que ya no había esclavitud. La gente siguió siendo la misma que antes. En algunos casos, se multiplicó espantosamente. Nunca la destruyeron. La trituraron hasta reducirla a polvo y volvió a florecer. De ahí surgió *El camino del tabaco*, y surgió el aspecto más feo y vergonzante de todos: esa estirpe de hombres blancos que vivía en franca competencia económica con los negros libres. Durante años y años, ese hombre creyó que lo único que le hacía superior a sus hermanos negros era el color de su piel. Era igual de sucio, olía igual de mal y era igual de pobre. Hoy día tiene más dinero del que tuvo nunca, tiene todo excepto nobleza, se ha liberado de todos sus estigmas, pero sigue alimentando su borrachera de odio...

El doctor Finch se levantó y sirvió más café. Jean Louise le observaba. «Dios santo», pensó, «mi propio abuelo luchó en esa guerra. Su padre y el de Atticus. Era hijo único. Vio los cadáveres apilados y la sangre correr en arroyuelos por el monte Shiloh...».

—Así pues, Scout —dijo su tío—, ahora, en este preciso momento, se está intentando imponer al Sur una doctrina política ajena a él, y el Sur no está listo para asumirla. Por eso nos encontramos metidos en el mismo atolladero. La historia se está repitiendo, no hay duda, y tan seguro como que el hombre es hombre, la historia será el último sitio donde la gente busque respuestas. Confío en que, si Dios quiere, esta vez la Reconstrucción sea relativamente incruenta.

—No entiendo.

—Mira el resto del país. Hace mucho que se ha alejado del Sur en cuanto a mentalidad. El concepto de propiedad, legitimado por el tiempo y convertido en ley, el interés de un hombre en la propiedad y sus obligaciones al respecto, todo eso es algo que casi se ha extinguido. La actitud de la gente respecto a las obligaciones del Gobierno ha cambiado. Se han levantado los desposeídos y han exigido y recibido lo que merecían... a veces más de lo que merecían. A los que tienen se les restringe la posibilidad de tener más. Quien te protege de los avatares de la vejez no eres tú mismo, voluntariamente, sino un Gobierno que dice que no confía en que puedas mantenerte por tus propios medios y que por eso va a hacerte ahorrar. Todo tipo de extraños detallitos como ese se han convertido en parte intrínseca del Gobierno de este país. América es un mundo feliz en la Era Nuclear, y el Sur apenas está comenzando su Revolución industrial. ¿No has mirado a tu alrededor en los últimos siete u ocho años y has visto surgir una clase nueva aquí?

—¿Una clase nueva?

—¡Por amor de Dios, niña! ¿Dónde están los campesinos arrendatarios? En las fábricas. ¿Dónde está la mano de obra del campo? En el mismo sitio. ¿Te has fijado en quién vive en esas casitas blancas del otro lado de la ciudad? La clase nueva de Maycomb. Los mismos chicos y chicas que fueron a clase contigo y se criaron en granjas diminutas. Tu generación —dijo, y levantó la nariz—. Esas personas son la niña bonita del Gobierno Federal. Les presta dinero para construir casas, les proporciona educación gratuita por servir en sus ejércitos, les sostiene en la vejez y les asegura varias semanas de cobertura si se quedan sin empleos...

—Tío Jack, eres un viejo cínico.

—¡Cínico, y un cuerno! Soy un viejo sano con una desconfianza innata hacia el paternalismo y el Gobierno administrados en grandes dosis. Tu padre es igual...

—Si me dices que el poder tiende a corromper y que el poder absoluto corrompe absolutamente, te echo encima el café.

—Lo único que me da miedo de este país es que su Gobierno se vuelva algún día tan monstruoso que la persona más insignificante pueda ser pisoteada. Entonces ya no valdrá la pena vivir aquí. Lo único que sigue siendo excepcional de América, en medio de este mundo agotado, es que aquí uno aún puede llegar tan lejos como lo lleve su inteligencia o puede irse al infierno si así lo desea. Pero no seguirá siendo así mucho más tiempo.

El doctor Finch sonrió como una simpática comadreja.

—Melbourne dijo una vez que las únicas obligaciones reales del Gobierno eran impedir el delito y preservar los contratos, a lo cual yo añadiré otra, ya que, muy a mi pesar, vivo en el siglo veinte, y es proporcionar recursos para la defensa común.

—Esa es una afirmación poco clara.

—Ciertamente lo es. Nos deja mucha libertad.

Jean Louise puso los codos sobre la mesa y se pasó los dedos por el cabello. Algo le pasaba. Le estaba haciendo, premeditadamente, un ruego tácito pero elocuente, se estaba apartando a propósito del tema. Simplificaba aquí, se escabullía allá, fintaba y amagaba. Jean Louise se preguntaba por qué. Era tan fácil escucharle, dejarse acunar por su suave lluvia de palabras, que no pudo menos que reparar en la ausencia de ademanes expeditivos, en la avalancha de «hums» y «jas» con que normalmente aderezaba su conversación. No sabía que estaba profundamente preocupado.

—Tío Jack —le dijo—, ¿qué tiene todo eso que ver con el asunto que nos ocupa? Y sabes exactamente a lo que me refiero.

—Vaya —respondió él, y se le sonrojaron las mejillas—. Te estás espabilando, ¿no?

—Lo suficiente como para saber que las relaciones entre los negros y los blancos son peores de lo que yo he visto en toda mi vida... Y, por cierto, no has hablado de ellas ni una sola vez. Soy lo bastante inteligente para querer saber qué hace que tu hermana, esa santa, actúe como lo hace y qué demonios le ha sucedido a mi padre.

El doctor Finch juntó las manos y apoyó la barbilla en ellas.

—El nacimiento de una persona es de lo más desagradable. Es sucio, es extremadamente doloroso y a veces es peligroso. Siempre es sangriento. Pues lo mismo sucede con la civilización. El Sur está sufriendo sus últimos dolores de parto y son terribles. Está dando a luz algo nuevo, y no estoy seguro de que me guste, pero de todos modos no estaré aquí para verlo. Tú sí lo verás. Los hombres como mi hermano y como yo estamos obsoletos y debemos irnos, pero es una lástima que con nosotros desaparezcan las cosas más trascendentales de esta sociedad. Tenía algunas cosas muy buenas.

—¡Deja de irte por las ramas y contéstame!

El doctor Finch se puso de pie, se inclinó sobre la mesa y la miró. Las arrugas que discurrían entre su nariz y su boca dibujaban una dura silueta trapezoidal. Le centelleaban los ojos, pero su voz sonó tranquila:

—Jean Louise, cuando un hombre se topa de frente con una escopeta de dos cañones apuntándole, agarra la primera arma que encuentra para defenderse, ya sea una piedra, un leño o un Consejo Ciudadano.

—¡Esa no es una respuesta!

El doctor Finch cerró los ojos, los abrió y bajó la mirada hacia la mesa.

—Has estado dando un rodeo muy complicado, tío Jack, y es la primera vez que te veo hacer algo así. Tú siempre me has dado una respuesta clara a todo lo que te preguntaba. ¿Por qué no lo haces ahora?

—Porque no puedo. No está en mi poder, ni en mi conocimiento, el hacerlo.

—Nunca te había oído hablar así.

Su tío abrió la boca y volvió a cerrarla otra vez. La agarró del brazo, la condujo a la habitación contigua y se detuvieron delante del espejo de marco dorado.

—Mírate —le dijo él.

Ella obedeció.

—¿Qué ves?

—A ti y a mí —contestó volviéndose hacia el reflejo de su tío—. ¿Sabes, tío Jack?, eres bien parecido, aunque de un modo un tanto espantoso.

Vio por un instante cómo los últimos cien años tomaban posesión de su tío. El doctor Finch esbozó un ademán a medio camino entre una reverencia y un gesto de asentimiento, dijo «Favor que usted me hace, señora», se puso detrás de ella y la agarró por los hombros.

—Mírate —repitió—. Es lo único que puedo decirte. Mira tus ojos. Mira tu nariz. Mira tu barbilla. ¿Qué ves?

—Me veo a mí.

—Yo veo a dos personas.

—¿Te refieres a la marimacho y a la mujer?

Vio que el reflejo del doctor Finch negaba con la cabeza.

—Nooo, niña. Eso está ahí, es cierto, pero no me refiero a eso.

—Tío Jack, no sé por qué decides difuminarte en la neblina...

El doctor Finch se rascó la cabeza y dejó de punta un mechón de cabello canoso.

—Lo siento —dijo—. Adelante. Sigue adelante y haz lo que vas a hacer. Yo no puedo detenerte, y no debo hacerlo, Childe Roland. Pero es un asunto tan peligroso y enrevesado... Un asunto tan desagradable...

—Tío Jack, tesoro, baja de las nubes.

El doctor Finch se puso frente a ella y la mantuvo a la distancia de un brazo.

—Jean Louise, quiero que escuches con atención. De lo que hemos hablado hoy... Quiero decirte algo, a ver si puedes hilvanarlo todo. Es esto: lo que era accesorio en nuestra Guerra Civil es accesorio en la guerra en la que estamos metidos ahora, y es accesorio en tu guerra personal. Ahora piénsalo bien y dime qué crees que quiero decir.

El doctor Finch esperó.

—Hablas como uno de los Profetas Menores —repuso ella.

—Eso me parecía. Muy bien, ahora escucha otra vez: cuando ya no puedas soportarlo más, cuando tu corazón esté partido por la mitad, debes acudir a mí. ¿Lo entiendes? Debes acudir a mí. Prométemelo. —La zarandeó—. Prométemelo.

—Sí, te lo prometo, pero...

—Ahora, largo de aquí —dijo su tío—. Vete a alguna parte a jugar a los médicos con Hank. Yo tengo cosas mejores que hacer...

—¿Cuáles?

—Eso no es de tu incumbencia. Largo.

Cuando Jean Louise bajó las escaleras, no vio al doctor Finch morderse el labio inferior, ir a la cocina y acariciar el pelaje de Rose Aylmer, ni regresar a su despacho con las manos metidas en los bolsillos y recorrer lentamente la habitación de un lado a otro hasta que, finalmente, levantó el auricular del teléfono.

SEXTA PARTE

15

«Loco, loco, loco de remate. Bueno, así son todos los Finch. Aunque la diferencia entre el tío Jack y los demás es que él sabe que está loco».

Estaba sentada a una mesa detrás de la heladería del señor Cunningham, comiendo de una tarrina de papel encerado. El señor Cunningham, hombre de inflexible rectitud, le había regalado el helado por haber adivinado su nombre el día anterior. Esa era una de las pequeñas cosas que adoraba de Maycomb: que la gente siempre se acordaba de sus promesas.

¿Adónde quería ir a parar su tío? «Prométemelo... lo que era accesorio... anglosajón... palabra contaminada... Childe Roland». «Espero que no pierda la cabeza ni el pudor, o tendrán que encerrarlo. Está tan alejado de este siglo que no puede ir al cuarto de baño, él va al excusado. Pero, loco o no, es el único que no ha hecho o dicho nada... ¿Por qué he vuelto aquí? Solo para regodearme, supongo. Para mirar la gravilla del patio de atrás, donde antes estaban los árboles, donde estaba el garaje, y preguntarme si todo habrá sido un sueño. Jem dejaba su caña de pescar allí, desenterrábamos lombrices al lado de la valla trasera, y una vez planté un brote de bambú y nos peleamos por él durante veinte años. El señor Cunningham debe de haber echado sal en la tierra donde crecía, ya no lo veo».

Sentada al sol de la una de la tarde, reconstruyó su casa, pobló el jardín con su padre, su hermano y Calpurnia, puso a Henry al otro lado de la calle y a la señorita Rachel en la casa de al lado.

Eran las dos últimas semanas del curso escolar y ella iba a su primer baile. Era costumbre que los miembros de la clase de último año invitaran a sus hermanas o hermanos pequeños al baile de graduación que se celebraba la víspera del banquete de secundaria y bachillerato, el último viernes de mayo.

El suéter de fútbol de Jem se había ido volviendo cada vez más bonito: era el capitán del equipo, el primer año que Maycomb había vencido a Abbottsville desde hacía trece temporadas. Henry era el presidente de la Sociedad de Debate de los alumnos de último curso, la única actividad extraescolar para la que tenía tiempo, y Jean Louise era una gordinflona de catorce años inmersa en la poesía victoriana y las novelas de detectives.

En aquella época, cuando estaba de moda buscar novia al otro lado del río, Jem estuvo tan locamente enamorado de una chica del condado de Abbott que pensó seriamente en hacer el último curso en el instituto de Abbottsville, pero se lo quitó de la cabeza Atticus, que se puso firme y compensó a Jem avanzándole el dinero necesario para comprarse un Ford Model-A cupé. Jem pintó el coche de color negro brillante y, con un poco más de pintura, consiguió el efecto de neumáticos de banda blanca. Mantenía su automóvil bruñido a la perfección y todos los viernes por la tarde se iba a Abbottsville con aire de serena dignidad, ajeno al hecho de que su automóvil sonaba como un gigantesco molinillo de café y de que, allá donde fuera, los perros solían congregarse en gran número.

Jean Louise estaba segura de que Jem había hecho algún trato con Henry para que este la llevara al baile, pero no le importaba. Al principio no quería ir, pero Atticus dijo que parecería raro que estuvieran allí todas las hermanas menos la de Jem, que se lo pasaría bien y que podía ir a la tienda de Ginsberg y elegir el vestido que quisiera.

Encontró uno precioso. Blanco, con mangas abullonadas y una falda que se inflaba cuando daba vueltas. Solo tenía una pega: que vestida con él parecía un bolo.

Consultó a Calpurnia, quien le dijo que, en lo tocante a su figura, nadie podía hacer nada y que así era ella: poco más o menos igual que todas las chicas de catorce años.

—Pero tengo una pinta tan rara... —dijo Jean Louise tirándose del escote.

—Estás como siempre —observó Calpurnia—. Quiero decir que estás igual con todos los vestidos que tienes. Ese es como los demás.

Jean Louise estuvo tres días preocupada. La tarde del baile regresó a Ginsberg y eligió un par de pechos de relleno para el vestido, se fue a su casa y se los probó.

—Mira ahora, Cal —le dijo.

—Estás bien de figura, sí —le dijo Calpurnia—, pero ¿no deberías haber ido poniéndotelos poco a poco?

—¿Qué quieres decir? —le preguntó.

—Que deberías haber probado a llevarlos un tiempo para acostumbrarte a ellos. Ahora ya es tarde —masculló Calpurnia.

—Venga, Cal, no seas tonta.

—Bueno, tráelos aquí. Voy a coserlos.

Al dárselos, una idea repentina asaltó a Jean Louise dejándola clavada en el suelo.

—Ah, Dios mío —susurró.

—¿Qué pasa ahora? —preguntó Calpurnia—. Te has estado preparando para esto una semana entera. ¿Qué se te ha olvidado?

—Cal, creo que no sé bailar.

Calpurnia puso los brazos en jarras.

—Buen momento para pensar en eso —contestó, mirando el reloj de la cocina—. Son las cuatro menos cuarto.

Jean Louise corrió al teléfono.

—Seis cinco, por favor —dijo y, cuando contestó su padre, ella se puso a llorar.

—Cálmate y consulta a Jack —le aconsejó Atticus—. Se le daba bien bailar en sus tiempos.

—Menudo minué debía bailar —replicó ella, pero llamó a su tío, quien respondió con entusiasmo.

El doctor Finch enseñó a bailar a su sobrina al son del tocadiscos de Jem.

—No tiene nada de particular... como el ajedrez... Tú concéntrate... No, no, no, mete el trasero... No estás jugando al rugby... Odio los bailes de salón... Se parece demasiado a trabajar... No intentes llevarme tú... Si él te pisa, la culpa es tuya por no apartar el pie... No mires al suelo... No, no, no... Ya lo tienes... Básico, no intentes nada complicado.

Tras una hora de intensa concentración, Jean Louise dominaba ya un paso sencillo. Contaba empecinadamente para sus adentros y admiraba la habilidad de su tío para hablar y bailar al mismo tiempo.

—Relájate y lo harás bien —le dijo él.

Calpurnia le pagó por sus esfuerzos invitándolo a tomar café y a cenar, y él aceptó ambas invitaciones. Pasó una hora a solas en el salón hasta que llegaron Atticus y Jem. Su sobrina se había encerrado en el baño y allí se quedó, bañándose y bailando. Salió radiante, cenó en albornoz y desapareció en su cuarto sin darse cuenta de lo divertida que le parecía a su familia.

Mientras se vestía oyó los pasos de Henry en el porche y pensó que llegaba a buscarla demasiado temprano, pero él siguió avanzando por el pasillo hacia el cuarto de Jem. Se aplicó Tangee Orange en los labios, se cepilló el cabello y se aplastó el flequillo con un poco de fijador de Jem. Su padre y el doctor Finch se pusieron en pie cuando ella entró en el salón.

—Pareces un cuadro —dijo Atticus, y le dio un beso en la frente.

—Cuidado —observó ella—, que vas a despeinarme.

—¿Hacemos un último ensayo? —preguntó el doctor Finch.

Henry se los encontró bailando en el salón. Parpadeó cuando vio la nueva silueta de Jean Louise y, dándole unos golpecitos en el hombro al doctor Finch, preguntó:

—¿Puedo interrumpir, señor? Estás muy guapa, Scout —le dijo a ella—. Tengo una cosa para ti.

—Tú también estás bien, Hank —respondió Jean Louise.

Los pantalones de Henry, los de sarga azul de los domingos, tenían la raya vistosamente marcada y su chaqueta color marrón claro olía a detergente. Jean Louise reconoció la corbata color azul claro de Jem.

—Bailas bien —comentó él, y Jean Louise tropezó.

—¡No bajes la vista, Scout! —la regañó el doctor Finch—. Te he dicho que es como llevar una taza de café. Si la miras, la derramas.

Atticus abrió su reloj de bolsillo.

—Será mejor que Jem se marche ya si quiere ir a buscar a Irene. Esa cafetera que tiene no pasará de los cincuenta.

Cuando apareció Jem, Atticus lo mandó otra vez a su cuarto a cambiarse de corbata. Cuando volvió a aparecer, Atticus le dio las llaves del coche familiar, un poco de dinero y un sermón sobre la conveniencia de no ir a más de ochenta.

—Oye —dijo Jem, después de decir los cumplidos de rigor a Jean Louise—, vosotros podéis ir en el Ford, así no tendréis que venir conmigo hasta Abbottsville.

El doctor Finch se palpó nerviosamente los bolsillos de la chaqueta.

—A mí poco me importa cómo vayáis —dijo—. Marchaos de una vez. Me estáis poniendo nervioso aquí plantados, vestidos con vuestras mejores galas. Jean Louise está empezando a sudar. Entra, Cal.

Calpurnia, que se había quedado tímidamente en el vestíbulo, aprobó a regañadientes la escena que se ofrecía a sus ojos. Le ajustó la corbata a Henry, quitó una pelusa invisible de la chaqueta de Jem y solicitó la presencia de Jean Louise en la cocina.

—Creo que deberíamos coserlos —le dijo, dudosa.

Henry gritó que tenían que irse ya o al doctor Finch le daría un ataque.

—Todo irá bien, Cal.

Al regresar al salón, encontró a su tío inmerso en un torbellino de impaciencia reprimida. Su padre, en cambio, esperaba tranquilamente con las manos metidas en los bolsillos.

—Más vale que os vayáis —dijo Atticus—. Alexandra llegará dentro de un momento, y entonces sí que llegaréis tarde.

Estaban en el porche delantero cuando Henry se paró de golpe.

—¡Casi se me olvida! —gritó, y corrió al cuarto de Jem. Regresó con una caja y se la entregó a Jean Louise con una reverencia—. Para usted, señorita Finch —le dijo.

Dentro de la caja había dos camelias de color rosa.

—¡Haaank! —exclamó Jean Louise—. ¡Son compradas!

—Encargué que me las trajeran de Mobile —respondió Henry—. Llegaron en el autobús de las seis.

—¿Dónde me las pongo?

—¡Santo cielo, póntelas donde tienen que ir! —estalló el doctor Finch—. ¡Ven aquí!

Arrebató las camelias a Jean Louise y, mientras se las fijaba al hombro, miró con severidad su delantera postiza.

—Ahora ¿podéis hacerme el favor de marcharos?

—He olvidado mi bolso.

El doctor Finch sacó su pañuelo y se lo pasó por la barbilla.

—Henry —le dijo—, ve poniendo en marcha esa abominación. Nosotros salimos enseguida.

Jean Louise le dio un beso de buenas noches a su padre y él le dijo:

—Espero que te lo pases como nunca.

El gimnasio del instituto del condado de Maycomb estaba elegantemente decorado con globos y serpentinas de papel crepé de color blanco y rojo. Al fondo había una mesa alargada: vasos de papel, platos de sándwiches y servilletas rodeaban dos fuentes de ponche llenas de un brebaje de color morado. El suelo del gimnasio estaba recién encerado y las canastas de baloncesto dobladas hacia el techo. La parte delantera del escenario estaba rodeada de plantas, y en el centro, sin ningún motivo en particular, había grandes letras de cartón de color rojo en las que se leía «MCHS».

—Está precioso, ¿verdad? —dijo Jean Louise.

—Precioso de verdad —observó Henry—. ¿No parece más grande cuando no se está jugando un partido?

Se sumaron a un grupo de hermanos y hermanas mayores y pequeños que estaba alrededor de las fuentes de ponche. El grupo quedó visiblemente impresionado con Jean Louise. Varias chicas a las que veía todos los días le preguntaron dónde había comprado el vestido, como si no los compraran todas en el mismo sitio.

—Donde Ginsberg. Me lo ha arreglado Calpurnia —contestó ella.

Algunos de los chicos más jóvenes, con los que Jean Louise se llevaba a matar apenas dos años antes, entablaron una tímida conversación con ella.

Cuando Henry le entregó un vaso de ponche, Jean Louise susurró:

—Si quieres irte con los mayores o lo que sea, no te preocupes por mí.

—Tú eres mi acompañante, Scout —le contestó él, sonriendo.

—Lo sé, pero no deberías sentirte obligado...

—No me siento obligado a nada —dijo Henry riéndose—. Quería venir contigo. Vamos a bailar.

—Bien, pero con calma.

La llevó hasta el centro de la pista. Por los altavoces se oyó una pieza lenta y, mientras contaba sistemáticamente para sus adentros, Jean Louise la bailó cometiendo un solo error.

A medida que avanzaba la tarde, se dio cuenta de que estaba teniendo un modesto éxito. La sacaron a bailar varios chicos y, cuando parecía que iba a quedarse sentada y sin pareja, Henry nunca andaba muy lejos.

Tuvo la precaución de no salir a bailar las piezas más movidas y de evitar la música con ritmo sudamericano, y Henry comentó que, cuando aprendiera a hablar y a bailar al mismo tiempo, sería la reina del baile. Jean Louise deseó que la noche no acabara nunca.

La entrada de Jem e Irene causó sensación. A Jem lo habían elegido el más guapo del último curso, lo cual era razonable: tenía los ojos castaños de su madre, las cejas pobladas de los Finch y facciones regulares. Irene era el colmo de la sofisticación. Llevaba un vestido ceñido de tafetán verde, zapatos de tacón alto y, cuando bailaba, repiqueteaban en sus muñecas los dijes de decenas de pulseras. Tenía unos bonitos ojos verdes, el cabello negro y una sonrisa fácil, y era el tipo de chica del que Jem se enamoraba con monótona regularidad.

Jem bailó su pieza de rigor con Jean Louise, le dijo que estaba bien pero que le brillaba la nariz, a lo cual ella replicó que él tenía la boca manchada de lápiz de labios. Terminó la pieza y Jem la dejó con Henry.

—No puedo creer que te vayas al ejército en junio —le dijo ella—. Hace que parezcas tan mayor...

Henry abrió la boca para responder, de repente se le abrieron los ojos como platos y la acercó a él dándole un achuchón.

—¿Qué pasa, Hank?

—¿No crees que hace calor aquí? Vamos fuera.

Jean Louise intentó soltarse, pero él siguió agarrándola con fuerza y fue bailando con ella hasta la puerta lateral, por donde salieron.

—¿Qué mosca te ha picado, Hank? ¿He dicho algo que...?

Él la agarró de la mano y, rodeando el edificio, la llevó hasta la puerta delantera de la escuela.

—Eh... —dijo Henry sosteniendo sus manos—. Cariño —añadió—, mírate la delantera.

—Está muy oscuro. No veo nada.

—Entonces, palpa.

Ella palpó y dio un grito ahogado. El postizo derecho se le había desplazado hasta el centro del pecho y el otro lo tenía casi debajo de la axila izquierda. Volvió a ponerlos en su sitio de un tirón y rompió a llorar.

Se sentó en las escaleras de la escuela. Henry se sentó a su lado y le pasó el brazo sobre los hombros. Cuando dejó de llorar, Jean Louise le preguntó:

—¿Cuándo lo has notado?

—Cuando te he hecho salir, te lo juro.

—¿Crees que se han estado riendo de mí mucho tiempo?

—No creo que nadie se haya fijado, Scout —dijo Henry negando con la cabeza—. Escucha, Jem bailó contigo justo antes que yo y, si lo hubiera notado, seguro que te lo habría dicho.

—Jem solo piensa en Irene. No vería un ciclón ni aunque lo tuviera delante. —Se echó a llorar otra vez, suavemente—. No podré volver a mirarlos a la cara.

Henry le apretó el hombro.

—Scout, te juro que todos pasaban muy deprisa cuando estábamos bailando. Piensa con lógica. Si alguien lo hubiera visto, te lo habría dicho, ya lo sabes.

—No, no lo sé. Susurrarían y se reirían. Sé cómo son.

—Los mayores, no —dijo Henry con serenidad—. Y has estado bailando con todo el equipo de fútbol desde que llegó Jem.

Así era. El equipo entero, uno por uno, le había pedido ese honor: Jem se aseguró así, discretamente, de que su hermana lo pasara bien.

—Además —continuó Henry—, de todos modos no me caen bien. Pareces otra cuando estás con ellos.

—¿Quieres decir que tengo una pinta rara cuando estoy con ellos? —dijo ella, dolida—. También la tengo sin ellos.

—Me refiero a que, simplemente, no eres Jean Louise —añadió él—. No tienes ninguna pinta rara, yo te veo bien.

—Eres muy amable al decir eso, Hank, pero lo dices por decir. Estoy muy gorda y...

Henry se rio a carcajadas.

—¿Cuántos años tienes? Todavía no has cumplido los quince. Ni siquiera has dejado de crecer. Mira, ¿te acuerdas de Gladys Grierson? ¿Te acuerdas de que solían llamarla «Culofeliz»?

—¡Haaank!

—Pues fíjate ahora.

Gladys Grierson, uno de los adornos más exquisitos de la clase de los mayores, se había visto afligida por aquel mismo mal en grado mucho mayor que Jean Louise.

—Ahora es muy esbelta, ¿verdad?

—Mira, Scout —dijo Henry enérgicamente—, te van a tener preocupada el resto de la noche. Es mejor que te los quites.

—No. Vámonos a casa.

—No vamos a irnos a casa, vamos a regresar ahí dentro y a pasarlo bien.

—¡No!

—¡Maldita sea, Scout! ¡He dicho que vamos a entrar, así que quítatelos!

—Llévame a casa, Henry.

Él metió la mano bajo el cuello de su vestido y, con furia pero desinteresadamente, sacó los molestos accesorios y los lanzó todo lo lejos que pudo en medio de la oscuridad.

—Y ahora, ¿entramos?

Nadie pareció notar su cambio de aspecto, lo cual demostraba, según dijo Henry, que era tan vanidosa como un pavo real por pensar que la gente la miraba constantemente.

Al día siguiente había clases, y el baile terminó a las once. Henry condujo el Ford por el sendero de entrada de los Finch y lo detuvo bajo los cinamomos. Jean Louise y él se acercaron a la puerta y, antes de abrirla para que ella entrara, Henry la rodeó suavemente con sus brazos y la besó. Ella sintió que le ardían las mejillas.

—Una vez más para que nos dé suerte —le dijo él.

Volvió a besarla, cerró la puerta cuando ella entró y Jean Louise le oyó silbar mientras cruzaba la calle camino de su habitación.

Hambrienta, recorrió el pasillo de puntillas hasta la cocina. Al pasar por el cuarto de su padre, vio una raya de luz bajo la puerta. Llamó y entró. Atticus estaba leyendo en la cama.

—¿Lo has pasado bien?

—Lo he pasado de maravilla —respondió ella—. ¿Atticus...?

—¿Hum?

—¿Crees que Hank es demasiado mayor para mí?

—¿Qué?

—Nada. Buenas noches.

A la mañana siguiente, sentada mientras pasaban lista bajo el peso aplastante de su amor por Henry, solo prestó atención cuando su tutora anunció que iba a haber una asamblea extraordinaria de los cursos de secundaria y bachillerato justo después del timbre que marcaba el primer descanso.

Fue al salón de actos sin otra cosa en la cabeza que la posibilidad de ver a Henry y una leve curiosidad respecto a lo que tendría que decirles Miss Muffett. Seguramente sería otro llamamiento a comprar bonos de guerra.

El director del instituto de secundaria del condado de Maycomb era un tal señor Charles Tuffett, quien, para compensar lo cómico de su apellido, solía lucir una expresión similar a la del indio de las monedas de cinco centavos. La personalidad del señor Tuffett, sin embargo, era menos atrayente: era un hombre amargado, un profesor frustrado sin la menor empatía con los jóvenes. Provenía de las colinas de Mississippi, lo cual le situaba en desventaja viviendo en Maycomb: la gente cerril y testaruda de las colinas no entiende a los soñadores de la llanura costera, y el señor Tuffett no era una excepción. Cuando llegó a Maycomb, se apresuró a informar a los padres de que sus hijos eran el grupo más maleducado que había visto jamás, que para lo único que tenían aptitudes e inclinación natural era para la agricultura, que el fútbol y el baloncesto eran una pérdida de tiempo y que él, felizmente, no era partidario de los clubes ni de las actividades extraescolares, porque la escuela, al igual que la vida, era un asunto de negocios.

El alumnado, desde los mayores hasta los más pequeños, respondió en consonancia: al señor Tuffett se le toleraba siempre, pero se le obviaba la mayor parte del tiempo.

Jean Louise se sentó junto con su clase en la parte central del salón de actos. Los de último curso se habían sentado atrás, al otro lado del pasillo, y era fácil girarse y mirar a Henry. Sentado a su lado, taciturno y con los ojos entornados, Jem tenía una expresión agria, como siempre por las mañanas. Cuando el señor Tuffett se puso frente a ellos y leyó unos anuncios, Jean Louise se alegró de que gracias a él estuviera pasando el primer bloque de clases, lo que suponía que no habría matemáticas. Volvió a prestar atención cuando el señor Tuffett fue por fin al grano: a lo largo de su vida, dijo, se había encontrado con todo tipo de alumnos. Algunos incluso llevaban pistolas a la escuela. Pero nunca, en todos sus años de experiencia, había sido testigo de un acto tal de depravación como el que le había dado la bienvenida esa mañana al llegar al instituto.

Jean Louise cruzó una mirada con sus compañeros.

—¿Qué le pasa? —susurró.

—A saber —respondió la persona sentada a su izquierda.

¿Entendían acaso la magnitud de tal atrocidad? Por si no se habían enterado, el país estaba en guerra y mientras nuestros muchachos (nuestros hermanos e hijos) luchaban y morían por nosotros, alguien les había dedicado un gesto de tal obscenidad que su autor solo merecía desprecio.

Jean Louise vio a su alrededor un mar de rostros perplejos. Tenía facilidad para distinguir al culpable en medio de una reunión, pero esta vez solo vio expresiones de absoluto asombro por todos lados.

Además, antes de que se fueran, el señor Tuffett quería dejar claro que sabía quién había sido y que si dicha persona deseaba clemencia debía presentarse en su despacho no más tarde de las dos en punto con una declaración por escrito.

La asamblea, reprimiendo un gruñido de fastidio al ver caer al señor Tuffett en aquel truco tan viejo, se levantó y lo siguió hasta la fachada del edificio.

—Le encantan las confesiones por escrito —les comentó Jean Louise a sus compañeros—. Se piensa que así todo es legal.

—Sí, no se cree nada como no lo vea por escrito —dijo alguien.

—Y cuando lo ve escrito se lo cree a pie juntillas —comentó otra persona.

—¿Habrán pintado esvásticas en la acera? —preguntó un tercero.

—Eso ya lo han hecho otras veces —respondió Jean Louise.

Doblaron la esquina del edificio y se detuvieron. Todo parecía en orden; el suelo estaba limpio, las puertas en su sitio y los arbustos en perfecto estado.

El señor Tuffett esperó a que se reunieran todos los alumnos y a continuación señaló teatralmente hacia arriba.

—Miren —dijo—. ¡Miren, todos ustedes!

El señor Tuffett era un patriota. Presidía todas las campañas para animar a comprar bonos de guerra, daba aburridas y bochornosas charlas al alumnado acerca del «Esfuerzo de Guerra» y había hecho erigir en el patio delantero un inmenso tablón de anuncios en el que se proclamaban los graduados del Instituto del

Condado de Maycomb que estaban sirviendo a su país. Este era sin duda el proyecto del que más orgulloso se sentía. Sus alumnos, en cambio, veían el tablón de anuncios del señor Tuffett con muy malos ojos: habían tenido que aportar veinticinco centavos por barba, y el señor Tuffett se había atribuido todo el mérito.

Jean Louise miró el tablón de anuncios, siguiendo el dedo del señor Tuffett. Leyó: SIRVIENDO A SU PAÍ. Tapando la última letra y ondeando suavemente a la brisa de la mañana estaban sus pechos postizos.

—Les aseguro —dijo el señor Tuffett— que más vale que a las dos en punto de esta tarde haya una declaración firmada sobre mi mesa. Yo también estuve en este campus anoche —dijo recalcando cada palabra—. Ahora, vuelvan a sus clases.

Aquello les dio que pensar. El señor Tuffett siempre merodeaba a hurtadillas en los bailes del instituto, intentando pillar a los alumnos besuqueándose. Se asomaba a los coches aparcados y miraba entre los arbustos. Tal vez los hubiera visto. ¿Por qué había tenido que tirarlos Hank?

—Es un farol —comentó Jem en el recreo—. Claro que a lo mejor no.

Estaban en el comedor y Jean Louise procuraba no llamar la atención. El instituto entero parecía a punto de estallar de horror, de risa y curiosidad.

—Por última vez, dejadme que se lo diga —pidió ella.

—No seas tonta, Jean Louise. Ya sabes lo que opina al respecto. Después de todo, fui yo quien lo hizo —respondió Henry.

—Pero ¡por el amor de Dios, son míos!

—Yo entiendo a Hank, Scout —dijo Jem—. No puede permitir que lo hagas.

—No veo por qué no.

—Por enésima vez, no puedo, y ya está. ¿Es que no lo ves?

—No.

—Jean Louise, tú eras mi pareja anoche...

—No entenderé a los hombres mientras viva —dijo ella, desenamorada de Henry—. No tienes que protegerme, Hank. Ahora no soy tu pareja. No puedes decírselo y lo sabes.

—Eso está claro, Hank —dijo Jem—. No te entregaría tu diploma.

El diploma significaba más para Henry que para la mayoría de sus amigos. A algunos de ellos no les importaba que les expulsaran: podían irse a un internado en un abrir y cerrar de ojos.

—Le has tocado la fibra sensible, ya lo sabes —afirmó Jem—. No me extrañaría que te expulsara dos semanas antes de graduarte.

—Por eso tienes que dejarme —dijo Jean Louise—. Me encantaría que me expulsaran.

Así era. Le encantaría. Se aburría insoportablemente en clase.

—Esa no es la cuestión, Scout. No puedes hacerlo y ya está. Yo podría explicarle... No, tampoco podría —afirmó Henry al comprender las consecuencias de aquel acto impulsivo—. No podría explicarle nada.

—Muy bien —dijo Jem—. La situación es esta, Hank: yo creo que va de farol, pero cabe la posibilidad de que no sea así. Ya sabes cómo merodea por ahí. Puede que os oyera, estabais prácticamente debajo de la ventana de su despacho...

—Pero su despacho estaba a oscuras —dijo Jean Louise.

—Le encanta sentarse a oscuras. Si se lo dice Scout, se armará un buen lío, pero si se lo dices tú te expulsará, está más claro que el agua, y tú tienes que graduarte, hijo.

—Jem —afirmó Jean Louise—, está muy bien ponerse a filosofar, pero eso no nos lleva a ninguna parte...

—Tu situación, tal y como yo la veo, Hank —prosiguió Jem ignorando tranquilamente a su hermana—, es que no tienes escapatoria, hagas lo que hagas.

—Yo...

—¡Cállate, Scout! —exclamó Henry bruscamente—. ¿Es que no ves que no podré volver a mirarme al espejo si dejo que lo hagas?

—¡Señooorrr! ¡Cuánto heroísmo!

Henry dio un respingo.

—¡Un momento! —gritó—. Jem, dame las llaves de tu coche y cúbreme en la clase de estudio. Estaré de vuelta para la de economía.

—Miss Muffett te oirá marcharte, Hank —dijo Jem.

—No, qué va. Empujaré el coche hasta la carretera. Además, estará en clase de estudio.

Era fácil ausentarse de una clase de estudio vigilada por el señor Tuffett. Se tomaba muy poco interés personal en sus alumnos y solo conocía por su nombre a los más extrovertidos. Los asientos de la biblioteca estaban asignados de antemano, pero si alguien dejaba claro que no pensaba asistir, los alumnos cerraban filas: el que se sentaba en el extremo de la fila sacaba la silla vacía al pasillo y volvía a ponerla en su sitio cuando terminaba la clase.

Jean Louise no prestó atención a su profesor de inglés y, tras pasar cincuenta minutos presa de ansiedad, Henry la detuvo cuando iba de camino a su clase de educación cívica.

—Escúchame —le dijo él con firmeza—. Haz exactamente lo que te digo: vas a decírselo. Escribe. —Le entregó un lápiz y ella abrió su cuaderno—. Escribe: «Apreciado señor Tuffett. Parecen los míos». Firma con tu nombre completo. Mejor cópialo con tinta para que se lo crea. Y justo antes del mediodía, vas y se lo entregas. ¿Lo has entendido?

Ella asintió.

—Justo antes del mediodía.

Cuando entró en la clase de educación cívica, comprobó que ya se había enterado todo el mundo. En el pasillo había grupos de alumnos cuchicheando en voz baja y riendo. Soportó con ecuanimidad sus sonrisas y sus guiños amistosos. Casi la hicieron sentirse mejor. «Son los adultos quienes siempre piensan lo peor», se dijo, convencida de que sus compañeros no creían ni más ni menos que lo que Jem y Hank habían difundido. Pero ¿por qué lo habían contado? Se burlarían de ellos eternamente: a ellos no les importaba porque iban a graduarse, pero ella todavía tendría que estar allí tres años más. No, Miss Muffett la expulsaría, y Atticus la mandaría a algún sitio. Su padre pondría el grito en el cielo cuando doña Mofeta le contara aquella espantosa historia. Pero, en fin, así al menos Hank no se metería en un lío. Jem y él habían sido sumamente caballerosos, pero al final ella tenía razón: era lo único que podía hacerse.

Escribió su confesión con tinta, y al acercarse comenzó a flaquearle el ánimo. Normalmente nada le gustaba más que librar un asalto con Miss Muffett: el director era tan obtuso que uno podía decirle casi cualquier cosa siempre y cuando mantuviera una expresión seria y pesarosa. Pero ese día Jean Louise no tenía ganas de batallas dialécticas. Estaba nerviosa y se despreciaba por eso.

Sentía unas leves náuseas cuando avanzó por el pasillo hacia su despacho. El señor Tuffett había calificado el hecho de obsceno y depravado delante de los alumnos. ¿Qué le diría a la gente de la ciudad? Maycomb se crecía con los rumores y a oídos de Atticus llegarían toda clase de chismorreos...

El señor Tuffett estaba sentado detrás de su mesa, mirando fijamente su superficie con expresión hosca.

—¿Qué quieres? —preguntó sin levantar la vista.

—Quería entregarle esto, señor —respondió Jean Louise retirándose de modo instintivo.

El señor Tuffett agarró su nota, la arrugó sin leerla y la lanzó a la papelera.

Jean Louise se sintió como si la hubiera derribado de un plumazo.

—Eh... Señor Tuffett —le dijo—, he venido para contárselo, como dijo usted. Yo... los compré donde Ginsberg —añadió innecesariamente—. No tenía intención de...

El señor Tuffett levantó la vista con la cara colorada de rabia.

—¡No te quedes ahí como un pasmarote diciéndome que no tenías intención de hacerlo! Nunca en toda mi carrera me he topado con...

Jean Louise se preparó para el chaparrón.

Pero, conforme escuchaba, fue teniendo la impresión de que el señor Tuffett hacía comentarios generales dirigidos más al alumnado en general que a ella: eran como un eco de los sentimientos que había expresado esa misma mañana. Estaba concluyendo su perorata con un resumen de las cualidades, muy poco edificantes, que engendraba el condado de Maycomb cuando Jean Louise lo interrumpió:

—Señor Tuffett, solo quería decirle que no hay que culpar a los demás de lo que he hecho. No tiene usted que emprenderla con todo el mundo.

El director se agarró al borde de la mesa y dijo con los dientes apretados:

—¡Por esa muestra de descaro, va a usted a quedarse una hora más después de clase, jovencita!

Ella respiró hondo.

—Señor Tuffett —añadió—, creo que ha habido un error. La verdad es que no llego a...

—Conque no, ¿eh? ¡Pues voy a enseñárselo! —Agarró un grueso montón de hojas sueltas de cuaderno y las sacudió delante de ella—. ¡Usted, jovencita, es la número ciento cinco!

Jean Louise examinó las hojas de papel. Eran todas iguales. En cada una de ellas se leía: «Apreciado señor Tuffett. Parecen los míos». Estaban firmadas por todas las chicas del centro de noveno grado en adelante.

Jean Louise se quedó un momento absorta en sus pensamientos. Como no se le ocurría nada que pudiera ayudar al señor Tuffett, salió en silencio del despacho.

—Es un hombre derrotado —comentó Jem cuando iban en el coche de camino a casa para comer.

Jean Louise iba sentada entre su hermano y Henry, quien había escuchado muy serio su relato acerca del estado de ánimo del señor Tuffett.

—Hank, eres un verdadero genio —dijo ella—. ¿Cómo se te ocurrió?

Henry dio una profunda calada a su cigarrillo y lo tiró por la ventanilla.

—Consulté con mi abogado —contestó pomposamente.

Jean Louise se tapó la boca con las manos.

—Era lógico —añadió Henry—. Sabes que se ocupa de mis asuntos desde que le llegaba por la rodilla, así que fui a la ciudad y le expliqué el caso. Le pedí consejo, sencillamente.

—¿Te lo sugirió Atticus? —preguntó Jean Louise con asombro.

—No, no me lo sugirió. Fue idea mía. Él estuvo un rato yéndose por las ramas, me dijo que era todo cuestión de equilibrar el debe y el haber o algo así y que me encontraba en una posición interesante aunque precaria. Se giraba en su sillón y miraba por la ventana, y me dijo que siempre intentaba ponerse en el lugar de sus clientes... —Henry hizo una pausa.

—Continúa.

—Pues dijo que debido a lo delicado del problema, y puesto que no había prueba alguna de intención delictiva, no estaría en contra de arrojar un poco de polvo a los ojos del jurado, a saber lo que quería decir con eso, y que entonces... Uf, no sé.

—Vamos, Hank, sí que lo sabes.

—Bueno, dijo algo sobre que el número hacía la fuerza y que si estuviera en mi lugar no se le pasaría por la cabeza conspirar para cometer perjurio pero que, hasta donde él sabía, todos los postizos se parecían, y que eso era todo lo que podía hacer por mí. Dijo que me pasaría la minuta a final de mes. ¡Y antes de salir de la oficina ya se me había ocurrido la idea!

—Hank —le dijo Jean Louise—, ¿te dijo algo sobre lo que iba a decirme?

—¿A decirte? —Henry se giró hacia ella—. A ti no va a decirte nada. No puede. ¿No sabes que todo lo que uno le cuenta a su abogado es confidencial?

Paf. Jean Louise aplastó la tarrina de papel sobre la mesa, haciendo añicos los recuerdos. El sol estaba en las dos en punto, como lo estuvo el día anterior y como lo estaría al siguiente.

«El infierno es la eterna lejanía». ¿Qué había hecho ella para merecer pasar el resto de sus días tendiéndoles los brazos con anhelo, haciendo viajes secretos al pasado y ninguno al presente?

«Soy sangre de su sangre, he escarbado en esta tierra, este es mi hogar. Pero no soy de su sangre y a la tierra no le importa quién la escarbe, soy una extraña en una fiesta».

16

—Hank, ¿dónde está Atticus?

Henry levantó la mirada de su escritorio.

—Hola, cariño. Está en la oficina de Correos. Casi es la hora de mi café. ¿Vienes conmigo?

Lo mismo que la impulsó a marcharse de la heladería del señor Cunningham para ir a la oficina la hizo seguir a Henry hasta la calle: deseaba observarlos furtivamente una y otra vez para convencerse de que no habían sufrido también una alarmante metamorfosis física y, sin embargo, no sentía deseo alguno de hablar con ellos ni de tocarlos, por miedo a que cometieran un ultraje aún mayor en su presencia.

Mientras caminaban uno al lado del otro hacia la cafetería, se preguntó si Maycomb les estaría organizando ya la boda para el otoño o el invierno. «Soy muy puntillosa», pensó. «No puedo meterme en la cama con un hombre a menos que congenie hasta cierto punto con él. Y en este momento ni siquiera puedo hablarle. No puedo hablar con mi amigo de toda la vida».

Se sentaron el uno frente al otro en un reservado y Jean Louise estudió el recipiente de las servilletas, el azucarero y los dispensadores de sal y pimienta.

—Estás muy callada —dijo Henry—. ¿Qué tal fue el «Café»?

—Fatal.

—¿Estuvo Hester?

—Sí. Es más o menos de tu edad y la de Jem, ¿verdad?

—Sí, íbamos a la misma clase. Bill me dijo esta mañana que se pintó como una puerta para la ocasión.

—Hank, Bill Sinclair debe de ser un tipo de cuidado.

—¿Por qué?

—Por todas esas tonterías que le ha metido en la cabeza a Hester...

—¿Qué tonterías?

—Bueno, lo de los católicos y los comunistas, y Dios sabe qué más. Parece que se le ha mezclado todo en la cabeza.

Henry se rio y dijo:

—Cariño, para ella su Bill lo es todo en este mundo. Todo lo que sale de su boca es verdad revelada. Hester ama a su marido.

—¿Eso es amar a tu marido?

—Bueno, tiene mucho que ver.

—Te refieres a perder la identidad propia, ¿no? —dijo Jean Louise.

—En cierto modo, sí —respondió Henry.

—Entonces dudo que me case alguna vez. No he conocido a ningún hombre que...

—Vas a casarte conmigo, ¿recuerdas?

—Hank, más vale que te lo diga ahora para zanjar este asunto de una vez: no voy a casarme contigo y punto. No hay más que hablar.

No tenía intención de decirlo, pero no había podido evitarlo.

—Ya he oído eso antes.

—Bueno, pues te estoy diciendo que si quieres casarte —(¿De veras era ella quien estaba hablando?)—, será mejor que empieces a buscar novia. Nunca he estado enamorada de ti, pero siempre has sabido que te quería. Pensaba que podíamos casarnos queriéndote así, pero...

—Pero ¿qué?

—Ya ni siquiera te quiero de ese modo. Aunque te haga daño, así es.

Sí, era ella quien hablaba, con su aplomo acostumbrado, rompiéndole el corazón en la cafetería. Bueno, él también se lo había roto a ella.

Henry puso cara de pasmo, después enrojeció y su cicatriz destacó de repente.

—Jean Louise, no puedes decir en serio lo que estás diciendo.

—Pues lo digo completamente en serio.

«Duele, ¿verdad? Maldita sea, claro que duele. Ahora ya sabes lo que se siente».

Henry estiró el brazo sobre la mesa y le agarró la mano. Ella la retiró.

—No me toques —le dijo.

—Amor mío, ¿qué sucede?

«¿Que qué sucede? Yo te diré lo que sucede. Y no te va a gustar».

—Muy bien, Hank. Es así de sencillo: estuve en esa reunión de ayer. Os vi a Atticus y a ti en todo vuestro esplendor, en aquella mesa con esa... con esa escoria, con ese tipo odioso, y te aseguro que se me revolvió el estómago. El hombre con el que iba a casarme y mi propio padre... Me puso tan enferma que vomité, ¡y todavía no he parado de vomitar! ¿Cómo, en el nombre de Dios, habéis podido hacer algo así? ¿Cómo habéis podido?

—Tenemos que hacer muchas cosas que no queremos hacer, Jean Louise.

—¿Qué respuesta es esa? —preguntó furiosa—. Pensaba que el tío Jack por fin se había vuelto majareta del todo, pero ¡ya no estoy tan segura!

—Cariño... —dijo Henry. Desplazó el azucarero hasta el centro de la mesa y volvió a retirarlo—. Míralo de este modo. El Consejo Ciudadano de Maycomb no es más que... una protesta ante la Corte, una especie de advertencia a los negros para que no tengan tanta prisa, una...

—Un foro hecho a la medida de cualquier gentuza que quiera levantarse e insultar a un negro. ¿Cómo puedes participar en algo así? ¿Cómo?

Henry empujó el azucarero hacia ella y volvió a retirarlo. Jean Louise se lo quitó y lo dejó de golpe en un lado de la mesa.

—Jean Louise, como acabo de decir, tenemos que hacer...

—Muchas cosas que no queremos...

—¿Me dejas que termine? Que no queremos hacer. No, por favor, déjame hablar. Estoy intentando pensar en algo que pueda explicarte lo que quiero decir... ¿Conoces el Klan...?

—Sí, conozco el Klan.

—Ahora cállate un momento. Hace mucho tiempo, el Klan era respetable, como los masones. Cuando el señor Finch era joven, casi todos los hombres de cierta relevancia social formaban parte de él. ¿Sabías que el señor Finch también?

—No me sorprendería nada. Figúrate...

—¡Jean Louise, cállate! El Klan no le interesa, ni a él ni a nadie, y tampoco le interesaba entonces. ¿Sabes por qué se unió a ellos? Para averiguar quiénes eran los vecinos de la ciudad que se escondían detrás de los capirotes. Quiénes eran, qué personas. Fue a una reunión y con eso le bastó. El Mago resultó ser el predicador metodista...

—La clase de gente que le gusta a Atticus.

—Calla, Jean Louise. Intento que entiendas sus motivos. Entonces el Klan era solamente una fuerza política, no se quemaban cruces, pero tu padre se sentía, y se sigue sintiendo, muy incómodo entre personas que se tapan la cara. Necesitaba saber con quién tendría que vérselas si alguna vez llegaba el momento de... Tenía que descubrir quiénes eran...

—Así que mi estimado padre forma parte del Imperio Invisible.

—Jean Louise, eso fue hace cuarenta años...

—Seguramente a estas alturas ya será el Gran Dragón.

—Solamente intento hacerte ver los motivos de la gente, más allá de sus actos —dijo Henry con calma—. Puede parecer que uno forma parte de algo que en apariencia no es del todo bueno, pero no te arrogues el derecho de juzgarlo a menos que también conozcas sus motivos. Uno puede estar hirviendo de rabia por dentro, pero sabe que una respuesta serena da mejor resultado que un estallido de ira. Uno puede condenar a sus enemigos, pero es más prudente conocerlos. Ya te he dicho que a veces tenemos que hacer...

—¿Quieres decir que hay que seguirles la corriente y, luego, cuando llegue el momento...? —preguntó Jean Louise.

Henry la miró.

—Mira, cariño. ¿Has pensado alguna vez que los hombres, sobre todo los hombres, deben plegarse a ciertas exigencias de la comunidad en la que viven simplemente para serle de alguna utilidad? El condado de Maycomb es mi hogar, cariño. Es el mejor sitio que conozco para vivir. Me he ganado el respeto de los demás aquí desde que era un niño. Maycomb me conoce, y yo conozco Maycomb. Maycomb confía en mí, y yo confío en Maycomb. Me gano el sustento en esta ciudad, y gracias a ella tengo una buena vida. Pero Maycomb exige ciertas cosas a cambio. Exige que lleves una vida razonablemente decente, que te unas al Club Kiwanis, que vayas a la iglesia los domingos, que te amoldes a sus costumbres...

Henry examinó el salero recorriendo con el pulgar las estrías de sus lados.

—Recuerda esto, cariño —dijo—: he tenido que matarme a trabajar para conseguir todo lo que tengo. Trabajé en esa tienda del otro lado de la plaza... Estaba casi siempre tan agotado que me costaba Dios y ayuda sacar adelante los estudios. En verano trabajaba en casa, en la tienda de mi madre, y cuando no estaba en la tienda hacía faenas en casa. Jean Louise, he tenido que buscarme la vida desde que era un niño para conseguir las cosas que Jem y tú dabais por sentadas. Nunca he tenido algunas cosas que a ti te parecen de lo más natural, y a mí nunca me lo parecerán. Yo dependo únicamente de mí mismo...

—Como todos, Hank.

—No, no es verdad. Aquí, no.

—¿A qué te refieres?

—Me refiero a que hay algunas cosas que yo simplemente no puedo hacer y tú sí.

—¿Y por qué soy un personaje tan privilegiado?

—Porque eres una Finch.

—Sí, soy una Finch. ¿Y qué?

—Pues que puedes pasearte por la ciudad vestida con un pantalón de peto, con los faldones de la camisa por fuera y descalza si quieres. Y la gente de Maycomb dice: «Es que lo lleva dentro, es una Finch, así es ella». Maycomb sonríe y sigue a lo suyo: la buena de Scout Finch no cambiará nunca. Maycomb está encantado y dispuesto a creer a pie juntillas que estuviste nadando en el río en cueros. «No ha cambiado ni pizca», dicen, «es la misma Jean Louise de siempre. ¿Os acordáis de cuando...?». —Dejó el salero—. Pero si Henry Clinton muestra cualquier señal de desviarse de la norma, ya verás como no dicen: «Es el Clinton que lleva dentro», sino: «Es la gentuza que lleva dentro».

—Hank, eso es falso y lo sabes. Es injusto y poco generoso, pero por encima de todo es falso.

—Es la verdad, Jean Louise —repuso él tranquilamente—. Seguramente nunca has pensado en ello...

—Hank, tú tienes algún complejo.

—No tengo ningún complejo. Simplemente, conozco Maycomb. No me afecta lo más mínimo, pero bien sabe Dios que soy consciente de ello. Y sé que hay ciertas cosas que no puedo hacer y ciertas cosas que debo hacer si quiero...

—¿Si quieres qué?

—Bueno, cariño, la verdad es que me gustaría seguir viviendo aquí, y me gustan las cosas que les gustan a los demás. Quiero conservar el respeto de esta ciudad, quiero serle útil, quiero labrarme un nombre como abogado, quiero ganar dinero, quiero casarme y tener una familia...

—¡En ese orden, supongo!

Jean Louise se levantó y salió de la cafetería. Henry fue tras ella. Al llegar a la puerta se volvió y gritó que enseguida pagaba la cuenta.

—¡Jean Louise, espera!

Ella se detuvo.

—¿Y bien?

—Cariño, solamente intento hacerte ver...

—¡Lo veo muy bien! —exclamó ella—. Veo a un hombrecillo asustado, veo a un hombrecillo que tiene miedo de no hacer lo que le dice Atticus, que tiene miedo a no poder valerse solo, que tiene miedo a no sentarse con el resto de los machotes...

Echó a andar. Pensó que caminaba hacia el coche. Que lo había aparcado delante del despacho.

—Jean Louise, por favor, ¿quieres esperar un momento?

—Muy bien, estoy esperando.

—Ya te he dicho, me has oído, que hay cosas que siempre has dado por sentadas...

—Sí, maldita sea, he dado muchas cosas por sentadas. Precisamente las cosas que me encantaban de ti. Te admiraba una barbaridad porque trabajabas como un bestia para conseguir lo que tenías, por todo lo que has llegado a ser. Pensaba que eso conllevaba muchas cosas, pero está claro que no es así. Pensaba que tenías agallas, pensaba...

Siguió avanzando por la acera sin darse cuenta de que Maycomb la estaba mirando, de que Henry caminaba a su lado cómicamente apesadumbrado.

—Jean Louise, por favor, ¿quieres escucharme?

—¡Maldita sea! ¿Qué?

—Solo quiero preguntarte una cosa, una sola... ¿Qué demonios esperas de mí? Dímelo, ¿qué demonios esperas que haga?

—¿Hacer? ¡Espero que mantengas tu cara bonita fuera de los Consejos Ciudadanos! ¡Me importa un bledo que Atticus esté sentado enfrente de ti, que el rey de Inglaterra esté a tu derecha y Dios Todopoderoso a tu izquierda! Espero que seas un hombre, ¡eso es todo! —Inspiró bruscamente—. Yo... Superaste la puñetera guerra, y eso sí que es como para asustar a cualquiera, pero la superaste, la superaste. Y luego regresas a casa para pasar el resto de tu vida asustado, ¡asustado de Maycomb! De Maycomb, Alabama... ¡Ay, señor!

Habían llegado a la puerta de la oficina. Henry la agarró por los hombros.

—Jean Louise, ¿quieres pararte un segundo? ¿Por favor? Escúchame. Sé que no soy gran cosa, pero piensa un minuto. Por favor, piensa. Esta es mi vida, esta ciudad, ¿es que no lo entiendes? Maldita sea, formo parte de la gentuza del condado de Maycomb, pero pertenezco al condado de Maycomb. Soy un cobarde, un hombrecillo, ni siquiera vale la pena matarme, pero este es mi hogar. ¿Qué quieres que haga, que grite a los cuatro vientos que soy Henry Clinton y que estoy aquí para deciros que sois todos unos ignorantes? Tengo que vivir aquí, Jean Louise. ¿Es que no lo entiendes?

—Entiendo que eres un maldito hipócrita.

—Estoy intentando hacerte ver, cariño, que a ti se te permiten lujos que a mí no se me permiten. Tú puedes poner el grito en el cielo, pero yo no. ¿Cómo puedo serle útil a Maycomb si se pone contra mí? Si yo fuera y... Mira, reconocerás que tengo cierta formación y que presto algún servicio a Maycomb, ¿no? Un peón de fábrica no puede hacer mi trabajo. Ahora bien, ¿quieres que tire todo eso por la ventana y que me vuelva al campo, a la tienda de mi madre, a vender harina cuando podría estar ayudándoles con el poco talento como abogado que tenga? ¿Qué merece más la pena?

—Henry, ¿cómo puedes vivir con tu conciencia?

—Es relativamente fácil. Simplemente, a veces no voto según mis convicciones, eso es todo.

—Hank, somos polos opuestos. Yo no sé mucho, pero sí sé una cosa. Sé que no puedo vivir contigo. No puedo vivir con un hipócrita.

—No veo por qué no —dijo a sus espaldas una voz irónica y agradable—. Los hipócritas tienen tanto derecho a vivir en este mundo como cualquiera.

Jean Louise se giró y miró a su padre. Llevaba el sombrero echado hacia atrás, tenía las cejas levantadas y le sonreía.

17

—Hank —dijo Atticus—, ¿por qué no vas a admirar un rato las rosas de la plaza? Estelle puede darte una si se lo pides como es debido. Por lo visto, soy el único que hoy se lo ha pedido amablemente.

Se llevó la mano a la solapa, donde llevaba prendido un capullo de color escarlata. Jean Louise miró hacia la plaza y vio a Estelle, su silueta negra recortada contra el sol de la tarde, escardando incesantemente bajo los arbustos.

Henry alargó la mano hacia ella, la bajó y se marchó sin mediar palabra. Jean Louise le observó cruzar la calle.

—¿Tú sabías todo eso?

—Desde luego.

Atticus le había tratado como si fuera su propio hijo, le había dado el amor que le correspondía a Jem... Jean Louise cayó de pronto en la cuenta de que se habían parado justo donde había muerto su hermano. Atticus la vio estremecerse.

—Todavía lo llevas dentro, ¿verdad? —le dijo.

—Sí.

—¿No va siendo hora de que lo superes? Hay que enterrar a los muertos, Jean Louise.

—No quiero hablar de eso. Quiero ir a otro sitio.

—Entonces, vamos a la oficina.

La oficina de su padre siempre había sido un refugio para ella. Era un sitio acogedor, un lugar donde los problemas, aunque no desaparecieran, al menos se hacían soportables. Se preguntó si sobre la mesa de su padre estarían aún los mismos resúmenes, expedientes y útiles profesionales que había en ella cuando, de niña, entraba corriendo, casi sin aliento, ansiosa por comerse un helado de cucurucho, y le pedía una moneda. Veía a Atticus volverse en su sillón giratorio y estirar las piernas. Metía la mano en el fondo del bolsillo, sacaba un puñado de monedas y elegía una especial para ella. Su puerta nunca estaba cerrada para sus hijos.

Su padre se sentó lentamente y se giró hacia ella. Jean Louise vio que un fogonazo de dolor cruzaba su rostro y desaparecía.

—¿Sabías todo eso de Hank?

—Sí.

—No entiendo a los hombres.

—Bueno, a algunos hombres que engañan a sus esposas sisándoles dinero de la compra ni se les ocurriría engañar al tendero. Los hombres tienen tendencia a clasificar su honradez por casilleros, Jean Louise. Pueden ser perfectamente honestos en ciertos aspectos y engañarse a sí mismos en otros. No seas tan dura con Hank, hace lo que puede. Jack me ha dicho que estás molesta por algo.

—¿Jack te ha dicho...?

—Me llamó hace un rato y me dijo, entre otras cosas, que si no nos habías declarado ya la guerra, te faltaba poco. Por lo que acabo de oír, ya nos la has declarado.

O sea que el tío Jack se lo había dicho. Ya estaba acostumbrada a que los miembros de su familia la abandonaran, uno por uno. Lo del tío Jack era la gota que colmaba el vaso. ¡Que se fueran todos al diablo! Muy bien, se lo diría. Se lo diría y se marcharía. No discutiría con él, sería inútil. Su padre siempre la derrotaba: nunca le había ganado en una discusión y no tenía intención de intentarlo ahora.

—Sí, señor, estoy molesta por algo. Ese Consejo Ciudadano que tenéis. Me parece asqueroso, te lo digo desde ahora.

Su padre se reclinó en su sillón.

—Jean Louise —dijo—, tú solo lees la prensa de Nueva York. No me cabe duda de que solo ves amenazas terribles, atentados y cosas así. El Consejo de Maycomb no es como los del norte de Alabama o los de Tennessee. El nuestro está formado y dirigido por gente de aquí. Apuesto a que ayer viste en la reunión a casi a todos los hombres del condado y a que conocías a casi todos los presentes.

—Sí, señor, así es. A todos y cada uno de ellos, de esa víbora de Willoughby para abajo.

—Es probable que todos estuvieran allí por motivos distintos —comentó su padre.

«Ninguna guerra se ha librado nunca por tantas razones distintas». ¿Quién había dicho eso?

—Sí, pero se habían reunido por una sola razón.

—Puedo decirte las dos razones por las cuales estaba yo allí: el Gobierno Federal y la NAACP. Jean Louise, ¿cuál fue tu primera reacción a la decisión de la Corte Suprema?

Era una pregunta fácil. La respondería.

—Me puse furiosa —contestó.

Y así era. Había sabido lo que iba a pasar, sabía cuál sería la resolución, había creído que estaba preparada, pero cuando compró el periódico en la esquina de la calle y lo leyó, se paró en el primer bar y se bebió un whisky sin agua.

—¿Por qué?

—Pues porque allí estaban, diciéndonos otra vez lo que tenemos que hacer...

Su padre sonrió.

—Reaccionaste sencillamente conforme a lo que eres —dijo—. Cuando empezaste a usar la cabeza, ¿qué pensaste?

—No mucho, pero me asusté. Parecía que todo estaba del revés... Estaban poniendo el carro delante del caballo.

—¿En qué sentido?

La estaba tanteando. Muy bien, que lo hiciera. Estaban en terreno seguro.

—Bueno, porque al intentar satisfacer una enmienda, parecían estar borrando otra. La Décima. Es una enmienda pequeñita, de una sola frase, pero en cierto modo me parecía que era la más importante.

—¿Llegaste a esa conclusión tú sola?

—Pues sí, señor. Atticus, yo no sé nada sobre la Constitución...

—De momento, pareces conocerla bastante bien. Prosigue.

Proseguir ¿cómo? ¿Diciéndole que no podía mirarlo a los ojos? Su padre quería conocer sus opiniones sobre la Constitución, así que se las daría.

—Bien, me pareció que, para suplir las necesidades reales de una pequeña parte de la población, la Corte había establecido algo horrible que podía... que podía afectar a la inmensa mayoría de la gente. Perjudicarla, quiero decir. Atticus, yo no sé nada de esto... Lo único que se interpone entre nosotros y algún listillo que quiera poner en marcha algo es la Constitución, y la Corte Suprema va y anula alegremente toda una enmienda, o esa fue mi impresión. Tenemos un sistema de garantías y equilibrios y todo eso, pero, pensándolo bien, no tenemos mucho control sobre la Corte Suprema, así que ¿quién le pondrá el cascabel al gato? Ay, Dios, hablo como si fuera del Actors Studio.

—¿Qué?

—Nada. Estoy... Lo que trato de decir es que, al intentar hacer lo correcto, nos hemos expuesto a algo que podría ser verdaderamente peligroso para nuestro sistema.

Se pasó los dedos por el pelo. Miró las filas de libros encuadernados en marrón y negro y los informes jurídicos de la pared de enfrente. Miró una fotografía desgastada de los Nueve Ancianos colgada en la pared, a su izquierda. «¿Roberts ha muerto?», se preguntó. No lo recordaba.

—¿Qué decías...? —preguntó su padre en tono paciente.

—Sí, señor, estaba diciendo que... que yo no sé demasiado sobre la administración y la economía y todo eso, y tampoco quiero saberlo, pero sí sé que el Gobierno Federal para mí, para una ciudadana de a pie, consiste principalmente en pasillos oscuros y largas esperas. Cuanto más tenemos, más esperamos y más nos cansamos. Esos carcamales de la pared lo sabían. Ahora, en cambio, en vez de pasar por el Congreso y por las asambleas estatales como deberíamos, al intentar hacer lo correcto solo hemos conseguido facilitarles las cosas para que sigan multiplicando los pasillos y dándonos largas y más largas...

Su padre se incorporó y se echó a reír.

—Ya te he dicho que no sabía nada al respecto —dijo ella.

—Cariño, eres tan derechista que a tu lado parezco un liberal rooseveltiano.

—¿Derechista, yo?

—Ahora que he sintonizado el oído con el razonamiento femenino —dijo Atticus—, tengo la impresión de que creemos las mismas cosas.

Había estado dispuesta a medias a olvidarse de lo que había visto y oído, a regresar a Nueva York y convertir a su padre en un recuerdo. A convertirlos a los tres en un recuerdo: a Atticus, a Jem y a sí misma cuando las cosas eran sencillas y las personas no mentían. Pero no iba a permitirle que echara más sal en la herida. Que añadiera la hipocresía a sus demás ofensas.

—Atticus, si eso es lo que crees, ¿por qué no haces lo correcto? Es decir, por muy mal que lo haya hecho la Corte Suprema, por algún sitio había que empezar...

—¿Te refieres a que debemos aceptarlo porque lo dice la Corte? No, señorita. Yo no lo veo así. Si crees que yo como ciudadano voy a aceptarlo sin rechistar, te equivocas. Como tú dices, Jean Louise, en este país hay solo una cosa por encima de la Corte Suprema, y es la Constitución...

—Atticus, estamos hablando de cosas distintas.

—Te estás dejando algo en el tintero. ¿Qué es?

«"La Torre Oscura. Childe Roland a la Torre Oscura llegó". Literatura de secundaria. Tío Jack... Ahora me acuerdo».

—¿Que qué es? Lo que intento decir es que no me gusta cómo lo han hecho, que me asusta muchísimo pensar cómo lo han hecho, pero tenían que hacerlo. Se lo pusieron delante de las narices y tenían que hacerlo. Atticus, ha llegado el momento de hacer lo correcto...

—¿De hacer lo correcto?

—Sí, señor. De darles una oportunidad.

—¿A los negros? ¿Crees que no la tienen?

—Pues no, señor.

—¿Qué hay que impida a cualquier negro de este país ir adonde quiera y encontrar lo que quiera?

—¡Esa es una pregunta capciosa y tú lo sabes! Estoy tan harta de esta doble moral que podría...

La había pinchado, y ella le había demostrado que le escocía. Pero no podía evitarlo. Su padre agarró un lápiz y se puso a dar golpecitos con él sobre la mesa.

—Jean Louise —dijo—, ¿has pensado alguna vez que no se puede tener a un conjunto de personas atrasadas conviviendo con otras avanzadas en una civilización concreta y que aquello sea una Arcadia social?

—Me estás volviendo loca, Atticus, así que dejemos a un lado la sociología de momento. Claro que lo sé, pero una vez escuché una cosa, un eslogan que se me quedó en la cabeza. Decía «Los mismos derechos para todos, privilegios especiales para nadie», y para mí era así, al pie de la letra. No significaba darle una cosa a un blanco y otra muy distinta a un negro, significaba...

—Vamos a considerarlo desde otro punto de vista —dijo su padre—. Te das cuenta de que nuestra población negra está muy atrasada, ¿verdad? ¿Lo admites? Y cuando digo «atrasada», entiendes todo lo que eso conlleva, ¿no es así?

—Sí, señor.

—¿Eres consciente de que la inmensa mayoría de ellos, aquí, en el Sur, no es capaz de compartir las responsabilidades que lleva aparejada la plena ciudadanía y el motivo de que así sea?

—Sí, señor.

—Pero ¿quieres que tengan todos sus privilegios?

—Maldita sea, ¡estás tergiversándolo todo!

—Blasfemar no sirve de nada. Piénsalo: en el condado de Abbott, al otro lado del río, hay problemas graves. La población está formada casi en sus tres cuartas partes por negros. La población con derecho a voto está ahora mismo repartida casi al cincuenta por ciento gracias a esa Escuela Normal tan grande que tienen. Si se inclinara la balanza, ¿qué pasaría? Que el condado no mantendría una junta de registradores, porque si el voto negro superara al blanco, habría negros en todas las oficinas de la administración del condado...

—¿Por qué estás tan seguro?

—Cariño —dijo él—, usa la cabeza. Cuando votan, votan en bloque.

—Atticus, eres como ese viejo editor que mandó a un dibujante de su periódico a cubrir la guerra de Cuba. «Tú haz los dibujos, que la guerra ya la hago yo». Eres tan cínico como él.

—Jean Louise, tan solo intento decirte algunas verdades desnudas. Debes ver las cosas tal y como son, además de como deberían ser.

—Entonces ¿por qué no me mostraste las cosas tal y como son cuando me sentaba en tu regazo? ¿Por qué no me las enseñaste, por qué no procuraste explicarme que había una valla alrededor de todas las cosas que decía «Solo para blancos» cuando me leías libros de historia y me hablabas de lo que yo creía que era importante para ti?

—No eres muy coherente —dijo su padre con voz suave.

—¿Por qué?

—Primero arremetes contra la Corte Suprema y después cambias las tornas y hablas como la NAACP.

—Por Dios, no me enfadé con la Corte Suprema por los negros. Los negros fueron los que pusieron el asunto sobre la mesa, sí, pero no fue eso lo que me puso furiosa. Me enfadé por lo que estaban haciendo con la Décima Enmienda y por todas esas ideas tan contradictorias. Los negros estaban...

«Lo que era accesorio en esta Guerra... en tu guerra personal».

—¿Te han dado ya el carnet?

—¿A qué viene eso? ¡Por el amor de Dios, Atticus!

Su padre dio suspiró. Las arrugas que rodeaban su boca se hicieron más hondas, y sus manos, inflamadas las articulaciones, juguetearon con el lapicero amarillo.

—Jean Louise —dijo—, déjame decirte algo con la mayor claridad de que soy capaz. Estoy anticuado, pero lo creo con todo mi corazón. Soy una especie de demócrata jeffersoniano. ¿Sabes lo que es eso?

—Hum, creía que habías votado a Eisenhower. Pensaba que Jefferson era uno de los grandes pilares del Partido Demócrata o algo así.

—Regresa a la escuela —le dijo su padre—. Para lo único que le sirve Jefferson al Partido Demócrata hoy en día es para poner su retrato en los banquetes. Jefferson creía que la plena ciudadanía era un privilegio que tenía que ganarse cada cual, que no era algo que pudiera concederse a la ligera, ni tomarse a la ligera. A su modo de ver, un hombre no podía votar por el simple hecho de ser un hombre. Tenía que ser, además, un hombre responsable. El voto era, para Jefferson, un privilegio precioso que uno se ganaba en una... una economía basada en el «vive y deja vivir».

—Atticus, estás reescribiendo la historia.

—No, nada de eso. Podría irte bien retroceder en el tiempo y echar una mirada a lo que pensaban de verdad algunos de nuestros padres fundadores, en lugar de confiar tanto en lo que dice la gente de hoy que creían.

—Puede que seas jeffersoniano, pero no eres demócrata.

—Tampoco lo era Jefferson.

—Entonces ¿qué eres? ¿Un esnob o algo así?

—Sí. Acepto que me llamen esnob cuando se trata del Gobierno. Me encantaría que me dejaran tranquilo para que pudiera ocuparme de mis asuntos en una economía de libre mercado y me gustaría que dejaran tranquilo a mi estado para que se gobierne a su aire, sin recibir consejos de la NAACP, que no sabe prácticamente nada de la administración y le importa aún menos. Esa organización ha causado más problemas en los últimos cinco años...

—Atticus, la NAACP no ha hecho ni la mitad de lo que yo he visto en los últimos dos días. Somos nosotros.

—¿Nosotros?

—Sí, señor, nosotros. Tú. En medio de tanta discusión y tanta palabrería sobre los derechos del estado de Alabama y de la clase de gobierno que deberíamos tener, ¿ha pensado alguien en ayudar a los negros? Hemos perdido el barco, Atticus. Nos inhibimos y dejamos entrar a la NAACP porque estábamos tan furiosos por lo que sabíamos que iba a hacer la Corte Suprema, tan furiosos por lo que había hecho, que de manera natural comenzamos a insultar a los negros. La emprendimos con ellos porque estábamos resentidos contra el Gobierno. Y cuando llegó la NAACP, no cedimos ni un ápice. Al contrario, salimos huyendo. Deberíamos haber intentado ayudarles a vivir conforme a la decisión de la Corte, pero pusimos pies en polvorosa como Napoleón en su retirada. Creo que ha sido la primera huida de nuestra historia y que, al huir, perdimos. ¿Adónde podían ir ellos? ¿A quién podían recurrir? Creo que nos merecemos todo lo que nos ha traído la NAACP y más aún.

—No creo que pienses de verdad lo que estás diciendo.

—Cada palabra.

—Entonces vamos a llevarlo al terreno práctico. ¿Quieres que haya negros a montones en nuestras escuelas, en nuestras iglesias y nuestros cines? ¿Los quieres en nuestro mundo?

—Son personas, ¿no? Estuvimos muy dispuestos a importarlos cuando nos hacían ganar dinero.

—¿Quieres que tus hijos vayan a una escuela que haya bajado el nivel para integrar a niños negros?

—El nivel académico de la escuela que hay en esta misma calle no podría ser más bajo, Atticus, y tú lo sabes. Tienen derecho a las mismas oportunidades que los demás, tienen derecho a disfrutar de las mismas...

Su padre se aclaró la garganta.

—Escucha, Scout, estás molesta porque me has visto hacer algo que te parece mal, pero estoy intentando hacerte entender mi postura. Lo estoy intentando con todas mis fuerzas. Esto lo digo simplemente para tu información, nada más: según mi experiencia, lo blanco es blanco y lo negro es negro. Todavía no he oído un solo argumento que me haya convencido de lo contrario. Tengo setenta y dos años, pero sigo estando abierto a sugerencias. Ahora piensa una cosa. ¿Qué sucedería si a todos los negros del Sur se les dieran de repente plenos derechos civiles? Yo te lo diré: habría otra Reconstrucción. ¿Te gustaría que el gobierno de tu estado estuviera dirigido por personas que no saben cómo dirigirlo? ¿Quieres que esta ciudad la gobiernen...? No, espera un momento... Willoughby es un sinvergüenza, eso lo sabemos, pero ¿conoces a algún negro que sepa tanto como él? Zeebo sería seguramente el alcalde de Maycomb. ¿Querrías que alguien con la capacidad de Zeebo administrara el dinero municipal? Nos superan en número, ¿sabes? Cariño, parece que no entiendes que aquí los negros siguen estando en mantillas como pueblo. Deberías saberlo, llevas toda la vida viéndolo. Han progresado muchísimo en lo que respecta a adaptarse a las costumbres de los blancos, pero aún les falta mucho camino por recorrer. Iban bien, avanzando a un ritmo que eran capaces de asimilar, y nunca había habido tantos que pudieran votar. Entonces llegó la NAACP con sus exigencias estrafalarias y sus lamentables ideas de gobierno... ¿Se le puede reprochar al Sur que le indigne que personas que no tienen ni idea de sus problemas cotidianos le digan lo que tiene que hacer respecto a su propia gente? A la NAACP no le importa si un negro es dueño de su tierra o la arrienda, si la labra bien o mal o si intenta o no aprender un oficio y ganarse la vida por su cuenta. Ah, no, lo único que le importa a la NAACP es el voto de ese negro. Así que ¿se le puede reprochar al Sur que quiera resistirse a la invasión de unas personas que por lo visto se avergüenzan tanto de su raza que quieren librarse de ella? ¿Cómo puedes haberte criado aquí, haber vivido como has vivido y no pensar más que en que han pisoteado la Décima Enmienda? Jean Louise, están intentando hundirnos... ¿Dónde has estado metida?

—Aquí, en Maycomb.

—¿Qué quieres decir?

—Quiero decir que me crie justamente aquí, en tu casa, y que nunca supe lo que pensabas de verdad. Solamente oía lo que decías. Te olvidaste de decirme que somos por naturaleza mejores que los negros, benditas sean sus cabezas de borra, que podían llegar hasta cierto punto pero solo hasta ahí. Te olvidaste de decirme lo que el señor O'Hanlon me dijo ayer. Eras tú quien estaba hablando allá abajo, pero dejaste que fuera el señor O'Hanlon quien lo dijera. Eres un cobarde, además de un esnob y un tirano, Atticus. Cuando hablabas de justicia olvidabas decir que la justicia es algo que no tiene nada que ver con las personas. Esta mañana te oí hablar sobre el asunto del hijo de Zeebo como si no tuviera nada que ver con nuestra Calpurnia ni con lo que ha sido para nosotros, con la lealtad que nos ha demostrado... Solo viste a un *nigger*, a la NAACP, y calculaste las pérdidas y las ganancias, ¿no es eso? Recuerdo ese caso de violación que defendiste, pero no supe interpretarlo bien. Tú amas la justicia, sí. La justicia abstracta escrita punto por punto en un informe... Nada que ver con ese muchacho negro. Lo que te gusta es un sumario claro y detallado. El caso de ese chico trastocó tu mente tan bien organizada y te sentiste en la obligación de poner orden en el caos. Es una compulsión tuya, y ahora te está pasando factura otra vez...

Jean Louise, de pie, se agarraba al respaldo de la silla.

—Atticus, te lo digo muy claro y te lo repito: más vale que adviertas a tus amigos más jóvenes de que, si quieren preservar nuestro modo de vida, deben empezar en casa. No en las escuelas, ni en las iglesias, ni en ningún otro sitio, sino en sus propias casas. Díselo, y pon como ejemplo a tu hija, esa amante de los negros inmoral, ciega y degenerada. ¡Ve delante de mí con una campana gritando: «Impura»! Señálame como tu error. Denúnciame: Jean Louise Finch, la que estuvo expuesta a toda clase de sandeces por parte de la gentuza blanca con la que fue a la escuela, pero que bien podría no haber ido nunca al colegio, para lo que le sirvió. Todo lo que para ella era verdad revelada lo aprendió en casa, de su padre. Tú sembraste esas semillas, Atticus, y ahora están dando fruto...

—¿Has terminado?

Jean Louise sonrió desdeñosamente.

—No he dicho ni la mitad. Nunca te perdonaré lo que me has hecho. Me has engañado, me has echado de casa y ahora estoy en tierra de nadie, pero en fin... ya no hay sitio para mí en Maycomb y nunca me sentiré totalmente en casa en ninguna otra parte. —Se le quebró la voz—. ¿Por qué, en nombre de Dios, no te volviste a casar? ¿Por qué no te casaste con alguna señora sureña medio boba que me educara como es debido? Me habría convertido en una de esas mujercitas tan melosas y coquetas que baten las pestañas y cruzan las manos y solo viven para su maridito. Al menos habría sido feliz. Habría sido de Maycomb al cien por cien, habría vivido mi vida mezquina y te habría dado nietos a los que consentir, me habría ensanchado como la tía, me habría abanicado en el porche y habría muerto feliz. ¿Por qué no me explicaste la diferencia entre una justicia y otra, entre un derecho y otro? ¿Por qué no lo hiciste?

—No creí que fuera necesario, y tampoco lo creo ahora.

—Pues lo era y lo sabes. ¡Dios! Y hablando de Dios, ¿por qué no me dejaste bien claro que Dios creó las razas y puso a los negros en África con intención de que se quedaran allí para que los misioneros pudieran ir a decirles que Jesús les amaba, pero que prefería que se quedaran en África? ¿Que traerlos aquí fue un grave error y que la culpa es de ellos? ¿Y que Jesús amaba a toda la humanidad, pero que hay distintos tipos de personas, rodeadas por distintas vallas, y que Jesús quería que todas pudieran avanzar hasta donde quisieran, siempre y cuando no se salieran de su valla?

—Jean Louise, pon los pies en la tierra.

Lo dijo con tanta tranquilidad que su hija se paró en seco. Su andanada había chocado contra él como una ola, y allí seguía, sentado tranquilamente. Se negaba a enfadarse. Jean Louise sintió en lo hondo de su ser que ella podía no ser una dama, pero que ningún poder sobre la faz de la Tierra impediría que Atticus dejara de portarse como un caballero. Sin embargo, el pistón que tenía dentro la impulsó a continuar:

—Muy bien, pondré los pies en la tierra. Aterrizaré justo en el salón de nuestra casa. Frente a ti. Yo creía en ti. Te admiraba, Atticus, como nunca he admirado a nadie en toda mi vida y como nunca volveré a admirar a nadie. Si me hubieras dado alguna pista, si hubieras incumplido tu palabra un par de veces, si hubieras sido brusco o impaciente conmigo... Si hubieras sido más ruin, quizás ahora podría asimilar lo que te vi hacer ayer. Si una o dos veces hubieras dejado que te pillara haciendo alguna vileza, entonces entendería lo de ayer. Me diría: «Así es él, ese es mi viejo», porque habría estado preparada desde el principio...

Su padre tenía una expresión compasiva, casi suplicante.

—Parece que crees que estoy metido en algo realmente maligno —dijo—. El Consejo es nuestra única defensa, Jean Louise...

—¿El señor O'Hanlon es nuestra única defensa?

—Cariño, me alegra poder decir que el señor O'Hanlon no es un ejemplo típico de los miembros que forman el Consejo del condado de Maycomb. Espero que repararas en mi brevedad al presentarlo.

—Fuiste breve, sí, Atticus, pero ese hombre...

—No es que el señor O'Hanlon tenga prejuicios, Jean Louise. Es que es un sádico.

—Entonces ¿por qué le permitieron hablar allí?

—Porque quería hacerlo.

—¿Perdón?

—Sí —dijo su padre vagamente—. Recorre todo el estado hablando en los Consejos Ciudadanos. Pidió permiso para hablar en el nuestro y se lo concedimos. Sospecho que le paga alguna organización de Massachusetts... —Su padre se giró y miró por la ventana—. Lo que intento hacerte entender es que el Consejo de Maycomb es, en todo caso, simplemente un método de defensa contra...

—¡De defensa, y un cuerno! Atticus, ahora no estamos hablando de la Constitución. Intento hacerte ver una cosa. Mira, tú tratas igual a todas las personas. Nunca, en toda mi vida, te he visto tratar a los negros con esa insolencia, con esa desfachatez con que les tratan la mitad de los blancos de aquí cuando les dirigen la palabra o cuando les piden que hagan algo. Cuando hablas con ellos, no lo haces con ese tono que parece decir «No te pases ni un pelo, negro». Y sin embargo, como pueblo, les pones la mano delante y les dices: «Ahí quietos. ¡Hasta aquí podéis llegar!».

—Pensé que estábamos de acuerdo en que...

La voz de Jean Louise sonó cargada de sarcasmo.

—Estamos de acuerdo en que están atrasados, en que son analfabetos, en que son sucios y ridículos y vagos y unos inútiles, en que son como niños, en que son estúpidos, algunos de ellos, pero no estamos de acuerdo en una cosa y nunca lo estaremos. Tú niegas que sean humanos.

—¿Cómo es eso?

—Tú les niegas la esperanza. Cualquier hombre en este mundo, Atticus, cualquier hombre que tenga cabeza, brazos y piernas, nació con esperanza en el corazón. Eso no vas a encontrarlo en la Constitución, yo lo aprendí en la iglesia, en alguna parte. Son personas sencillas, la mayoría de ellos, pero eso no les hace menos humanos. Tú les estás diciendo que Jesús los ama, pero no mucho. Estás utilizando medios perversos para justificar unos fines que, según tú, redundan en el bien de la mayoría. Tus fines bien pueden ser correctos (me parece que yo también creo en ellos), pero no puedes usar a las personas como si fueran peones, Atticus. No puedes. Hitler y toda esa panda de rusos han hecho algunas cosas buenas por sus países, pero de paso han masacrado a decenas de millones de personas...

Atticus sonrió.

—Conque Hitler, ¿eh?

—Tú no eres mejor que él. Maldita sea, no lo eres. Solo intentas aniquilar sus almas, en lugar de sus cuerpos. Intentas decirles: «Mirad, sed buenos. Portaos bien. Si sois buenos y nos hacéis caso, podéis ganar mucho en la vida, pero si no nos hacéis caso, no os daremos nada y os quitaremos lo que ya os hemos dado». Yo sé que tiene que ser algo gradual, Atticus, lo sé muy bien. Pero sé que tiene que ser. Me pregunto qué sucedería si en el Sur existiera la «Semana de amabilidad con los *niggers*». Si, solo durante una semana, el Sur les tratara con, sencillamente, educación e imparcialidad. Me pregunto qué sucedería. ¿Crees que se darían muchos aires o que empezarían a respetarse a sí mismos? ¿Alguna vez te han despreciado, Atticus? ¿Sabes lo que se siente? No, no me digas que son como niños y que no lo sienten: yo era una niña y lo sentía, así que los niños grandes también deben de sentirlo. Que te desprecien de verdad, Atticus, te hace sentir que eres demasiado infame para relacionarte con personas. Para mí es un misterio que sigan portándose tan bien después de llevar cien años soportando que les nieguen sistemáticamente que son seres humanos. Me pregunto qué milagro podríamos obrar si durante una sola semana los tratáramos decentemente. No tiene sentido decir nada de esto porque sé que tú no vas a ceder ni un ápice, ni ahora ni nunca. Me has engañado de una manera que no se puede expresar con palabras, pero descuida: la que va a pagar el pato soy yo. Creo que eres la única persona en la que he confiado por completo en toda mi vida, y ahora estoy acabada.

—Te he matado, Scout. He tenido que hacerlo.

—¡No me hables más con esa doblez! Eres un caballero dulce y encantador, y nunca volveré a creer una sola palabra de lo que me digas. Te desprecio a ti y desprecio todo lo que representas.

—Bien, yo te quiero.

—¡No te atrevas a decirme eso! ¡Me quieres! ¡Ja! Atticus, me voy a ir ahora mismo de este lugar, no sé adónde iré pero me voy. ¡No quiero volver a ver a otro Finch mientras viva, ni oír hablar de vosotros!

—Como gustes.

—¡Eres un viejo hipócrita, un hijo de perra de cola anillada! Te quedas ahí sentado y dices «Como gustes» cuando me has tirado al suelo, me has pisoteado y me has escupido. Te quedas ahí sentado y dices «Como gustes» cuando todo lo que he amado en este mundo es... ¡Te quedas ahí sentado y dices «Como gustes»...! ¡Y tú me quieres! ¡Eres un hijo de perra!

—Ya es suficiente, Jean Louise.

«Ya es suficiente», la llamada al orden que usaba siempre en los tiempos en que Jean Louise aún tenía fe en él.

«Así que acaba conmigo y encima me viene con esas... ¿Cómo puede burlarse de mí así? ¿Cómo puede tratarme así? Dios del cielo, llévame lejos de aquí... Dios del cielo, llévame lejos de aquí...».

SÉPTIMA PARTE

18

No supo cómo consiguió arrancar el coche, cómo no se salió de la carretera, cómo llegó a su casa sin sufrir un accidente grave.

«Te quiero. Como gustes». Si Atticus no hubiera dicho eso, quizás habría sobrevivido. Si le hubiera plantado cara limpiamente, podría haberle devuelto sus palabras, pero no podía hacerlo, del mismo modo que no podía agarrar el mercurio y retenerlo entre las manos.

Fue a su cuarto y lanzó la maleta sobre la cama. «Nací ahí, donde está la maleta. ¿Por qué no me estrangulaste entonces? ¿Por qué me has permitido vivir hasta ahora?».

—Jean Louise, ¿qué estás haciendo?

—Estoy haciendo la maleta, tía.

Alexandra se acercó a la cama.

—Todavía quedan diez días para que te vayas. ¿Sucede algo?

—¡Tía, déjame en paz, por Cristo nuestro Señor!

Alexandra se crispó.

—¡Te agradeceré que no uses esa expresión yanqui en esta casa! ¿Se puede saber qué pasa?

Jean Louise fue al armario, arrancó los vestidos de las perchas, regresó a la cama y los amontonó en la maleta.

—Esa no es manera de hacer el equipaje —observó Alexandra.

—Es mi manera.

Recogió los zapatos que había a un lado de la cama y los lanzó a la maleta, encima de los vestidos.

—¿Qué pasa, Jean Louise?

—Tía, puedes emitir un comunicado informando de que me voy tan lejos del condado de Maycomb que puede que tarde un siglo en regresar. No quiero ver nunca más este sitio ni a nadie que viva en él. ¡A nadie: ni al enterrador, ni al juez de sucesiones, ni al presidente de la junta de la iglesia metodista!

—Te has peleado con Atticus, ¿verdad?

—Así es.

Alexandra se sentó en la cama y juntó las manos.

—Jean Louise, no sé por qué habrá sido, y ha tenido que ser algo muy serio para que estés en este estado, pero sé que un Finch nunca huye.

Ella se volvió hacia su tía.

—¡Por Dios bendito, no me digas lo que hacen o no hacen los Finch! ¡Estoy hasta aquí de lo que hacen los Finch y no puedo soportarlo ni un segundo más! Me has hecho tragar eso desde que nací: ¡tu padre esto, los Finch aquello! ¡Mi padre es algo indescriptible y el tío Jack es como Alicia en el País de las Maravillas! Y tú, tú eres una vieja engreída y estrecha de miras...

Jean Louise de detuvo, fascinada por las lágrimas que corrían por las mejillas de Alexandra. Nunca había visto llorar a su tía, y Alexandra era como los demás cuando lloraba.

—Tía, por favor, perdóname. Por favor, di que me perdonas. Te he dado un golpe bajo.

Los dedos de Alexandra tiraban de los hilos de la colcha de encaje.

—No importa. No te preocupes por eso.

Jean Louise le dio un beso en la mejilla.

—Hoy no sé qué me pasa. Supongo que cuando estás dolida, tu primer impulso es hacer daño. Yo no soy una dama, tía, pero tú sí que lo eres.

—Te equivocas, Jean Louise, si crees que no eres una dama —dijo Alexandra, y se secó las lágrimas—, pero algunas veces eres muy rara.

Jean Louise cerró la maleta.

—Tía, sigue pensando que soy una dama durante un rato, solo hasta las cinco, cuando Atticus regrese a casa. Entonces descubrirás que no es cierto. Bueno, adiós.

Estaba llevando la maleta al coche cuando vio acercarse un taxi blanco, el único que había en la ciudad, y depositar al doctor Finch en el sendero de entrada.

«Acude a mí. Cuando no puedas soportarlo más, acude a mí». «Bien, pues a ti tampoco puedo soportarte más. Ya no soporto más tus parábolas y tus divagaciones. Déjame en paz. Eres divertido, y agradable y todo eso, pero por favor, déjame en paz».

Por el rabillo del ojo vio a su tío recorrer tranquilamente el sendero de entrada. «Qué pasos tan largos da para ser tan bajo», pensó. «Es una de las cosas que recordaré de él». Se giró y metió una llave en la cerradura del maletero, pero no era esa y probó con otra. Esta vez funcionó y levantó la tapa.

—¿Vas a alguna parte?

—Sí, señor.

—¿Adónde?

—Voy a montarme en el coche y a ir hasta el Empalme de Maycomb, me quedaré allí sentada hasta que pase el primer tren y me subiré a él. Dile a Atticus que si quiere recuperar su coche, que envíe a alguien a recogerlo.

—Deja de sentir lástima de ti misma y escúchame.

—Tío Jack, estoy tan harta de todos vosotros, tan cansada de escucharos, que me dan ganas de ponerme a gritar. ¿Es que no podéis dejarme tranquila? ¿Es que no podéis dejarme en paz ni un minuto?

Cerró de golpe la puerta del maletero, sacó la llave de un tirón y, al enderezarse, el brutal revés que le lanzó el doctor Finch le dio de lleno en la boca. Se le fue la cabeza hacia la izquierda y la mano de su tío volvió a golpearla con saña. Se tambaleó y buscó a tientas el coche para sujetarse. Vio brillar la cara de su tío entre minúsculas lucecitas.

—Estoy intentando que me escuches —dijo el doctor Finch.

Jean Louise se llevó los dedos a los ojos, después a las sienes y a los lados de la cabeza. Intentó no desmayarse, no vomitar, trató de impedir que le diera vueltas la cabeza. Sintió la sangre en los dientes y escupió a ciegas hacia el suelo. Poco a poco, las reverberaciones que sentía en la cabeza, semejantes a las de un gong, fueron remitiendo y dejaron de pitarle los oídos.

—Abre los ojos, Jean Louise.

Parpadeó varias veces y por fin logró enfocar la imagen de su tío. Sujetaba el bastón en el hueco del codo izquierdo, su chaleco estaba impecable y llevaba en la solapa un capullo de rosa rojo. Le estaba ofreciendo su pañuelo. Jean Louise lo tomó y se limpió la boca. Estaba exhausta.

—¿Ya has desahogado todo ese ardor?

—No puedo seguir luchando contra ellos —respondió ella afirmando con la cabeza.

El doctor Finch la agarró del brazo.

—Pero tampoco puedes unirte a ellos, ¿no es cierto? —masculló.

Jean Louise sintió que se le hinchaba la boca y movió los labios con dificultad.

—Casi me noqueas. Estoy muy cansada.

Su tío la acompañó en silencio a la casa y la condujo por el pasillo hasta el cuarto de baño. La hizo sentarse en el borde de la bañera, se acercó al armario de las medicinas y lo abrió. Se puso las gafas, echó la cabeza un poco hacia atrás y sacó un frasco del estante de arriba. Arrancó una bola de algodón de un paquete y se volvió hacia ella.

—Levanta la cabeza —le dijo. Empapó en líquido el algodón, miró su labio superior, hizo una mueca y limpió los cortes con toquecitos suaves—. Así no tendrás que ponerte nada. ¡Zandra! —gritó.

Alexandra llegó de la cocina.

—¿Qué pasa, Jack? Jean Louise, creía que...

—Eso no importa. ¿Hay algo de «vainilla de misionero» en esta casa?

—Jack, no seas tonto.

—¡Vamos! Sé que la tienes para los pasteles de fruta. Dios santo, hermana, ¡tráeme un poco de whisky! Vamos al salón, Jean Louise.

Aturdida, caminó hasta el salón y se sentó. Su tío entró llevando en una mano un vaso con tres dedos de whisky y en la otra un vaso de agua.

—Si te bebes todo esto de un trago, te doy una moneda —le dijo.

Jean Louise bebió y se atragantó.

—Aguanta la respiración, boba. Ahora, esto.

Ella agarró el agua y se la bebió a toda prisa. Mantuvo los ojos cerrados y dejó que el cálido alcohol se deslizara por su interior. Cuando los abrió, vio a su tío sentado en el sofá observándola plácidamente.

—¿Cómo te sientes? —le preguntó él al cabo de un momento.

—Tengo calor.

—Es por el alcohol. Dime qué tienes dentro de esa cabecita.

—Un espacio en blanco, mi señor —respondió débilmente.

—Diablo de muchacha, ¡no me vengas con citas! Dime cómo te sientes.

Jean Louise frunció el ceño, apretó los párpados y se tocó con la lengua la boca dolorida.

—Distinta, en cierto modo. Estoy aquí sentada y es como si estuviera sentada en mi apartamento en Nueva York. No sé... Me siento rara.

El doctor Finch se levantó y se metió las manos en los bolsillos, las sacó y se puso los brazos detrás de la espalda.

—Bueno, creo que voy a ir a tomarme un trago yo también. Es la primera vez en mi vida que pego a una mujer. Me parece que voy a ir a darle una bofetada a tu tía, a ver qué pasa. Tú quédate así sentada un rato, calladita.

Jean Louise se quedó sentada, y sonrió cuando oyó a su tío discutir con su hermana en la cocina.

—Desde luego que voy a tomarme un trago, Zandra. Me lo merezco. No todos los días pego a una mujer y te aseguro que, si no estás acostumbrado, te deja muy mal cuerpo... Sí, está bien... No capto la diferencia entre bebérselo y comérselo... Todos vamos a ir al infierno, solo es cuestión de tiempo... No seas aguafiestas, hermana, aún no tengo un pie en la tumba... ¿Por qué no te tomas uno tú también?

Sintió que el tiempo se había detenido y que se hallaba dentro de un agradable vacío. Era un lugar indistinto, sin tierra alrededor ni ser alguno, pero dotado de una atmósfera de difusa cordialidad. «Estoy borracha», pensó.

Su tío regresó al salón dando sorbos a un vaso alto lleno de hielo, agua y whisky.

—Mira lo que le he sacado a Zandra. Ya no va a poder hacer su pastel de frutas.

Jean Louise intentó sonsacarle.

—Tío Jack —le dijo—, algo me dice que sabes lo que ha pasado esta tarde.

—Así es. Sé todo lo que le dijiste a Atticus, y casi te oí desde mi casa cuando la emprendiste con Henry.

«El muy granuja me siguió hasta la ciudad».

—¿Estuviste escuchando a escondidas? ¿Todo el...?

—Claro que no. ¿Crees que ya estás en condiciones de hablar de ello?

«¿Hablar de ello?».

—Sí, creo que sí. Es decir, si tú me hablas con claridad. No creo que pueda soportar oírte hablar del obispo Colenso.

El doctor Finch se acomodó cuidadosamente en el sofá y se inclinó hacia ella.

—Te hablaré con claridad, querida —le dijo—. ¿Y sabes por qué? Porque ahora puedo hacerlo.

—¿Porque puedes?

—Sí. Echa la vista atrás, Jean Louise. Piensa en el día de ayer, en el café de esta mañana, en esta tarde...

—¿Qué sabes tú sobre lo de esta mañana?

—¿Es que no sabes que existe el teléfono? Zandra estuvo encantada de contestar a unas cuantas preguntas juiciosas. Tú no sabes estarte callada, Jean Louise. Esta tarde intenté ayudarte aunque fuera yéndome un poco por las ramas, para facilitarte las cosas, para darte cierta perspectiva, para suavizarlo un poco...

—¿Para suavizar qué, tío Jack?

—Para suavizar tu llegada a este mundo.

Cuando el doctor Finch bebió de su vaso, Jean Louise vio brillar sus incisivos ojos marrones por encima del cristal. «Eso es lo que uno tiende a olvidar de él», pensó. «Hace tantos aspavientos que no te das cuenta de lo atentamente que te observa. Está loco, sin duda, como cualquier zorro. Y sabe mucho más que un zorro. Dios mío, estoy borracha».

—Ahora echa la vista atrás —estaba diciendo su tío—. Sigue estando ahí, ¿no es así?

Ella miró. Y estaba ahí, en efecto. Cada palabra. Sin embargo, había cambiado algo. Siguió sentada en silencio, recordando.

—Tío Jack —dijo finalmente—, todo sigue ahí. Sucedió. Así fue. Pero ¿sabes?, ahora me parece soportable, por alguna razón. Puedo... puedo soportarlo.

Decía la verdad. No había hecho ese viaje a través del tiempo que hace que todo sea llevadero. Hoy seguía siendo hoy, y ella miraba a su tío con asombro.

—Gracias a Dios —dijo el doctor Finch tranquilamente—. ¿Sabes por qué es soportable ahora, querida?

—No, señor. Estoy contenta con las cosas tal y como son. No quiero cuestionar nada, quiero quedarme así.

Consciente de que su tío tenía los ojos clavados en ella, movió la cabeza hacia un lado. Aún distaba mucho de confiar en él. «Si se pone a hablar de Mackworth Praed y me dice que soy como él, antes de que amanezca estaré en el Empalme de Maycomb».

—Al final acabarías dándote cuenta por ti misma —le oyó decir—, pero permíteme que te lo adelante. Has tenido un día ajetreado. Te parece soportable, Jean Louise, porque ahora tú eres tú, eres dueña de tus actos.

«No Mackworth Praed, sino yo misma». Miró a su tío.

El doctor Finch estiró las piernas.

—Es bastante complicado —continuó—, y no quiero que caigas en el tedioso error de vanagloriarte de tus complejos. Nos aburrirías con eso el resto de nuestras vidas, así que procuraremos no tocar ese tema. La isla de cada ser humano, Jean Louise, el centinela de cada uno, es su conciencia. Eso de la conciencia colectiva no existe.

Aquello era una novedad viniendo de él. «Pero déjale hablar». De algún modo se las arreglaría para volver al siglo XIX.

—Ahora bien, tú, señorita, que naciste con conciencia propia, en algún punto del camino la pegaste como una lapa a la de tu padre. Al crecer, al hacerte mayor, sin darte cuenta, confundiste a tu padre con Dios. Nunca lo viste como a un hombre con el corazón de un hombre y con los defectos de un hombre. Admito que quizás haya sido difícil verlo teniendo en cuenta lo poco que se equivoca, pero lo cierto es que comete errores, como todos. Eras una tullida emocional, te apoyabas en él, encontrabas siempre la respuesta en él, dabas por sentado que tus conclusiones serían también las suyas, siempre.

Jean Louise escuchaba a la figura sentada en el sofá.

—Cuando te presentaste allí y lo viste haciendo algo que te pareció que era la antítesis de su conciencia, o de la tuya, literalmente no pudiste soportarlo. Te pusiste físicamente enferma. La vida se convirtió en un infierno para ti. Tenías que matarte tú o tenía que matarte él para conseguir que funcionaras como un ser autónomo.

«Matarme. O matarlo. Tenía que matarlo para vivir...».

—Hablas como si supieras desde hace mucho lo que iba a pasar. Tú...

—Así es. Y tu padre también lo sabía. A veces nos preguntábamos cuándo tomarían caminos separados tu conciencia y la suya, y cuál sería el detonante. —El doctor Finch sonrió—. Bueno, ahora ya lo sabemos. Me alegro de haber estado cerca cuando comenzó el jaleo. Atticus no podría hablarte como te estoy hablando yo...

—¿Por qué no, señor?

—Porque no le habrías escuchado. No podrías haberle escuchado. Nuestros dioses viven muy lejos de nosotros, Jean Louise. No deben descender al nivel de los seres humanos.

—¿Y por eso él no... no me machacó? ¿Por eso ni siquiera intentó defenderse?

—Estaba dejando que rompieras tus iconos uno a uno. Dejando que le redujeras a la estatura de un ser humano.

«Te quiero. Como gustes». Con un amigo habría tenido una discusión acalorada, un intercambio de opiniones, un desacuerdo entre puntos de vista distintos y enfrentados. A Atticus, en cambio, había intentado destrozarlo. Hacerlo pedazos, hundirlo, aniquilarlo. «Childe Roland a la Torre Oscura llegó».

—¿Me entiendes, Jean Louise?

—Sí, tío Jack. Te entiendo.

El doctor Finch cruzó las piernas y se metió las manos en los bolsillos.

—Cuando dejaste de huir, Jean Louise, y te diste media vuelta, ese gesto exigió una valentía impresionante.

—¿Señor?

—Bien, no se trata de esa valentía que hace que un soldado se interne en tierra de nadie. Eso se hace porque hay que hacerlo. En este caso se trata de... En fin, forma parte de la voluntad de vivir de uno, del instinto de supervivencia. A veces, tenemos que matar un poco para poder vivir. Cuando no lo hacemos, cuando las mujeres no lo hacen, se duermen llorando y sus madres tienen que lavarles las medias todos los días.

—¿Cuando dejé de huir? ¿Qué quieres decir con eso?

Su tío se rio.

—¿Sabes? —le dijo—, te pareces mucho a tu padre. Intenté explicártelo antes, aunque lamento decir que utilicé tácticas que habrían sido la envidia del difunto George Washington Hill. Te pareces mucho a él, salvo en que tú eres una fanática y él no.

—¿Cómo dices?

El doctor Finch se mordió el labio inferior y lo soltó.

—Ajá. Una fanática. No muy grande, solo una fanática corriente y moliente, del tamaño de un nabo.

Jean Louise se levantó y se acercó a la librería. Sacó un diccionario y lo hojeó.

—«Fanático» —leyó—. «Sustantivo. Que defiende obstinadamente o con intransigencia su religión, partido, creencia u opinión». Explíquese, señor.

—Solo intentaba responder a tu pregunta. Permíteme abundar un poco en esa definición. ¿Qué hace un fanático cuando se encuentra con alguien que cuestiona sus opiniones? No ceder. Se mantiene inflexible. Ni siquiera intenta escuchar, se limita a atacar. Ahora bien, todo ese lío con tu padre te puso patas arriba, así que huiste. Vaya si huiste. Sin duda has oído comentarios muy ofensivos desde que estás en casa, pero en lugar de montar en tu corcel y cargar a ciegas contra tu enemigo, te diste media vuelta y huiste. Dijiste, de hecho: «No me gusta el modo de actuar de estas personas, así que no tengo tiempo para ellas». Pues más vale que les dediques algún tiempo, cariño, o de lo contrario nunca madurarás. Cuando tengas sesenta años serás igual que ahora, y entonces ya no serás mi sobrina, sino un caso clínico. Tienes tendencia a no dejar espacio en tu mente para las ideas y opiniones de otras personas, al margen de lo necias que te parezcan.

El doctor Finch juntó las manos y se las puso detrás de la cabeza.

—Dios mío, niña, la gente no está de acuerdo con el Klan, pero desde luego no intentan impedir que se vistan con sábanas y hagan el ridículo en público.

«¿Por qué dejaron hablar al señor O'Hanlon? Porque él quería hablar». «Ay, Dios, ¿qué he hecho?», pensó.

—Pero dan palizas a la gente, tío Jack...

—Bueno, eso es otra cosa, una cosa más que no has tenido en cuenta respecto a tu padre. Has sido muy prolija hablando sobre déspotas, de Hitler y de hijos de perra de cola anillada... Por cierto, ¿de dónde has sacado eso? Me recuerda a una fría noche de invierno, cazando comadrejas...

Jean Louis se avergonzó.

—¿Te ha contado todo eso?

—Claro que sí, pero no empieces a preocuparte por lo que le has llamado. Tiene el pellejo de un abogado. Le han llamado cosas peores.

—Sí, pero no su hija.

—Bueno, como iba diciendo...

Por primera vez desde que tenía memoria, su tío reconducía la conversación para ir al grano. Por segunda vez desde que tenía uso de razón, el doctor Finch hacía algo impropio de él: la primera había sido aquella vez en que, sentado en el viejo salón de los Finch, escuchando taciturno los suaves murmullos (Dios aprieta pero no ahoga), dijo: «Me duelen los hombros. ¿Hay algo de whisky en esta casa?».

«Hoy es el día de los milagros», pensó Jean Louise.

—El Klan puede desfilar por ahí todo lo que quiera, pero cuando comienza a poner bombas y a dar palizas a la gente, ¿no sabes quién es el primero en intentar detenerlo?

—Sí, señor.

—La ley es su razón de vivir. Hará todo lo que pueda para evitar que alguien golpee a otra persona, y acto seguido intentará pararle los pies nada menos que al Gobierno Federal. Igual que tú, niña. Tú te revolviste y te enfrentaste a tu dios de hojalata.

Pero recuerda esto: él siempre lo hará con la ley en la mano, sin faltar al reglamento. Es su manera de vivir.

—Tío Jack...

—Ahora no empieces a sentirte culpable, Jean Louise. No has hecho nada malo. Y, en nombre de John Henry Newman, no empieces a preocuparte por lo fanática que eres. Ya te he dicho que tu fanatismo tiene el tamaño de un nabo.

—Pero tío Jack...

—Recuerda esto también: siempre es fácil mirar atrás y ver lo que éramos ayer o hace diez años. Ver lo que somos ahora, en cambio, es muy difícil. Si consigues cogerle el tranquillo, te irá perfectamente.

—Tío Jack, yo creía que había pasado por todo eso del desencanto con los padres cuando estaba en la universidad, pero hay algo...

Su tío se puso a juguetear con los bolsillos de su chaqueta. Encontró lo que buscaba, sacó uno del paquete y preguntó:

—¿Tienes una cerilla?

Jean Louise estaba fascinada.

—¿Te has vuelto loco? La emprendiste a golpes conmigo cuando me pillaste... ¡Viejo granuja!

Así había sido, sin ninguna ceremonia, una Navidad en que la encontró en el hueco de debajo de la casa en posesión de cigarrillos robados.

—Lo cual debería demostrarte que no hay justicia en este mundo. Ahora fumo a veces. Es mi única concesión a la vejez. A veces me siento ansioso... Así tengo algo que hacer con las manos.

Jean Louise encontró unas cerillas en la mesa, al lado de su sillón. Encendió una y la acercó al cigarrillo de su tío. «Algo que hacer con las manos», pensó. Se preguntó cuántas veces aquellas manos, enfundadas en guantes de médico, impersonales y omnipotentes, habían devuelto la salud a un niño. «Está loco, no hay duda».

El doctor Finch sostenía su cigarrillo con el pulgar y dos dedos. Lo miraba pensativamente.

—Eres daltónica, Jean Louise —le dijo—. Siempre lo has sido y siempre lo serás. Las únicas diferencias que ves entre un ser humano y otro son diferencias de aspecto, de inteligencia, de carácter y esas cosas. Nunca te han empujado a mirar a la gente como raza, y ahora que la raza es el tema candente, sigues siendo incapaz de pensar en términos de raza. Tú solo ves personas.

—Pero, tío Jack, tampoco es que esté deseando correr a casarme con un negro o algo así.

—Mira, yo ejercí la medicina casi veinte años y me temo que todavía veo a los seres humanos principalmente en términos de sufrimiento relativo, pero voy a arriesgarme a hacer una pequeña declaración. No hay nada bajo el sol que diga que porque vayas a la escuela con un negro, o con un montón de ellos, vas a querer casarte con uno. Es uno de los tambores de guerra que tocan los defensores de la supremacía blanca. ¿Cuántos matrimonios mixtos has visto en Nueva York?

—Ahora que lo pienso, muy pocos. Relativamente, quiero decir.

—Ahí tienes la respuesta. Los defensores de la supremacía blanca son en realidad bastante inteligentes. Si no pueden asustarnos con el argumento de la inferioridad esencial, lo envuelven con el tufillo del sexo porque saben que, en el fondo, es lo único que temen nuestros corazones fundamentalistas. Intentan instigar terror en las madres sureñas, no vaya a ser que al crecer sus hijos se enamoren de negros. Si no lo hubieran convertido en un problema, raras veces se daría el caso. Y si se diera, se resolvería en el ámbito privado. La NAACP tiene mucho de lo que responder a ese respecto. Pero los defensores de la supremacía blanca temen a la razón porque saben que no tienen nada que hacer ante ella. Los prejuicios, una palabra sucia, y la fe, una palabra limpia, tienen algo en común: ambas comienzan donde termina la razón.

—Es extraño, ¿verdad?

—Es una de las rarezas de este mundo. —El doctor Finch se levantó del sofá y apagó su cigarrillo en el cenicero que había sobre la mesa, al lado de ella—. Ahora, señorita, llévame a casa. Falta poco para las cinco. Casi es hora de que vayas a recoger a tu padre.

Jean Louise se espabiló de pronto.

—¿Recoger a Atticus? ¡No podré volver a mirarle a los ojos!

—Escucha, niña. Tienes que sacudirte un hábito que ha durado veinte años, y tienes que sacudírtelo a toda prisa. Vas a empezar ahora mismo. ¿Crees que Atticus va a fulminarte con un rayo?

—¿Después de lo que le he dicho? ¿Después de...?

El doctor Finch golpeó el suelo con su bastón.

—Jean Louise, ¿de verdad conoces a tu padre?

No. No lo conocía. Estaba aterrada.

—Creo que vas a llevarte una sorpresa —declaró su tío.

—Tío Jack, no puedo.

—¡No me digas que no puedes, niña! Si lo dices otra vez, te doy con el bastón, ¡hablo en serio!

Salieron para montarse en el coche.

—Jean Louise, ¿has pensado alguna vez en volver a casa?

—¿A casa?

—Te agradecería mucho que dejaras de repetir el último sintagma o la última palabra que digo. A casa, sí, a casa.

Ella sonrió. Volvía a ser el tío Jack de siempre.

—No, señor —respondió.

—Bueno, a riesgo de pedirte demasiado, ¿sería posible que procuraras pensar en ello? Puede que no lo sepas, pero aquí hay sitio para ti.

—¿Te refieres a que Atticus me necesita?

—No del todo. Estaba pensando en Maycomb.

—Sería estupendo, yo estaría a un lado y todos los demás al otro. Si la vida es un fluir constante de conversaciones como las que he escuchado esta mañana, no creo que pueda encajar aquí.

—Es una de las cosas que tiene el Sur que has pasado por alto. Te sorprendería saber cuántas personas están de tu lado, si es que «lado» es la palabra correcta. Tú no eres un caso especial. Los bosques están llenos de personas como tú, pero necesitamos más.

Jean Louise puso el coche en marcha y retrocedió por el sendero. Dijo:

—¿Y qué demonios podría hacer yo? No puedo luchar contra ellos. No me quedan fuerzas...

—No me refiero a luchar, me refiero a ir a trabajar cada mañana, a volver a casa por las noches, a ver a tus amigos.

—Tío Jack, no puedo vivir en un lugar con el que no estoy de acuerdo y que no está de acuerdo conmigo.

—Hum, Melbourne dijo... —comenzó el doctor Finch.

—Si me dices lo que dijo Melbourne, paro el coche aquí mismo y te echo. Sé lo poco que te gusta caminar... Con ir andando a la iglesia y sacar a pasear a tu gata tienes bastante. Te haré bajar del coche, ¡y no creas que no soy capaz!

El doctor Finch dio un suspiro.

—Eres muy beligerante con un anciano débil y achacoso, pero si deseas seguir en la ignorancia, tú misma.

—¡Débil, y un cuerno! ¡Eres tan débil como un cocodrilo!

Jean Louise se tapó la boca.

—Muy bien, si no permites que te diga lo que dijo Melbourne, lo expresaré con mis propias palabras: cuando más te necesitan tus amigos es cuando se equivocan, Jean Louise, no cuando tienen razón.

—¿Qué quieres decir?

—Quiero decir que hace falta cierta madurez para vivir en el Sur en estos tiempos. Tú no la tienes todavía, pero estás empezando a tenerla, vagamente. Careces de la humildad intelectual para...

—Pensaba que el temor de Dios era el principio de la sabiduría.

—Es lo mismo: humildad.

Habían llegado a la casa del doctor Finch. Jean Louise paró el coche.

—Tío Jack —le dijo—, ¿qué voy a hacer con Hank?

—Lo que desees hacer, cuando llegue el momento —respondió él.

—¿Rechazarlo sin más?

—Ajá.

—¿Por qué?

—No es de tu clase.

«Ama a quien quieras, pero cásate con los de tu clase».

—Mira, no voy a discutir contigo sobre los méritos relativos de la clase baja...

—Eso no tiene nada que ver. Estoy harto de ti. Quiero cenar. —El doctor Finch acercó la mano y le pellizcó la barbilla—. Buenas tardes, señorita —le dijo.

—¿Por qué te has tomado tantas molestias por mí? Sé cuánto aborreces salir de casa.

—Porque eres mi niña. Jem y tú erais los hijos que nunca tuve. Me disteis algo hace mucho tiempo y estoy intentando saldar mis deudas. Me ayudasteis un...

—¿Cómo, señor?

El doctor Finch levantó las cejas.

—¿No lo sabías? ¿Atticus nunca te lo ha contado? Vaya, me sorprende que Zandra no... Cielo santo, creía que lo sabía todo Maycomb.

—¿El qué sabía?

—Yo estaba enamorado de tu madre.

—¿De mi madre?

—Sí. Cuando Atticus se casó con ella y yo volvía de Nashville en Navidad y esas cosas, me enamoré de ella locamente. Aún lo estoy... ¿No lo sabías?

Jean Louise apoyó la cabeza sobre el volante.

—Tío Jack, estoy tan avergonzada de mí misma que no sé qué hacer. Ponerme a gritar como... ¡Ay, me dan ganas de matarme!

—Yo no haría eso. Ya ha habido suficientes inmolaciones por un día.

—Todo este tiempo, tú...

—Pues claro, cariño.

—¿Lo sabía Atticus?

—Por supuesto.

—Tío Jack, me siento a la altura del betún.

—Bueno, no era esa mi intención. No estás sola, Jean Louise. No eres un caso especial. Ahora ve a recoger a tu padre.

—¿Y puedes decir todo eso así, sin más?

—Ajá. Así, sin más. Como te he dicho, Jem y tú erais muy especiales para mí. Erais mis hijos soñados, pero, como dijo Kipling, esa ya es otra historia. Ven a verme mañana y volveré a ser un hombre serio.

Su tío era la única persona que conocía capaz de parafrasear a tres autores en una misma frase y que tuviera sentido.

—Gracias, tío Jack.

—Gracias a ti, Scout.

El doctor Finch se bajó del coche y cerró la puerta. Metió la cabeza por la ventanilla, alzó las cejas y dijo en tono pudoroso:

Yo fui en tiempos una joven muy rara,
que sufría de tedio y a la mínima se desmayaba.

Jean Louise estaba a medio camino de la ciudad cuando se acordó. Pisó el freno, sacó la cabeza por la ventanilla y gritó a la solitaria figura que aún se veía a lo lejos:

—«Traviesa, sí, pero siempre honrada», ¿no, tío Jack?

19

Entró en el vestíbulo de la oficina. Vio a Henry aún sentado a su escritorio. Se acercó a él.

—¿Hank?

—Hola.

—¿Esta noche a las siete y media? —le preguntó.

—Sí.

Mientras concertaban una cita para despedirse, una marea surgió de pronto, retornando a ella, y Jean Louise corrió a su encuentro. Henry formaba parte de su ser, una parte tan atemporal como Finch's Landing, los Coningham y Old Sarum. En Maycomb y en el condado de Maycomb, Henry había aprendido cosas que ella ignoraba, que nunca podría aprender, y Maycomb la había dejado inservible para él, salvo como su amiga más antigua.

—¿Eres tú, Jean Louise?

La voz de su padre la asustó.

—Sí, señor.

Atticus salió de su despacho al vestíbulo y descolgó su sombrero y su bastón del perchero.

—¿Lista? —preguntó.

«Lista. Lista, dices. ¿Qué eres, que he intentado aniquilarte, machacarte hasta hacerte polvo, y me preguntas si estoy lista? No puedo vencerte, no puedo unirme a ti. ¿Es que no lo sabes?».

Se acercó a él.

—Atticus —le dijo—, lo...

—Puede que lo sientas, pero estoy orgulloso de ti.

Levantó la mirada y vio a su padre sonriéndole.

—¿Qué?

—He dicho que estoy orgulloso de ti.

—No te entiendo. No entiendo a los hombres en absoluto, nunca los entenderé.

—Bueno, desde luego esperaba que mi hija se mantuviera en sus trece y defendiera lo que cree que es justo. Y que primero que nada se enfrentara a mí.

Jean Louise se frotó la nariz.

—Te he llamado cosas muy feas —le dijo.

—Puedo soportar que me llamen cualquier cosa mientras no sea cierto —afirmó Atticus—. Ni siquiera sabes decir tacos, Jean Louise. A propósito, ¿de dónde has sacado eso de la cola anillada?

—De aquí, de Maycomb.

—Dios mío, qué cosas has aprendido.

«Dios mío, qué cosas he aprendido. Yo no quería que mi mundo cambiara, pero he querido aplastar al hombre que está intentando preservarlo para mí. He querido acabar con todos los que son como él. Supongo que es como un avión: ellos son la resistencia aerodinámica y nosotros el impulso, y juntos lo hacemos volar. Si nosotros somos demasiados, nos inclinamos de morro; si ellos son demasiados, nos inclinamos de cola. Es cuestión de equilibrio. No puedo vencerlo ni unirme a él...».

—¿Atticus?

—¿Señorita?

—Creo que te quiero mucho.

Vio que su viejo enemigo relajaba los hombros y se echaba hacia atrás el sombrero.

—Vamos a casa, Scout. Ha sido un día muy largo. Ábreme la puerta.

Se hizo a un lado para dejarle pasar. Lo siguió hasta el coche y le observó subir trabajosamente al asiento delantero. Al darle en silencio la bienvenida al género humano, un aguijonazo de lucidez la hizo temblar un poco. «Alguien ha pasado sobre mi tumba», pensó. «Seguramente Jem, yendo a hacer algún recado absurdo.» Rodeó el coche y esta vez, cuando fue a sentarse tras el volante, tuvo cuidado de no golpearse la cabeza.

Algunos títulos imprescindibles de Lumen de los últimos años

Fragrancia | Paul Richardot
Los templos solemnes | Glòria de Castro
Ningún amor está vivo en el recuerdo | Lara Moreno
Tres perros salvajes (y la verdad) | Markus Zusak
El camino inesperado | Rebecca Solnit
Los pasajeros del tren de Hankyū | Hiro Arikawa
El diario de Anne Frank (ilustrado) | Anne Frank y María Hesse
Los cuentos | Leonard Michaels
Cuentos completos | Eudora Welty
Los cuentos | Mavis Gallant
Cuentos | Ernest Hemingway
La casa de los artesanos | Frédéric Laffont
Habitaciones separadas | Pier Vittorio Tondelli
Las palabras de la noche | Natalia Ginzburg
Tres días de junio | Anne Tyler
Ayer, hoy y mañana. Mis memorias | Sophia Loren
Guardé el anochecer en el cajón | Han Kang
Mañana | Olalla Castro
Una casa en La Ciudad | Ilu Ros
Notas desde el interior de la ballena | Ave Barrera
Las personas del verbo. Poesía completa | Jaime Gil de Biedma

Furor botánico | Laura Agustí
Residencia en la tierra | Pablo Neruda
Viaje al amor | William Carlos Williams
Gaudete | Ted Hughes
Cartas de cumpleaños | Ted Hughes
Los niños de altamar | Virginia Tangvald
Devociones. Poesía reunida | Mary Oliver
Ama de casa | Maria Roig
La aventura sin fin. Ensayos | T. S. Eliot
¿Por qué ser feliz cuando puedes ser normal? | Jeanette Winterson
Las naranjas no son la única fruta | Jeanette Winterson
La costurera de Chanel | Wendy Guerra
Lo mejor de Mafalda | Quino
Agosto es un mes diabólico | Edna O'Brien
El caso Rosy | Alessandra Carati
En caso de amor | Anne Dufourmantelle
Asesinato en la Casa Rosa | Arantza Portabales
Desde el amanecer | Rosa Chacel
Paul Newman. La biografía | Shawn Levy
Niágara | Joyce Carol Oates
Solo la esperanza calma el dolor | Simone Veil
Victorian Psycho | Virginia Feito
El aprendizaje del escritor | Jorge Luis Borges
Historia universal de la infamia | Jorge Luis Borges
Pelo de Zanahoria | Jules Renard
Identidad nómada | J. M. G. Le Clézio
Hay ríos en el cielo | Elif Shafak
Anatomía de un corazón | Antonia Bañados
El viejo en el mar | Domenico Starnone
La fiesta prometida. Kahlo, Basquiat y yo | Jennifer Clement
Confesiones de una adicta al arte | Peggy Guggenheim

Una traición mística | Alejandra Pizarnik
La vida según Mafalda | Quino
71 poemas. Nueva edición revisada | Emily Dickinson
El miedo | María Hesse
Luciérnaga (Premio Lumen de Novela) | Natalia Litvinova
Día | Michael Cunningham
Tu nombre después de la lluvia (Dreaming Spires 1) | Victoria Álvarez
Contra la fuerza del viento (Dreaming Spires 2) | Victoria Álvarez
El sabor de tus heridas (Dreaming Spires 3) | Victoria Álvarez
Cuando cae la noche | Michael Cunningham
Las siete | Rose Wilding
¿Quién anda ahí? | Quino
¡A mí no me grite! | Quino
¡Qué presente impresentable! | Quino
Mundo Quino | Quino
¡Yo no fui! | Quino
Potentes, prepotentes e impotentes | Quino
Gente en su sitio | Quino
Long Island | Colm Tóibín
Brooklyn | Colm Tóibín
Degenerado | Chloé Cruchaudet
Jane Austen investiga | Jessica Bull
Nada más ilusorio | Marta Pérez-Carbonell
Las olvidadas | Ángeles Caso
Universo Mafalda | Quino
Obra selecta | Cyril Connolly
22 largos | Caroline Wahl
El arte de llorar | Pepita Sandwich
Novelas | Flannery O'Connor
Gadir | Cristina Cerrada

Frida Kahlo. Una biografía (edición especial) | María Hesse
El gato que decía adiós | Hiro Arikawa
La reina de espadas | Jazmina Barrera
Crimen a bordo del SS Orient | C. A. Larmer
Céleste y Proust | Chloé Cruchaudet
Poesía completa | Anne Sexton
Augurios de inocencia | Patti Smith
El último apaga la luz. Obra selecta | Nicanor Parra
Un barbero en la guerra | María Herreros
Los ojos de Mona | Thomas Schlesser
Poesía completa | Ana María Moix
Los Escorpiones | Sara Barquinero
Almudena. Una biografía | Aroa Moreno Durán y Ana Jarén
Como de aire | Ada d'Adamo
Colección particular | Juan Marsé
Rabos de lagartija | Juan Marsé
Últimas tardes con Teresa | Juan Marsé
Si te dicen que caí | Juan Marsé
El embrujo de Shanghai | Juan Marsé
El cuaderno de Nerina | Jhumpa Lahiri
Crónicas del gato viajero | Hiro Arikawa
La trilogía de París | Colombe Schneck
Mistral. Una vida | Elizabeth Horan
Me llamo cuerpo que no está. Poesía completa | Cristina Rivera Garza
La tierra más salvaje | Lauren Groff
Los secretos de Oxford | Dorothy L. Sayers
El enigma Paco de Lucía | César Suárez
Todo queda en casa | Alice Munro
Cuentos reunidos | Cynthia Ozick
Cuentos completos | Katherine Anne Porter

Cuentos completos | Flannery O'Connor
Narrativa completa | Dorothy Parker
El arte de leer | W. H. Auden
El Club del Crimen | C. A. Larmer
Las brujas de Monte Verità | Paula Klein
Simone de Beauvoir. Lo quiero todo de la vida | Julia Korbik y Julia Bernhard
Días de fantasmas | Jeanette Winterson
La resta | Alia Trabucco Zerán
La librería y la diosa | Paula Vázquez
Diario de una bordadora | Srta. Lylo
Autobiografía de Irene | Silvina Ocampo
La promesa | Silvina Ocampo
Las desheredadas | Ángeles Caso
Summa de Maqroll el Gaviero. Poesía reunida (1947-2003) | Álvaro Mutis
Donde vuela el camaleón | Ida Vitale
Mafalda para niñas y niños | Quino
El amor en Francia | J. M. G. Le Clézio
Memorias | Arthur Koestler
Vladimir (Premio Lumen de Novela) | Leticia Martin
¿Y si fuera feria cada día? | Ana Iris Simón y Coco Dávez
La vida de Maria Callas. Tan fiera, tan frágil | Alfonso Signorini
Elizabeth y su jardín alemán | Elizabeth von Arnim
Un crimen con clase | Julia Seales
Las dos amigas (un recitativo) | Toni Morrison
El libro de arena | Jorge Luis Borges
Sevillana | Charo Lagares
El nombre de la rosa. La novela gráfica | Umberto Eco y Milo Manara
Confesiones de un joven novelista | Umberto Eco